最強エルフたちと送る最高のスローライフ

ELF & SLOW LIFE

～転生した200年後の世界の中心にいたのは、
かつて俺に仕えていた6人のエルフでした～

1

ELF & SLOW LIFE

目次

プロローグ

「ご主人様、行かないでください、ご主人様！」

「おい！　俺が最高の料理人になるまで見届けるって言っただろう、約束と違うぞ！」

「私たちを置いていかないでください……。こんなのあんまりです……」

「……これが人間とエルフの、寿命の違いというもんだ。私たちではどうにもならん。普通の人間よりかは、明らかに早い気もするが」

「主《あるじ》よ……、絶対生まれ変わってくださいね。その時はまた俺は、あなたのもとに仕えますから」

「私、待ってるから！　お兄ちゃんが生き返ったときに、何もおびえるものがないような世界にするから！」

だんだんと薄れていく意識の中、俺が横たわるベッドの周りからたくさんの声が聞こえてくる。

ああ、俺はもうすぐ死ぬのだろう。

何となく自分でもわかる。もう思うように体が動かない。

……生まれ変わる、か。

俺が死の直前までに到達した、いや、しきれなかった机上の空論である『転生魔法』。

一緒に生きることが叶わないと諦めた俺が、時間の許す限り最後まで足掻いた末にたどり着いた結論。

俺は僅かな願いを込め、もう息も絶え絶えである自身の体に、俺が編み出した魔法をかける。正直成功率は皆無だ。

でももうこれに縋《すが》るしか術はない。

それにこいつらはもう、俺がいなくたって生きていける。

いや、最初から俺なんていらなかったのかもしれない。

ちゃんと他のエルフと結婚して、寿命を全うして幸せに暮らしてくれたらそれでいい。

「お前らにもう俺は……必要ない。……これからは自由だ、自分が生きたいように生きろ……。でももし、俺が生き返れたら……」

その時は優しく迎えてくれ。

最後にそう願って俺は顔の力を抜いた。どうやらもう俺のお迎えが来たようだ。

最後の力を振り絞り目を開け、泣きながら俺をのぞき込むエルフたちを目に焼き付ける。

そう、あれは十年前の事だった。

俺とエルフたちの共同生活が始まったのは。

ハイホルン王国。

それは魔法によって非常に発展した国であり、北には魔王が支配する魔国が、そして西にはエルフたちが暮らすエルフの国が接しており、俺はこのハイホルン王国にて生まれ育った。

俺が五歳の時は、人間と魔物は常に北の境界線で戦い続け、エルフはそれを静観しているだけであった。国境近くに住んでおり当時幼かった俺は、日夜魔物におびえて過ごしていたのは今も覚えている。

そんな中、人間側の魔法や剣術、魔法具がどんどん発展していったのを皮切りにして、冒険者や王国が運営する軍といった様々な形で魔物を討伐するものが増えていき、次第に人間が魔物を凌《しの》ぐようになっていった。この頃から魔物は金になる、名誉を得るための踏み台として扱われていくようになった。

そしてついに当時の魔王は矛先を変えた。

そう、奴らはエルフの里に攻め入った。俺が十二の時だ。

それからどういった経緯があったのかはよく知らないが、攻め入られたエルフの国はいとも簡単に決壊し、一年余りで国は滅びた。こうしてエルフの国は崩壊し、西も魔物が蔓延《はびこ》るようになってしまったが、それからもあまり人間と魔物の関係性は変わらなかった。

魔物は人を食らうために攻め入り、人は金と名誉のために戦う。

そんな関係だ。

ただ一つ、エルフの価値が変わったこと以外は。

魔王軍と王国に攻め入られて崩壊したエルフの国にも、少なからず生き残った者はいた。

だがそんな彼らには、悲しくも人権なんて存在しなかった。

魔物に見つかったエルフはその身を残すことなく食らいつくされ、人間に見つかったエルフは奴隷商会に軒並み売られていった。

もともとエルフの潜在能力は、人間や魔物を遥かに凌ぐ。

崩壊した理由としては、周りに関わらなかった為に、他の国の発展を知らなかったこと。そして攻め入られないという慢心が招いた結果だといわれているが、真実は闇の中だ。

実は王国が一枚かんでいたという噂もある。

また、男女問わずエルフは人間から見ても非常に美しかった。

だから王国の地下で行われている闇市では、日夜目が眩《くら》むような高額で何人ものエルフが売られていき、そして考えるのもおぞましいような生活を強いられていくのだった。

何にせよ、彼らに拒否する権利なんてどこにも無かったが。

そんな中、俺ことフィセルは自分が踏みしめている地面の下で、エルフたちが売りさばかれているのを知らないまま二十五を迎えた。無知とは恐ろしいもので、地下ではそんな悲しいことが起こっているとは露知らず、足取りは軽やかでスキップまでしていた。

だが喜ぶのも仕方がないことを分かってほしい。たった今俺は、国王直々に認められたのだ。俺の作った完全回復薬《フルポーション》が。

「やった、ついにやったぞ……。これで俺も大金持ちだ！」

右手には先ほど王との謁見で見せた回復薬。そして左手にはその特許状。

両手に花とはこれの事かと思いながら、スキップで家までの道のりを駆けていく。

多分意味は違うし、ここから家までは馬車を使っても三日はかかるから、その下手なスキップをやめるのも時間の問題だが。

高等学園を卒業し、大学校には進学せずに独学で回復薬について学び、七年の歳月をかけた俺の集大成。それがこの完全回復薬である。

もともと国境付近で生きてきた俺は、常日頃から魔物に脅かされる毎日を送っており、実際俺の父さんは家族を守るために魔物と戦い、そしてその傷が原因で死んだ。

だが本来俺の父さんは生きているはずだった。

もし家にお金があって回復薬を買うことができれば、または俺たちが作ることができれば。

でも現実はそう甘くなく、魔物と戦って一週間後に父さんは息を引き取った。

王都の名門学校に通うお金すらなかった俺は、中等部三年間を地元で過ごし、家でひたすら独学の勉強を続け、十五の時に高校受験で見事、王都にある王国で一番の学園に入ることができた。

もちろん特待生で。そうでなければそんな学園に通うお金なんて家には無かった。

こうして家を出た俺は寮に入り、三年間をすべて勉強に費やした。

この三年間で得たものは、数えるほどしかいない何人かの友人、たくさんの知識、そして自分で編み出した仮説。失ったものは身体能力、といったところだった。

剣技の授業だけはそれはもうひどいものだったが、ひとまず置いておこう。

こうして三年間で自分がたどり着いた仮説をもとに、大学校へはあえて進学することなく、地元に戻ってひたすらに自分の研究に没頭した。

完全回復薬を作るにあたって様々な副産物、例えば中級回復薬や様々な魔法具を作ることに成功したため、お金は割と潤沢にあったからこそ出来たことだ。

おかげさまで、貧乏暮らししかしていなかった母親に親孝行できた。

そして七年が経った今、ついに最終目標だった完全回復薬を作ることに成功した俺は、再び王都にもどってきて申請したというわけだ。

勿論この完全回復薬は俺にしか作れないし、作り方を教えたからと言って作れるものでもない。

それにこれ一個作るのに莫大な金と時間がかかる。

だから俺は、この完全回復薬を水で何倍にも薄めて、王国に売ることにした。

国王は快諾してくれたし、水に薄めれば一個からたくさん作ることができるので、これから俺にがっぽがっぽ金が入ってくる。

つまり、俺は大金持ちになったということだ。

ただ一つ心残りがあるとすれば、一年間に合わずに母親が病に倒れて亡くなってしまったことだけだ。

あと一年早ければ。

浮足立っていた俺は父親、母親の事を思い出して足を止める。

「はぁ、結局一番守りたかった人たちは戻ってこないもんな。さて、どうするか。とりあえずあの薄めたポーション代だけでも、一生暮らしていける額あるぞ、これ……」

そう呟いて先ほど渡された書類を見る。

生れて初めて見るような額だ。ここに書いてある額だけでも、市場で売っている一〇〇G《ゴールド》のパンなら一〇〇万個は買える。それだけこの国は回復薬に恵まれなかったと言えることなのだろう、王の嬉しさがにじみ出ている額だ。

考えてみればそれもそうだろう。水に薄めたあの回復薬でさえ傷にかければ、一瞬で治る優れものなのだから。

「まぁ折角だし、とりあえず二、三日は王都をウロチョロするか」

そう思い、先ほど取った宿に向かおうとした時だった。

「おお、これはこれはフィセル様。この度は私めと契約していただいて、ありがとうございます」

前から恰幅の良い男性に話しかけられる。後ろには屈強なボディーガードがついており、正直怖い。

確かこの人は、さっき城内で俺のポーションを売ることを契約した商人だったはずだ。

王国でもかなり有名な商人らしく、評判もかなりいいらしい。

たしかに、優しそうな雰囲気は出ている……と思う。ちょっと胡散臭いけれど。

そして俺は、この先この人からも大量の金が入ってくることになる。

「いえ、俺みたいな若造が回復薬を売っても怪しまれるだけなので、こちらもあなたと契約出来て嬉しいです」

「そう言ってもらえると私も嬉しいです。あとは全て私にお任せください。それでなのですが、この後お暇ですか？」

「ええ。この後宿に戻って休むくらいです」

「ならばわたくしと地下にでも行きませんか？」

「地下？　地下に何があるのですか？」

「おや、フィセル様はご存じないのですか？　それではこの先不安ですね。すみません、言葉を変えさせていただきます、この後わたくしと一緒に地下に行きましょう」

……地下？　この道路の下ってことなのだろうか。

よくわからないけど、行ったほうが良いのかもしれない。なにか知っておいたほうがいいマナーなどがあったら困る。

「わかりました。ついていきます」

こうして俺は、恰幅のいい男性についていくことにした。

そこで何が行われているのかも知らずに。

第一部

ELF & SLOW LIFE

第一章　出会い

男性の後ろを追って歩くこと五分ほどが経過した。気が付けばどんどん商店街の方へと入っていき、その賑わっている雰囲気に俺の心も躍る。

というのがさっきまでで、今ではどんどん狭い路地の方へ行き、しまいには店なんかも次第に無くなっていく。

薄暗く、人気《ひとけ》がないところへ案内されていく俺は、どんどん不安が募る。

カツアゲとかでよく使われそうな場所だ。それか麻薬取引か。

もしかしてこの人、俺を殺してポーションを盗む気じゃないか？

という考えが頭を支配するくらいに俺は焦っていた。

「あ、あの！　や、やっぱり大丈夫です!!」

意を決して男性に話しかけて帰ろうとするが、俺の後ろにはボディーガードがいた。

怖いし、でかいし、無言だし、顔をかぶり物で隠しているから余計に不気味度が増している。

彼は俺の目の前に立ちふさがり、謎の圧力をかけてきた。

当然俺はビビって目を背けた。

「安心してください、フィセル様、私はあなたを殺そうとか考えているわけじゃありませんよ。あなたから何かを奪うことは、損のほうが大きいですし。それにもう着きました」

「つ、着いた？　どこにですか？」

男はもう涙目になっている俺の手を取り、引きずるようにして歩いていく。

振りほどこうとするが、全然敵わない。どれだけ非力なのだろうか、俺は。

男に無理やり引っ張られる形で、俺らは路地の奥のほうまで歩いていき、やがて目の前には扉が現れた。

扉の横にはフードをかぶった人がいる。人というか、もうお化けみたいだ。

そしてそのお化けのような人と男が軽い話を終えると、お化けが強引に九十八という番号の書かれた丸い板を渡してくる。

……なんだ、これ？

しかし困惑する俺の前で、物事はどんどん進んでいく。

「お待ちしておりました、ゲルグ様。どうぞ中へ」

「うむ」

おずおずと頭を下げたフードの人が開けた扉を通り、中に入る俺たち。

その瞬間とんでもない熱気と、歓声のような声が俺を押しつぶした。

「うるさっ!?　な、なんですかここ、何かのスポーツの観戦場!?」

「いえいえ違います。ここはエルフの競売場です」

「は？」

どうやらゲルグという名前らしい男性の言葉に、思わず変な声が出る。

……エルフの競売場？

「あなたも一人くらい護衛を付けた方がいい。これから先、命が危険にさらされることが多くなるでしょうから」

男はさも当然かのように俺にそう告げる。

俺はこの時初めて、この国が抱える巨大な闇を知った。

◇◆◇◆

「さあ次はこの男のエルフ！　使える魔法は風と火で、生まれてまだ二〇〇年しか経っていません！　じゃあ行きましょう、まずは八〇〇万から！」

「八一〇だっ！」

「九〇〇！」

「九五〇」

「さあ他にはいませんか？　はい、では十七番さん、九五〇万Gで落札です」

「「「オ――――!!」」」

舞台の上にいる男が発した落札という言葉に反応して、ここに居る大勢の人間が張り裂けんばかりの大声を上げる。もう本当にどういう状況なのか分からない。そんな騒音の中、俺は横にいるゲルグさんの服を引っ張り耳に口を近づけて叫んだ。

「な、なんですかこれ!?」

「見ての通り、エルフを買っているのですよ。この国でエルフの取引は暗黙の了解になっていますから」

「そ、そんな……」

その言葉にガツンと頭に衝撃を受けた気がした。

同時に目の前が少しゆがみ始める。

「別にすべてがすべて悪というわけではありませんよ。もしかしたら、彼らは壊滅したエルフの国で、死を待つだけだったかもしれない。そんな中、私たちが買って衣食住を与えているわけですから。まぁ、魔法具で自由は奪っていますがね」

「こんなことが地下で……」

「それに私の後ろにもいたでしょう?　護衛が二人。あれも私が買ったエルフですよ。この中に入ることは禁止されていますがね」

「えっ!?」

「そういうものなのです。諦めて受け入れたほうがいいですよ。私も若いときは驚きましたが、これが勝者と敗者の末路なのです。こうして話している間にも、何人ものエルフが売られていますしね」

ゲルグさんの言う通り、俺らがこう話している間にも、どんどんエルフが売られていく。

そういうもの？　認めるのが大人？　わからない。

こんがらがっている頭の中で、ただ一つだけわかるのは……、俺にはどうしようもないという事だけだ。

受け入れるのが楽なのかもしれない。思わず俺は舞台から目を背けた。

「おや、今日はもうこれで最後のエルフのようです。それに女みたいですから、護衛には不向きですし……。しかも何やら曰くつきみたいですね。今日は不作のようです、帰りましょうか」

だが、舞台上の男が発した言葉が耳に残り、うつむいていた顔を上げて舞台の中央を見てみると、そこには一人のエルフがいた。今こうしている間も苦しそうに咳をし、血を吐いて蹲《うずくま》っている。よく見ると体中傷だらけだし、もうあの右手は機能していないのかもと思うほどだ。

「えー、最後のエルフですが、これは未知の病持ちのエルフです。前所有者の暴行も残っており、欠陥品ではございますが、処女ではあるようです。どんな病気を持っているのかは見当もつきませんが、サンドバッグにはなるかもしれませんので、競売を始めます。まずは一〇〇万から」

「一二〇」

「一五〇」

ぽつぽつ声は上がるが、先ほどまでの盛り上がりとは打って変わって、閑散としている。

それもそうだろう。未知の病持ちのエルフなんて怖くて仕方がない。中にはもう帰り支度を始めている者さえいる。

そんな彼女を俺はもう一度よく見る。

苦しみながらもまだ人生を諦めていない、そんな顔だ。

俺なら……彼女を救える。

そう思ったと同時に勝手に口が動いた。

「これ以上は出ないですかね。それでは……」

「一〇〇〇万」

「「「「「なっ!!」」」」」

一度静まり返った後、会場の人間が俺の方を一斉に振り返る。

それはそうだろう。今日俺が聞いた中で一番高い値段だ。

だが、微塵も後悔は無かった。あの子にはそれ以上の価値がある。

「は？　あっ、えーほかにはいらっしゃいませんか……？　そ、それではえーと、何番ですか？」

「九十八番です」

「そ、それでは九十八番様、一〇〇〇万で落札……」

「なっ、フィセル様正気ですか!?　あんな欠陥品に……」

横で慌てた様子でゲルグさんが俺の肩をつかむ。

けれど俺は至って正気だった。

俺は手に握っている番号札を眺めた後、力の限り握りしめた。

「はい、あの子は俺が雇います。今日はありがとうございました」

俺は奴隷市場の存在を知ったこの日に、初めてエルフを雇った。

◇◆◇◆

騒ぎが大きくなる前に、俺は舞台の方へ行き、奴隷商人に話しかけに向かった。

舞台に向かう間も、大勢から異端者を見るような目で見られたが、普段王都で暮らさない俺には全く気にならないものだ。

「九十八番です。あの子を僕に」

「あぁ、あなたが九十八番様ですか？　なんとも物好きといいますか、趣味が悪いといいますか……。お金はあるんでしょうね？」

「はい、ちょっと待ってもらえれば、この場で現金でも支払えます」

「なっ！　そ、それは結構です！　いいです分かりました、この契約書にサインをお願いします」

「わかりました」

先ほどから驚いてばっかりの奴隷商人が渡してきた書類に、必要事項を書き込んでいく。

書き進めていくと、奴隷を買うのは初めてか？　というチェック欄があったので、初めてにチェックする。

「フィセル……様ですか。どうやらエルフを買うのは初めてだそうで」

「ええ、来たのも初めてです」

「それなのに、こんなものをこんな値段で買われるとは……」

「こんなもの？　彼女はものじゃありません」

俺がそう言うと、商人は半分の驚きを、そして半分の嘲《あざけ》りを含めた表情でこちらを見た。

まだ何も知らないのだな、と言いたげな目だ。

「……まだお若いようで。まあいいでしょう、初めて買われる人には説明をすることが義務づけられていますので説明しますね。まずここで買ったエルフには、首輪がついています。これがついている限り、エルフは主人に逆らうことはありません。なので絶対に外さないでください。もし外せるようなことがあっても、首輪をつけていないエルフが街を歩いていたら、多分捕らえられてまた売られることになりますから」

「わかりました」

商人が口早に説明してくるが、正直あまり入ってこない。

かなりの額の金を出したことで興奮しているのもそうだし、何よりエルフがこのようにして奴隷扱いを受けていることに対しての暗い感情、そしてそんなことを今まで知りもしなかった自分に対する呆れが、俺の脳内のほとんどを占めていた。

「それとですが、基本的にエルフの寿命は人間よりも長いです。もし所有者が亡くなった場合は、買った奴隷商人のもとへと強制転移させられます。ただもし家族の方が希望されるようなら、無償で主人の設定を変えさせていただきますので、ご安心ください。ただし有効期限は一か月ですので、そこだけはご注意を。それを過ぎたら、また別のところに売ることになりますから。他に何か質問は？」

「ありません」

「そうですか、それではあなたの口座と金額をこの紙にお書きください。……はい、ありがとうございます。これで契約完了です。また、不具合等がありましても、こちらでは返金しかねるのでご了承ください。……とくに今回は」

「大丈夫です。ありがとうございました」

「ではこちらを」

契約書を一瞥《いちべつ》して振り返った男の後ろからは、血の咳をしながらゆっくりと歩いてくるエルフの姿があった。奴隷商人は口元を服の袖で隠している。よっぽど嫌なのだろう。

彼女は遠くから見るよりも外傷はひどく、歩くのがやっとといった印象だ。もはや歩けているのが不思議なくらいである。

「この度は……ゴフッ！　か、買っていただいて……ゲホッゲホ」

「ああいいよ無理に話さなくて。これは宿に連れていく前に問題になりそうだな……。よし、ちょっと失礼」

「え？」

「じゃあ俺はこれで」

俺は苦しむ彼女を、そのままお姫様抱っこの形で抱えて、ダッシュで競売場から出る。

なるべく人が少ないところに行ければそれでいい。

なんとなく、あれを飲ませるのを誰かに見られたくないだけだ。

「あ、あの……私にそんなに近づいたら、ゴフッ！」

俺の胸元に彼女の吐血がつく。

でも別にどうでもいい、彼女が救えるのなら。

だが問題は別にあった。

俺の体力と筋力だ。正直カッコつけたはいいものの、いくら彼女が痩せ細っていて一人の少女とは思えないほど軽いとはいえ、俺には限界だった。

「くっそ……、やっぱ宿までダッシュは無理か」

それにこのままいったら、俺にも未知の病とやらがうつりそうだ。

ポーションで治せるに違いないとはいえ、無駄遣いはしたくない。

「はっ、はっ、やっぱりもう無理……。一個しかないから使いたくなかったんだけど、仕方がない、転移玉！」

ポケットの中から赤いガラス玉を取り出して、地面にたたきつける。

これは俺が開発した魔法具『転移玉』だ。

色々問題点があり商品化には至っていないが、それでも優れているのは違いない。

作った俺が保証する。

「びっくりするかもだけど、ごめんね」

「え？　き、きゃあ!!」

淡い光が俺たちを包み、次に視界が開けた時には、俺とエルフの少女は宿の部屋の中に到着していた。

◇◆◇◆

『転移玉』

これは青色のガラス玉を目的地において、離れたところで赤玉を割れば、青玉までワープできるというものだ。欠点は、割って使うために一つの赤玉は一回しか使えないことと、今のところ青玉はこの世に二つ以上存在できないことだ。二つ以上作ったら行先が指定できなくなって、発動しなくなってしまう。

また、青玉は家に置かず旅先の宿に置くようにしている。理由としては、家で誰かが変なところに移動させたり捨てたりしたら、ワープした瞬間に死んでしまうかもしれないからだ。

このような問題点から、まだ商品化には至っていない。だが今回は、それが功を奏したみたいでよかった。

「ああいい、無理にしゃべらなくて。とりあえずこれを飲んでくれるかな?」

「あ、あ、あの……」

俺は目の前で怯えるエルフの少女に、完全回復薬《フルポーション》を渡す。

王様に見せるために持ってきた貴重な回復薬ではあるが、仕方があるまい。それに今回は、完全回復薬でないと治せそうにない。

「わ、かりました……」

彼女が恐る恐るその瓶を口に運ぶ。

頼むから割ったりするなよ、貴重なんだから。

そんな俺の思いを知ってか知らずか、彼女は丁寧に飲みほす。

そして、突然目を開いたかと思えば……。

「きゃぁあああああああああああ」

空気を切り裂くような大絶叫が部屋中に響いた。

思わず耳をふさぐが、これはもうどうしようもない。

「がんばれ、何とか耐えてくれ!!」

絶叫しながら暴れる彼女を、なんとか押さえこんで支える。

「ど、どうしたんですか!?」

「あっちょっと待って！」

そんな中、宿の人が不審に思ったのか、部屋の前まで来てためらいなくドアを開ける。

どうやら迂闊にも、部屋の鍵を閉めていなかったみたいだ。

だが、宿の人は俺たちの姿を見て、何か腑に落ちたのか、ため息をついて、暴れる俺たちをやや冷たい目で見た後にこう言い放った。

「一体何が……ってそういう事ですか。エルフで楽しむのもいいですが、もう少し周りに気を使って……」

「ち、ちがう!!　これはその……」

「失礼しまーす。ごゆっくりどーぞ」

「ちょっ！」

見てはいけないものを見た、と言わんばかりに去っていく従業員。そしてまだ暴れるエルフの少女。

「がぁあああああああああああ」

「痛ててっ！　ちょっ、君は頑張って！」

確かにこの構図、奴隷を調教しているようにしか見えない。

というか、やはり大人にとってエルフはそういう存在なのか……、と少し悲しくなる。

そんなこんなで宿の人が出て行って少しした後、ようやく少女が落ち着いてすやすやと寝息を立てて眠りに落ちた。俺はというと、もうぼろぼろだ。肉体的にも精神的にも。

取りあえず先に眠りに落ちた少女をベッドに寝かせたあと、シャワーを浴びて、部屋においてある机と椅子で寝ることにした。

◇◆◇◆

次の日、先に目が覚めたのは俺だった。

そもそも今まで研究に没頭していたから、睡眠時間なんて無いようなものだったし、少なくても平気な体になってしまっている。おそらく成人男性の平均睡眠時間の半分が、俺のそれだ。

軽く伸びをした後、すやすやと眠る少女のもとへと近づいていき、その髪に触れてみる。

「本当にきれいな髪だ。……人間とほとんど変わらないのに、どうしてこんなことに。なんで……」

「んぅ？」

どうやらその声で起こしてしまったらしい。

軽く寝返りを打って俺の方を向いた後、徐々に目が開いていく。

「ここは……？」

「よかった、目が覚めた？」

ようやく意識が戻ったようで、目をカッと開く。

その後、驚いた猫のように飛び上がり、俺の前に座り、あろうことか土下座までした。

俺は目の前で起きた突然の出来事に、ただ立ち尽くして、呆然と彼女を見下ろす事しかできなかった。

「も、申し訳ございません！　ご主人様よりも遅く起きてしまった私を、どうかお許しください！」

え？

あまりのことに、思考がフリーズしてしまう。

「申し訳ありません、ですので、どうかお仕置きだけは……！」

状況を整理すると、どうやら完全にこの子は前の主人と勘違いしているようである。

前の主人はこの子にどんな扱いをしていたのだろうか。

未知の病気で苦しんでいたであろうこの子に、なにをしていたのだろう。

もしくはその主人がこの子に、未知の病を感染させたか。

どっちにしろクソ野郎だが。

「大丈夫、俺は君の味方だよ。ほら、傷も病気も治ってるでしょ」

「え……？」

俺の言葉を聞いて、信じられないといった顔で自分の腕を、足を見回す彼女。

その綺麗な肌には、もう傷一つついていない。

もちろん病魔も消え去っている。これが俺の研究の賜物だ。

「なお……ってる？　なぜ？」

「うん、だからもう何も怖くないよ」

自分の体を隅まで確認すると、彼女はそのままぽろぽろと涙を流し始めてしまう。

ちょっと照れ臭くなった俺は、そのまま泣き止むまで待つことにした。

◇◆◇◆

「本当にありがとうございます。これからは何なりと私にお申し付けください」

ようやく泣き終わった彼女は、スッと立ち上がり俺の目をじっと見つめた。

銀色の髪はぼさぼさになっており、服は一体いつから同じものを着ているのかわからない。

そのおかげで、彼女の良いスタイルが目立っているといっても過言ではないが。

「あの……、どうしたのですか、先ほどから見つめて」

「い、いやなんでもないヨ！」

動転して声が裏返ってしまう。

不純な目で彼女のことを見ていたわけではないのだが、彼女は変な目で見られていると思ったらしい。だがやはりこっちは思っていなくても、向こうがそう感じたのなら、罪を認めるべきなのかもしれない。世の中はそういうものなのだから。

もう一度言うが、断じて不純な目では見ていない。

もちろん嘘です。凄く不純な目で彼女を見ていました。

「べつにご主人様が望めば、私の体なんて……」

「いやいい、それ以上言わなくていい！　と、とりあえず今日は君の服を買いに行くよ！　その髪もなんとかしないとだし」

「かしこまりました」

「そのためにもまず、君にも名前がなくちゃね。君はなんていう名前なの？」

「……私はあの戦争で死んだも同然です。それからのことは思い出したくもありません。今日、ご主人様のおかげで私は生まれ変わったのですから、ご主人様がお好きなようにお呼びください」

彼女は俺の目を見て力強くそう言った。だが俺としては困ったものである。女性の名前なんて考えたこともないし、どんなものが良いのかも全く分からない。

ひとしきり考えを巡らせた後、俺は彼女にとある呼び名を提案することにした。

「そうか……じゃあ、うーん、ヴェルなんてどうかな？　嫌だったら他にも考えてみるけれど」

「かしこまりました。ヴェルでよろしくお願いいたします。ご主人様のお名前は何というのですか？」

「フィセル、フィセルだよ。これからよろしく、ヴェル」

俺が名前とともに手を差し出すと、彼女は両手で俺の手を掴み、お願い致しますといいながらもう一度頭を下げた。

◇◆◇◆

その後、ヴェルの髪を街の美容室で切ってもらって、服屋で適当にいくつか服を買った。

美容室で服屋でも、ヴェルは「ご主人様のお好きなように」っていうものだから、俺は、「店員さん、似合うようにお願いします」としか言えなかった。

しょうがないじゃないか、俺は彼女いない歴＝年齢なのだから。

今、女性の間で流行っているものとかは、全く分からない。

服屋で服を選び終わったあと、日用雑貨品をそろえたり、王都を回ったりしていると、もう昼過ぎになっており、小腹がすいてきたころになっていた。

「ヴェル、お腹すいた？」

「いえ。ただご主人様がすいているのなら、御供します」

美容室では髪を肩ぐらいできれいにそろえてもらって、服屋では店員さんにいいようにマネキンにされていたヴェルが、キリッとした顔で答える。

その後「グゥー」と、おとぎ話のような音を鳴らさなければ満点だったが。

いや、こっちのほうが可愛さもあって満点かもしれない。

「こ、これは、その……」

「あははは、こうやって歩き回るのも久しぶりだろうし、一回休もうか。あそこにちょうどいい喫茶店があるし」

まだ顔を赤らめて、わたわたしているヴェルの手を引っ張って、強引に中に入る。

まるで昨日俺が路地裏で、ゲルグさんに引っ張られたときのように。

こうして俺らは、少し遅めのランチを食べることにした。

「あの……いいのですか？　本当に食べて」

店に入ってからも「私は大丈夫です」といって聞かない彼女に、仕方なく俺は命令という形でご飯を食べさせることにした。

のだが、頼んだサンドイッチを彼女は見つめるばかりで、一向に口に運ぼうとしない。

いったい前の主人にどんなことを言われていたのか俺は知らないが、少しずつ直していく必要がありそうだ。

「うん、いいよ、どんどん食べて」

「い、いただきます……」

俺がしきりに勧めると、彼女はようやくサンドイッチを口に運ぶ。

すると彼女は少しだけ目に涙を浮かべて、どんどん口へと運び始めた。

恐らく俺は、一口かじった後に彼女が見せた嬉しそうな顔を、多分生涯忘れることはないと思う。

その一瞬に、これまでの彼女のすべてが垣間見えた気がしたから。

俺も頼んだパスタを食べつつ、一息ついたところで、彼女にいろいろ聞いてみることにした。

「食べながらでいいんだけどさ、ちょっといろいろ聞きたいことがあるんだけど」

「なんでしょう？」

そういって食べる手を止めて、こちらを見据えるヴェル。

いや、食べてていいんだよ？　と言おうとしたが、なんとなく言うのをやめて俺は話を続けた。

「今日一緒に街を歩いたけど……やっぱ俺とヴェルみたいな人とエルフの関係って、珍しいのかな？」

そう、服屋に行くにしろ、美容室に行くにしろ、今こうやって喫茶店で食事するにしろ、まず最初に店員さんは「え？　こいつに？」といった顔をするのだ。

そして今日街を歩いてみてわかったけれど、男のエルフは護衛として後ろについていることが多いけど、女のエルフと一緒に歩いている人はいなかった。護衛は顔をマスクで覆っていて、男か女かよくわからないことのほうが多かったけど。だからこそ俺は、今日変な目で見られ続けた。

今も周りの客に変な目で見られている。

「そう、ですね。基本的にエルフは大金を出して買うものですから、何人も買うわけにはいきませんし。言いたくはないですけど、普通は女性のエルフを、性欲処理のためだけに貴族が買っていることが多いです……。多分」

「やっぱりそうなのか……」

「男のエルフは、どちらかというと力仕事を低賃金ないし無賃金でやらされることが多いです。護衛できるほどの能力をもつエルフを買うとなると、それはそれで値が張りますし」

ここにきて学園生活はわき目もふらず勉強して、卒業してからは家にこもり続けていたツケが回ってきた。どうやら俺には、社会的知識が抜け落ちているみたいだ。

「だからこそ……その、私がこう言うのも変なのですが、なんでこのような待遇を受けているのかわからないのです。髪はまだわかります。汚い者に手を出したくないでしょうから。ただ服を買ってもらって、こうしてご飯まで食べさせてもらって……な、なにが目的なのでしょうか？」

何が目的なのか。正直それは俺も分かっていない。

けれどあの時、エルフの競売会場で動いたことについてなら、明確な理由が俺にはあった。

「目的も何もない。ただ救える命があったから救っただけだよ。たしかに俺のこの接し方は、この国において異端なのかもしれない。でも俺は変えるつもりはないよ」

彼女の話しぶりから察するに、エルフたち自身がもう自分たちの扱いを諦めて受け入れているようだ。

この国の在り方を、自分たちの立場を。なら俺も従うことにしよう、俺なりのやり方で。

「じゃあ、それ食べたらヴェルは先に宿に帰ってくれ。いや、でもちょっと不安だから俺もついていくけど」

「え？　わ、私は逃げませんよ？」

「いや、そういう心配じゃない。その、途中で誘拐とかにあったら……やじゃん」

「……本当にフィセル様はお優しいのですね。ということは、フィセル様はこの後どこかに行くのですか？」

「うん。本来の目的を達成しに行ってくる」

「目的、ですか」

彼女はよくわからないといった表情で首を傾けたが、俺は気にせずパスタを口に放り込んだ。

◇◆◇◆

ヴェルを宿まで送った後、ポケットから通話式魔法具を取り出して、ある人に連絡をとる。

『これはこれはフィセル様、どうかされましたか？』

魔法具の向こうからは、くぐもった中年男性の声が低く響いてきた。

正直中々に聞き取りづらい。

この魔法具ももう少し改良されればいいのにと思いながら俺は用件を伝えることにした。

「あ、ゲルグさんですか？　昨日ぶりです。あの、今日ってこの後って空いていますか？　ちょっと聞きたいことがあるんですけど」

『えぇ、空いてますとも。それにフィセル様の用でしたらたとえ空いていなくてもよっぽどのことがなければ空けますので』

「ありがとうございます。では、○○通りの××っていう店で十六時はどうですか？」

『はい、大丈夫です。それでは』

「よろしくお願いします」

相手が通話を切ったことを確認してこちらも電源を切る。

本当に丁寧な人だ。俺のほうが一回りも若造なのにここまで丁寧に相手してくれるとは。

まぁそれもこれも完全回復薬のおかげなんだろうけど。

時計を見ると今は集合時間の三十分前。今から歩いていけばちょうどいい時間だ。

俺は待ち合わせ場所に指定した先ほどの喫茶店に向かってゆっくりと歩き始めた。

◇◆◇◆

昨日とは違ってしっかりと地面を踏みしめながら。

「一日ぶりですな、フィセル様。今日はどういったご用件で？　……もしかして、昨日のエルフについてですかな？」

無事待ち合わせ場所に集合できた俺たちは、二人で店に入りコーヒーを頼んで話すことにした。

ゲルグさんの護衛は店の外に立っており、中には入ってこないようだ。

もしかしたらこれが本来のエルフの立ち位置なのかもしれないと、昨日の俺とヴェルのことを思い出しながら話を進めることにした。

「まぁそれも含めて、話があるんです」

「そうですか。その、申し上げにくいのですが、やっぱりエルフの返金というのは……」

なんとなく予想はしていたが、やはりゲルグさんは俺が返金の相談をしに来たと思っているようだ。確かにあの傷や症状を見たら、だれもがそう思うだろう。

だが俺にはあれがある。

「あ、いえ。彼女は僕の完全回復薬で回復しました。今ではもうピンピンしています」

「は？　え、あ、あのエルフがですか!?」

「はい。傷も病も全て治りました」

「……し、信じられない。そうか、だから国王は……」

俺がヴェルの具合のほどを伝えると、ゲルグさんはぶつぶつと聞こえないような声で何かを呟き始めた。

俺は彼が落ち着くまで、先ほど頼んだコーヒーに口をつける。

ここのコーヒーは俺の舌に合っていてとても美味しく、王都に来たらよく訪れるのだ。

というか、王都の店は正直、ここと昨日ヴェルといった場所しか知らない。

だが彼が現実世界に戻ってくるのがあまりにも遅いので、目の前で手を振って意識を戻すことにした。

「お、おーい、ゲルグさん？」

「はっ！　も、申し訳ございません。そうか、だからあなたはあの手負いのエルフを買っていったのですね」

「そうですね。まさかあそこまでの傷と病のエルフに効くとは、自分でもびっくりですけど。……これを商売の宣伝に使ってくれてもいいですよ」

そういって通話式魔法具の写真を見せる。

この魔法具は最新モデルで、モノクロではあるが、写真を撮ることができるのだ。

容量はかなり少なく十枚も保存できないが、流行に疎い俺にとっては別に気にならないレベルである。この魔法具も数少ない友人の口車に乗せられて買ったものだったが、こんな形で役に立つとは思わなかった。

一枚目が昨日宿に帰ってすぐに撮ったもの、そして二枚目がさっき喫茶店で撮ったものだ。

「こ、これは……。どうやらあなたと契約出来たのは、幸運の極みだったのかもしれませんね。それで？　これを報告しに来ただけではないでしょう。私に何をご所望ですか？」

「その、ここ数日にでもやっているエルフの競売ってありますか？　昨日そんなこんなで、結局護衛を雇えてなくて」

「ふふ、そうやって『買う』という表現を避けるの、私は好きですよ。そうですね……今日で、しかも護衛ができる位に腕が立つエルフですか。ちょっと席を外しますね」

やや小太り気味な図体を重たげに上げ、机の上においてあった通話式魔法具をつかみ、ゲルグさんは誰かに電話を掛けに行ってしまった。

その間に俺はコーヒーを飲み干して、店員さんにお代わりを注文する。

多分ここの分はゲルグさんに払ってもらえるから、飲めるだけ飲んでおこうという意地汚い考えだ。お金はたくさんあるとはいえ、子供のころは貧しい暮らしをしていたのもあり、中々にこの根性は抜けないのが少し悲しい。

それから待つこと数分、通話を終えたらしいゲルグさんが、おかわりのコーヒーを持ってきてくれた店員さんと同じタイミングで戻ってきて、椅子に座った。俺は店員さんにお礼を言って、コーヒーに口を付けながらゲルグさんの方に目を向けた。

「ごめんなさい、わざわざ調べてもらって。どうでしたか？」

「いえいえお気になさらず。腕が立つものがいるかどうかはわかりませんが、とりあえず今日、午後九時から昨日の場所で競売が行われるそうです。なんでも丁度、昨日国軍が遠征から帰ってきて、その戦利品が多く出品されるそうなので、行く価値はあるかと」

「昨日の場所ですか？　ありがとうございます、行ってみます」

「申し訳ありませんが、わたくし今日はこの後用事がありますので、私の部下を案内役でつけさせてもらいます。時間も時間ですし、一緒に私の家に行ってくつろいでから、部下と一緒に向かうとよろしいかと」

「いいんですか？　ならお言葉に甘えさせていただきます」

俺は二日連続で、エルフたちが売られている競売へと向かうことになった。

◇◆◇◆

「案内はここまでです。帰り道はどうなさいますか？　念のため私はここで待っていますが」

ゲルグさんの部下と紹介された男性は、昨日も通った路地裏の細い道の前で立ち止まり、俺にそう告げた。やはり何度来てもここの雰囲気は慣れない。

「あー、いえ大丈夫です。今ので覚えました」

「そうですか。ですがお困りになりましたら、ここに連絡をください。すぐに駆け付けますので。万が一にでもフィセル様を傷つけるわけにはいきませんし、私の首が飛びます」

「ありがとうございます」

怪しげな道の前でゲルグさんの部下らしき人と別れ、昨日のお化けみたいな人の前に行く。そして今日も番号の書いてある札を彼（彼女？）から受け取る。二回目だがもう慣れてしまっている自分がいる。

「今日は一七八か……昨日よりも随分と多いのかな」

渡された番号札を見ながら、俺は会場へと向かう。

確かに昨日は、今向かっている会場の広さの割には人が少なかった気もする。

それでも十分多く感じたが。

「俺はエルフ全員を救えるわけじゃない。でも、自己満足だけれど『俺にしか救えない人たち』は俺が救いたい。そうすれば寿命の長い彼らが、何かを変えていけるかもしれないから」

そう自分自身に言い聞かせるように呟く。

段々と自分の中で自分がどうしたいのか固まり始めた俺は、今日もまた競売場に足を踏み入れた。

するとまたいつものように熱気のこもった声が、もう入り口付近まで届いてくる。

「じゃあ次はこのエルフ！　今日一番の目玉！　まだエルフの国が健在だったころに、騎士団の副長を務めていたエルフです！　値段はもちろん高いですよ、一〇〇〇万から！」

会場が熱気に包まれ、怒声や歓声、拍手などの喧騒が場を支配する。

そしてまた、目の前でエルフが売られていく。

昨日はあそこまで勇気を出して買うと言えたのに、今日は中々声がでない。

それはこの会場の雰囲気にも影響しているであろう。

昨日とは人数も、熱気も大違いだ。

完全に雰囲気に呑まれてしまっている。

「二〇〇〇万、出ました！　さぁ次は!?」

どんどん跳ね上がっていく値段。

そしてそれに比例してヒートアップしていく客たち。

「いませんね!?　それでは五十六番さん、二五〇〇万円で落札！」

やはり嫌だ、この雰囲気。

まだ若い俺にはわからない。命の価値、そしてこの社会のルール。

昨日エルフにお金を払って、勝手にわかった気になっていたが体は正直なようだ。

一旦今日はもう抜け出そうかな……。

そう思ったときだった。

「じゃあ次！　次はちょっと特殊で、エルフの癖にこちらに指示してきました。なんでも兄妹一緒に買ってほしいとのことです。どうやらこの兄妹は、向こうの国では有名な双子の騎士で、かなりの実力者だったみたいですが、戦争で目をつぶされて騎士として使い物にならない欠陥品ですが、どうでしょうか!?」

司会者の声に反応して舞台の中央に目をやる。

するとそこには目に包帯をぐるぐる巻きにして、二人で震えながら抱き合っている双子のエルフの姿があった。抱き合っている、というよりも兄のエルフが妹を守っている感じだ。

だが現実はそう甘くないようで、先ほどまで歓声であふれていた会場に、どんどんと不満の声が募っていく。

「二体なんて買ってられるかよ！」

「エルフのくせに生意気な！」

「妹だけなら七〇〇万で買ってもいいぞ」

「八〇〇！」

「じゃあ兄は俺が買ってやるよ、四〇〇万でどうだ！」

「八〇〇！」

一人が声を出したの皮切りにして、客がどんどん値段を釣り上げていく。

個々の値段でだ。

「だってよ。残念だがお前らは、別々で売らせてもらう」

司会者の男がエルフにそう伝えた、ように俺には見えた。

そしてその証拠に、二人が一斉に嘆願し始めた。

「いやだ……頼む、どうか頼む！　これ以上俺から何も奪わないでくれ！　俺は、どうなってもいいから……」

「お願いです、お願いです。私はどうなってもいいので、兄は、兄だけは解放してください……！　つきゃぁ、痛い痛いっ！」

初めてエルフがこのように声を上げて懇願している様子を目にしたが、司会者は狂気的な笑みを浮かべて、妹のエルフの髪をつかんで無理やり持ち上げた。その動作に会場がさらに沸き立つ。最早これ自体がショーになっている。

「解放？　わかってねえなお嬢ちゃん。お前らはもう売り物なんだよ！　それに口出す権利も自由もねえ！　それにお前ら目ぇ潰れてんだろ？　そのままじゃ生きられねえお前らに、チャンスがあるだけいいと思え。……えー、やはり別々に売ることにします。まずは妹の方から、八〇〇万から……」

「やめろ、やめてくれ！！　アイナ、アイナ！　頼む、頼むからぁああああああ！」

「兄さん……」

そのやり取りを聞いていて、昨日と同じ感覚がまた俺を支配し始めた。

さっきまで言うかどうか迷っていた言葉が、むしろ勝手にこぼれないようにふさぐのが大変な、そんな感覚。

「一七八番、兄妹二人まとめて三〇〇〇万」

「はっ？　え？」

「だから一人ずつ一五〇〇万出します。ほかにあれば、どうぞ」

静まり返る会場。中にはまたあいつかという声や舌打ちも聞こえてきた。

やがて静まり返った会場で司会者が、さもつまらなそうにエルフを下ろして、聞こえるか聞こえないかギリギリの声の大きさで呟いた。

「え、えーほかにあるようなら一五〇〇万から……。無いようなので一七八番様落札……。そ、それでは次に行きます」

昨日と同じように異端児を見るような視線を受けながら、俺は自分の番号を高々と上げた。

◇◆◇◆

結局この後、目の見えない二人を宿まで連れていくことが不可能だと判断した俺は、ゲルグさんの部下の人に連絡を取って、宿まで送ってもらうことにした。

その後、二人のために宿を取ろうかとも思ったが、やはり早いほうがいいと判断して、四人で俺の実家に戻ることにし、その足で宿を引き払って馬車を買って乗り込んだ。

家に帰らないと完全回復薬がないからだ。

また、道中に襲われる可能性も考えられたが、家が特定されるのも嫌だし、なによりヴェルが「大丈夫です。私はおそらくご主人様の一〇〇倍は強いので」という心強い発言をしてくれたので、それを信じることにした。

彼女が強いのか俺が弱すぎるのか、わからない発言だったけど。

いや、両方か。

段々と彼女も本来の性格を取り戻しつつあるのか、俺に軽口を叩くようになってきたが、俺は快諾することにした。この方がより親身で接しやすい。

まあそんなことは置いといて今俺たち四人は馬車の中にいる。

馬車の中はびっくりするくらい無言だ。

「あ、あの……本当にありがとうございます……」

そんな中、馬車の中の沈黙を破って妹のほうが口を開く。

だが残念惜しい、ちょうど一八〇度逆だ。

目が見えないせいか、見当違いの方を向いてしまっている。

「こっちだよ、こっち。見えなくて不便だろうから、仕方がないけど」

「ひゃあ！　ご、ごめんなさい……。では改めまして、本当にありがとうございます」

すると兄の方も俺の方を向いて頭を下げた。

「俺からもお礼を言わせていただきます。不良品の身ではありますが、我慢することと、体の丈夫さには自信があります。どうぞなんなりと。ですので……無理を承知でお願いします。どうか妹にふるう分の拳も、どうか俺に……」

この発言を受け、流石に「えっ」と思い、ヴェルの方を見る。

馬を操縦するヴェルは、仕方がないですと言わんばかりの顔をこちらに向けた。

やはり、この世界では俺が間違っているようだ。

「大丈夫、俺は君たちにひどいことをする気はない」

「じゃあなんで俺らみたいな欠陥品を……？」

「それはご主人様の家に着いたら分かることです」

兄エルフの質問に、俺よりも先にヴェルがそう答えた。

その声を聴き少し驚いた様子を見せた兄エルフは、少しの間を置いた後、再び口を開いた。

「も、もう一人いたのか……。待て、この感じ……。君もエルフか？」

「……首輪で魔法が制限されている中で、よくそこまでわかりますね……。単純に凄いと思います」

「そうだよ、俺らはすごかったんだ……。あの日までは……」

「兄さん……」

妹エルフが震える手で兄エルフの手を握る。

なんとなく、ここで魔法薬について話す気にはなれなかった。

単純にゲルグさんの言う通り、いつ襲われるか、誰が敵か、どこに潜んでいるかわからなくて、怖かったからだ。

こうして暗い雰囲気のまま一日が経過し、ようやく我が家に到着したのであった。

◇◆◇◆

長かった馬車の旅を終えて家に着いた俺は、家の鍵を開けて重たいドアを開いた。外ではヴェルが驚いた様子で俺の家を見上げている。それもそのはず、かつて中級回復薬やらで稼いだ金のおかげで、我が家はそこそこでかいのだ。

といっても、森の中に土地を買って大きな家を建てたから、周りに近隣住民はおらず、ド田舎の木々に囲まれてぽつんと一軒だけ家がある感じだが。集中するためにも、そして盗難にもおびえなくて済むためにも、こちらのほうが都合がよかった。人付き合いは皆無だが。

「ここがご主人様の家……？」

「いいよ入って。君たち二人は気を付けて、そこ段差あるから」

家の前で立ち尽くす目の見えない二人を介助しながら、なんとか部屋に上がり込む。

するとリビングの扉を開けた瞬間、一匹の猫が俺めがけて飛び込んできた。

あぁ、まじで可愛いいいいいい。

「ね、猫!?」

ヴェルが驚いた様子で、俺が手に抱えている我が愛しの『たま』に近づく。

恐る恐るたまに手を伸ばそうとしたが、そっぽを向かれてしまい手を引っ込めてしまった。

「どうだ、可愛いだろう。たまも君と同じように回復薬で治してあげたら、懐いてくれたんだ」

たまの存在は俺に癒しを与えてくれるし、そのおかげで回復薬ができたといっても過言ではない。

俺が家にうかつに青玉を置けない理由にもなっているが。こいつに青玉で遊ばれた日には、もうおしまいだ。

「いやいや、それどころじゃない、ヴェルはこの二人を見ていて」

「かしこまりました」

そしてたまに夢中になっていた俺は、リビングで再び呆然と立ち尽くす二人を忘れていた。

すぐに二階の部屋へと戻って、机の引き出しから二つの瓶を取り出す。どっちも完全回復薬だ。

そして後ろのクローゼットからは紐を。

これはこの前のヴェルの時で懲りたからである。

俺は紐と瓶をもって一階におり、目のあたりを包帯でぐるぐる巻きにされている二人の前に立つ。

二人とももう何もわからず、兄妹で抱き合うしかないといった感じだ。

「いまから君たちの目を治す。痛いけど我慢してくれ」

「え……？　ど、どういうこと、ですか？」

「困惑するのも無理はない。それに目も見えてないのなら怪しさ満点だしな。でも俺を信じてくれ」

「信じるも何も、俺たちは逆らう権利がありません。お好きなようにしてください」

「わかりました。やってください」

妹の方が兄の服の袖をぎゅっと強くつかむ。

この二人、口ではこう言っているものの、全然信じてないようである。

でも無理もない、だって俺が逆の立場なら、そんな急に目を治すなんて言われても「何言ってるんだ、こいつ？」って思うだろうし。

「じゃあまずこれで……ヴェル、妹の方は任せた」

「ちょっ、え？　な、なにを」

「ちょっとおとなしくしていてください。辛いのは一瞬ですので」

経験者がそう語ったところで、さらに妹の方の疑いが増したのか、少し暴れ始めた。

「きゃあ！　な、何するんですか!?」

「こうするんだ」

「ちょっ！」

　だがそんなこと気にせず抵抗する二人の腕と足を紐で縛った後、目に巻き付けられている包帯に手を伸ばして、巻き取る。

「……これはひどい」

　包帯の下にあったのは。両目を横一文字で切られてしまっている傷跡だった。

　まず目以外の傷のところは、薄めた完全回復薬を塗ってあげる。

　その傷はどんどん治っていき、やがてある程度気にならないほどになった。

「問題は眼そのものだな。痛いけど我慢しろよ」

　そう言って、まずは兄の目に向けて一滴、目薬のように垂らす。

　暴れる前に急いでもう一滴、逆の目に。

「な、がぁあああああああああああああああ！」

「に、兄さん!?　兄さんにいったい、何を!?」

「次は君だ」

「きゃぁああ！　いやぁあああああ！！！」

　こうして妹の方にも同じことを繰り返す。

　そしてそこからは、俺とヴェルで暴れる彼らを押さえることに徹する。

　大体五分くらい経過しただろうか、次第に抵抗は小さくなっていき、やがて眠りに落ちた。

　騎士というだけあって、おそらく紐で縛ってなければ俺が殺されていたに違いない。

　あいも変わらず俺の体はボロボロだ。

「お疲れ様です、フィセル様」

「ありがとうヴェル。彼らを寝室に運ぶから手伝ってくれ」

「かしこまりました」

そして俺は疲れた体に鞭打ち、二人を寝室へと運ぶことにした。

実際はほとんどヴェルがやってくれたが。

一回目と同じようにボロボロになりながらも、二回目の回復薬による治療は無事終了したのであった。

◇◆◇◆

どんがらがっしゃ――――ん！

そんな盛大な音とともに、今日は朝を迎えた。

間違っても俺が掛けた目覚まし時計の音ではない。明らかに下の階から聞こえてきた。

何があったのかと思い一階へと降りていき、昨日彼らを寝かせた寝室へと入る。

そこには驚いて飛び起きたであろう、二人の美男美女が青ざめた顔でこちらを見ていた。

「お目覚めかな？　気分はどう？」

「あ、あなたは一体……。どうして私たちの目が見えているの？」

妹エルフが信じられないといった表情で自身の眼もとに手をやり、泣き出す。

兄も同じように信じられないといった表情で、妹のことをただひたすらに見つめていた。

「俺特製の回復薬を君たちに使ったからね。ちゃんと見えているようでよかった」

「回復薬……？　そんなもので俺らの目が……。ほ、本当にありがとうございます。双子でそろって買っていただいただけじゃなく、まさか目まで……」

「ありがとう……ございます……」

そして二人そろって大粒の涙をこぼし始める。

その瞬間だけでも、回復薬の開発をやっていてよかったと思えるほどだった。

「そんなに泣いたら、治りたての目に染みちゃうよ？　よし、全員そろったし、今後の話でもしようか」

そしてちょうど背後にヴェルがいることに気づいたので、全員で話し合いを始めることにした。

彼女は俺が前に買ってあげた服に身を包み、さも従者のように俺の後ろにへばりついている。

「よく私がご主人様の後ろにいることが分かりましたね」と彼女は少し意地悪な口調で俺に言ってきたので「なんとなくかな。なんか君の感じに慣れてきた気がするよ」と返し、四人でリビングルームへと向かい、全員がそろったところで自己紹介を始めた。

「俺の名前はフィセル。君たちを雇った張本人だ。君たちには使ったからわかると思うけど、俺はある程度の怪我、病気だったら完全に治せる完全回復薬を開発した者で、そのおかげで金はまぁ、びっくりするほどある。だから君たちを、その……、手中に入れて治したってところだ。そんなわけで多分俺は、これから命を狙われやすくなる。そこで君たちには俺の騎士になってほしいんだ」

双子が席に着いたところで俺は話を切り出した。

自分が何者なのか、なんで雇ったのか、これからどうするのかを決めるためだ。

するとまずは兄の方が席を立ちあがり、頭を下げて口を開いた。

「俺の名前はバンです。この横にいるアイナの兄で、エルフの国が崩壊する前はエルフの国の騎士団に所属していました。……この目をつぶされてから死ぬことも許されず、ただ生きてきましたが、あなたのおかげで再び光を見ることができました。あなたのためならこのバン、矛にも盾にもなります。あなたのために、この命を捧げます」

「私の名前はアイナです。兄さんと一緒にエルフの国の騎士団に所属していました。私も同じく、あなたのためにこの身を擲《なげう》つことを誓います。たとえ誰が敵であったとしてもです。あと……一つ能力があって、私たち双子は互いの視覚と聴覚を共有することができます。なのでご自由にお使いください」

二人が並ぶとやはり双子というべきか、金髪碧目の美しいエルフが俺のことを見つめていた。昨日までのおびえていた姿はもう見る影もない。

「ありがとうバン、アイナ。これからよろしく。俺の後ろにいるのは……」

「ヴェルといいます。お二方と同じようにご主人様に命を救われた身です。ですが二人と違って騎士団等に勤めた経験はありませんが、その分奴隷として勤めていた期間は長く、身の回りの事はこなせますので、よろしくお願いします」

「よし、じゃあ朝ご飯にしようか！　みんなお腹ペコペコでしょ」

と、全員が挨拶を終えたところで、朝食にしようとした時だった。

「その、申し上げにくいのですがご主人様、今までご飯はどうされていたのですか？　一応今朝、一通り屋敷の中を見て回ったのですが……」

「え？　あったと思うんだけど」

「確かにありましたね。干し肉と水、それに缶詰が大量に」

「うん、それ」

「今まではこれで生活を？」

「え？　ま、まあ」

「何年ほどですか？」

「七年くらいかなぁ」

頭を掻きながらそう告げると、先ほどまで笑顔だった三人の顔が固まる。

なんか変なこと言ったか俺？

「……ご主人様、従者の立場で恐縮ですが、恐らく私たち以外に料理人を雇ったほうがいいと思います。その……今後のためにも。流石に私でもこの人数の料理を毎日作るのは大変ですし、ご主人様も早死にしてしまいますよ」

状況が分かっていない俺に、ヴェルが今までにないくらいの深刻そうな、もしくは憐《あわ》れむような目で俺のことを見た。正直俺としては、あまりそこに疑問を抱いたことがなかったので、どう返せばいいのかわからない。

「え？　そんなまずい!?」

「確かに干し肉だけじゃきついな」

「そうですね……」

ヴェルの提案にバンとアイナも続く。

「えっ、え？　これじゃダメ？」

「ダメに決まっています。というか、よくこれで生きてこられましたね」

「……え？」

三人に憐れみの目で見つめられる中、俺が次にやるべきことはすぐに決まったのであった。

◇◆◇◆

俺が次にやるべきこと。三人のエルフと出会ったり街の中を散策したりして、やるべきことがいくつか見つかった。
一．彼らの首輪の破壊方法
これは単純に、一緒に歩く彼らが首輪を付けているのはかわいそうだと思ったからだ。
そして俺が思い描いている今後の計画において、これを破壊することは必要不可欠だ。
二．完全回復薬《フルポーション》の材料を仕入れること
思いのほかこの数日で消費してしまったため、さらに作る必要が出てきてしまった。

そのためにも再び王都に行かなくてはならない。

そしてさっき出来たばっかりである。

三．料理人の調達

……俺が悪いのか？

確かに彼らには何不自由ない暮らしをしてほしいと強く願っているから、要望には応えるつもりではあるけれど、俺はこの生活が駄目だと思ったことがなかったから意外だった。

そんなこんなで再び王都に行くことになったのだが、なんせここからは馬車で一日、往復で少なくとも三日は家を空けることになるのはちょっとな、と思い、何か策はないかとアイナに聞いてみたところ、

「私がエルフの国にいた時に、相棒だったドラゴンがいるのですが……。もしかしたら呼びかけに応じてくれるかもしれません」

と言うものだから、一緒に外に出て呼んでもらった。

彼女が首から下げていた動物の角でできた笛のようなものを吹くのが合図のようで、ピーという甲高い音が森の中に響いた。

「……やっぱり無理のようですね。期待させてごめんなさい。もしかしたらこの笛も壊れているのかもしれません」

「そうか……。っておい、あれ違うのか？」

「え、あ！　ド、ドラグ！」

「グォアアア！」

というような感じの事があって、今俺はドラゴンの上にいる。

護衛にはもちろんアイナについてもらって、それ以外の二人はお留守番という形だ。

「それにしても凄いな、ドラゴンか……」

「普通人間は乗せないようですから、新鮮かもしれませんね」

「こいつは嫌々ながらも、アイナのために乗っけてやるって感じだったけどな。最初抵抗されたし」

さっき乗ろうとしたとき、吠えて威嚇《いかく》されたのが既に若干のトラウマになっている。

まじで怖かった。このドラゴンは人間のことが嫌いなのかもしれない。

「ふふっ、でも今こうして乗せてくれているってことは、それなりに信用はしてくれたと思いますよ」

「だといいけど……。てっ、早！　もう王都じゃん！」

ふと前方に目をやると、少し先の方にはもう、王都で一番大きな建物である王城が、なんとも煌びやかに聳《そび》え立っているのが見えた。馬車の時とはかかる時間が恐ろしいほど違う。

「ただ、どうしましょう……さすがにドラグごと王都に降りたら、悪目立ちしてしまいますよね」

アイナが不安げにドラグの背中を撫でたが、俺はすでにもう手を打っている。

俺も同じように背中を撫でながら彼女に答えた。

「いや、それなら大丈夫だ。さっき連絡したから。もうちょい先のあの建物まで行ってくれ。そこで降りる許可をもらっている」

「わかりました。ドラグ、よろしく」

「グォオオ！」

久しぶりにご主人と会えたのが嬉しいようで、はしゃぎまくっているドラゴンのドラグ。

やはり信頼関係って大事だなと感じながらゲルグさんが用意してくれた建物の屋上目指して俺らは空を駆けぬけた。

◇◆◇◆

「場所を提供してくれてありがとうございます」

「いえいえ、まさかドラゴンに乗ってくるとは……。それで今日は何をしに？」

ドラグから降り、着陸場所に待機していたゲルグさんの元へ近づくと、彼も興味深そうにドラゴンを見ているのが分かった。しかしその目は恐らく俺たちのものとは違い、商売道具になるかどうか品定めしているに違いない。そもそもドラゴンと人間は全くと言っていいほど関わりがないから、仕方がないのかもしれないが。

「ゲルグさんには、この紙に書いてあるものを集めて俺に売ってほしいんです。全部完全回復薬の材料ですので、お金はいくらでも出します。あとアイナ、申し訳ないけどいったんドラグとは別れてくれ。多分一日じゃ終わらないから」

「かしこまりました！　ドラグありがとうね。また呼んだ時はお願い」

「グォオオ！」

アイナがそう告げると、ドラグはその大きな翼をはためかせて飛び去って行った。

ドラゴンが飛び立っていくと、ゲルグさんも何かを考えるのをやめ、俺の渡した紙を受け取り目を通し始めた。

「なるほど、これが完全回復薬の材料なのですね……」

「これでもまだ半分ですけど、他のものはもう家にあるので」

「これで半分!?　……わかりました、用意出来次第連絡します」

「よろしくお願いします。よし、じゃあ俺らはとりあえず宿、探しますか」

ゲルグさんが紙を見て震えている中、俺は着陸場所を後にした。

◇◆◇◆

王都に来てから四日が経過し、宿でダラダラしていると、俺の通話式魔法具がやかましくなった。

相手が分からないが、取りあえず魔法具のスイッチを押し応答する。

「はい、フィセルです」

『フィセル様ですか？　あなたの注文通りのものが入りました』

「……わかりました。今から向かいます」

そういって手短に通話を切る。

あまりこの人とは長く話をしたくはなかった。

「ゲルグという人からですか？」

「いや、違う。もう一人のほうだ。アイナには嫌な場所かもしれないけど……」

椅子に座るアイナが少し曇らせた顔を見せたが、すぐにいつもの顔に戻る。

「いえ、フィセル様を守るためなら、全然大丈夫です。任せてください」

「じゃあこれを」

そして、椅子に掛けてあった深いフードのついた衣服を、アイナに渡す。

これは、周りの人たちがエルフを護衛にする時に着させる服だ。

全身を布で覆うような服。それだけでもうエルフの立場が分かるようである。

「よっと、はい、大丈夫です！」

「よし、行こう」

一度深くため息をつき、俺は三度目のエルフ競売へと向かった。


もう覚えてしまった道を通って、エルフ競売へと向かう。

アイナは途中に従者を待機させる場所において俺だけ中に入り、また札をもらう。最早慣れてきてしまっている自分が怖いが、それでも中へと進んでいく。

いつものような熱気と歓声に包まれながらも、舞台がよく見えるところへと進んでいき、競売に交ざる。

そして目の前でどんどんエルフが売られていく中で、俺は目当てのエルフが来るまで待っていた。待っているはずだった。

「じゃあ次のエルフです！　このエルフは諜報技術に優れており、エルフの国でも重宝されていたようで、この国で奴隷になった後も人間のもとについて、それはもういろんなことをしてきました。ですがつい先日潜伏中に仲間に裏切られて、潜伏先の者にバレて凌辱の限りを尽くされたのち、呪いまでかけられてしまったかわいそうなエルフです。その呪いはどんなものかは知らされておりませんが、彼女を苦しめているのは確かです。それに様々な病気ももらっているみたいですしね。それでは行きましょう、お楽しみの競売の時間です。五〇〇万から！」

「一〇〇〇万」

「はい一〇〇〇万って、えええ！　ま、またあなたですか……。その、あなたは別の……」

「大丈夫です、ちゃんとそっちも」

「……他に、他にいらっしゃいませんか!?　はい、それでは七十番様の落札です」

完全に無意識だったが、俺はまた苦しんでいるエルフを見て、衝動的に札を上げてしまった。もちろん後悔は無い。

だがそんな俺を舞台上の彼女は、心の底から睨みつけるような、そんな目で見つめていた。

そのあと、舌を切られてしまった壮年の料理人の男性を一五〇〇万で雇ってから、行きに使った建物の屋上へと向かった。

俺の後ろには無表情の男女のエルフ、そしてアイナがいる。

「アイナ、ドラグに四人乗れるかな？」

「行けると思いますよ！　多少スピードは落ちるでしょうけど。それよりゲルグさんに頼んでいたものは集まりましたか？」

「うん。さっき会った時に全部買い取って、王都で買ったたくさんの食材と一緒に送ってもらったから大丈夫。……家に着くのは三日後だろうけど」

「そうですか。ではいきますね」

こうして俺ら四人は、ドラグの背に乗って家へと向かった。

この間も舌を切られているから喋れない男性はまだしも、呪いにかけられている女性は一言もしゃべらなかった。

それにどっちにも共通して言えることだが、どちらも一向にして心を開く気はないと言わんばかりの表情だ。

首輪がなかったら、今すぐにでも殺してやると言いたげな目。

俺の事を、世界を、人間を、神を恨んでいるような、そんな目だ。

人間ごときが同情するな、偽善者が、と目で俺に訴えかけてくる。

「……これは大変だなぁ」

そう呟いた俺の小声は、他のエルフに届くことはなく、風にのってどこかへ飛んで行った。

◇◆◇◆

四人を乗せたドラグが一時間ほどで俺の家に到着してくれたのは、正直助かった。

あの雰囲気を馬車で一日とかは、正直耐えられなかったから。

そんな思いを抱えて家の扉を開けると、すぐにヴェルとバンが迎えてくれたが、その反応は俺が思っているものと違うものだった。

「ご主人様、お帰りなさいませ」

「主、おかえりなさいませ」

「……あれ、二人ちょっとやつれた？　元気になったと思ってたのに」

俺が首をかしげながら言うと、バンは小さくため息をついて、これまでの苦労を語り始めた。やはり前よりもやつれている。

「この四日間ほど干し肉しか食べていませんからね……。正直もう顎が限界です。奴隷時代のほうがちゃんとしたものを食べられていたかもしれません。パンとかスープとか。どれも廃棄されたものでしたけど、多分、今回よりかはマシだった気がします」

「俺もおおむね同意見です。やはりあの判断は正しかったかと」

「そ、そうか……なんか、ごめん。あと、今日から二人増えるからよろしく」

そう言って後ろの二人をリビングに入るよう促す。

彼らは嫌々ながらもリビングに入ってきてくれた。

「よし、じゃあまず……」

「ちょっと待て」

俺がこの先の事をしゃべろうとした時だった。

呪いがかけられている少女が突然俺の話を遮り、俺の前に立ち俺をにらみつける。

初めてこのエルフの声を聴いたが、口調は男っぽく、どこか粗暴な印象を受けた。

そして何より、顔の半分まで占めている呪いの痣《あざ》が痛々しくも彼女を蝕んでいた。

「お前は一体何者だ？」

「俺は完全回復薬を開発したもので、君たちの怪我を治すために引き取った者だ」

そう答えると、彼女は露骨に顔をしかめる。

それはもう一人の、料理人のエルフも同じだった。

「治す？　この呪いをか？　はっ、それは無理だな。だってこれは病とかそういうんじゃねぇし、そもそも治してくれるな」

「というと、君はもうすぐ死ぬのか？」

「ああ、この呪いでな。お前も薄々わかっていただろ？　呪われているものが、このタイミングで競売にかけられる意味を。ようやくこの腐った世界からおさらばできるってことだ。邪魔すんじゃねぇ」

「そっちの君は？　そうだな……この紙に書いて俺に伝えたいことがあれば教えて」

俺が部屋から紙とペンを持ってきて渡すと、料理人は何やら文字を書き始めた。

が、俺には読めない。多分エルフ文字って奴だろう。

「ちょっと俺読めないからヴェル、頼む、翻訳してくれないか」

「かしこまりました。えーっと、『俺を今すぐ殺せ。もうこの世界に用はない』」

やはりこっちのエルフも同じ思いを持っているようだ。

今までの三人とは違い、もう全てを諦めてしまっている。

そんな風に見受けられた。だが俺だっておいそれとそれを受け入れるわけにはいかない。

「というと？」

『舌を切られてから長いこと経つせいで、もう味が思い出せない。料理人としてこれは死ぬより悔しいことだ。何よりお前の意図が分からない』

「……そうか、そうだよな」

『それになんだ、この連中は。そろいもそろって平和ボケしたような顔しやがって、人間にされた屈辱を忘れたのか？』

ヴェルの声にアイナとバンが固まる。

だが、先ほどまで翻訳に回っていたヴェルが咳払いをした後、料理人の方に向き直った。

「いえ、覚えていますよ、人間が私たちに何をしたか。私だって数日前は奴隷として売られて、未知の病になって死を待つだけでした。ただご主人様が救ってくれたのです」

「はっ、この回復薬を作ったって奴がか。ならおい、なんでお前は今日、私とそこの舌無ししか買わなかった？　そうだよな、絶望から救ったエルフのほうが扱いやすいもんな！　ヒーロー気分を

味わえるもんなぁ！」

「お、お前！」

「バン、落ち着いて。いいよ、続けてくれ」

とりわけ少女の方は、人間に対する憎しみが強いようだ。

確かにこのエルフの紹介文はあまりに壮絶だったし、だからこそ俺は彼女らの思いを全て聞いてみたい。

「ちっ、気取りやがって。いいさ続けてやるよ。お前は思わないのか？　私たちを殺すほうが救いの手になるって。でも殺さないよな？　だって大金はたいて買った商品だもんなぁ、払った分くらいは働いてもらわねえと、割に合わないもんなぁ！　だから私は殺されることを望む。もしかしたらお前は呪いを解けるかもしれねえが、もしここで私が死ねば、お前は大金をゴミ箱に捨てたことになるからな」

『俺もそう思う。お前のこれは慈善活動か？　なぜほかのエルフを救わない？　俺たちはお前の自己満足に付き合わされているだけか？　不良品を治して、それで感謝されるのが目的か？』

二人の思いをじかに受けたが、俺の気持ちは変わらなかった。

むしろ罵ってくれて助かる。方向性を見失わなくて済むから。

「そうだよ、自己満足だ。ただ一つだけ違うことがあるけれど。……俺は四日前に目標を三つ立てた。それは完全回復薬の材料を仕入れること、腕のいい料理人を雇うこと、そして君たちの首輪を破壊する方法を探すこと」

「はぁ？　首輪を破壊だ？　そんなことして何になる!?」

「まあ聞いて欲しい。そして俺は四日前にここを旅立って王都に滞在して、今ここに戻ってきたわけだが……俺はこの王都滞在で、すべての目標を達成することができた」

「ど、どういうことだ？」

「アイナ」

「はい」

俺がアイナの元へと近づき、彼女の首輪に手をやると、パキンッという音とともに奴隷の象徴である首輪が外れた。こいつには外れた時に位置を知らせるトラップが仕込まれていたが、もちろん解除済みだ。

「な………………」

「俺は君たち五人の首輪を外そうと思っている」

「……お前は馬鹿か？　そんなことしてどうなる？」

少女がさらに語尾を強めて俺を睨む。

俺はその視線を受け止めて、アイナの首筋を指さした。

「ああ、言い忘れていたけど『主人の命令には逆らわない』って魔法だけは残してそのままにしておいたけどね。ほら、アイナの首筋に痣が残ってるのが見えるでしょ？」

アイナの首筋には痣のようなものが残っていた。いや、残しておいた。

「これで俺が生きている間、君らは俺の命令に従わないといけないから、俺を殺すこともできない。

ただ一つ首輪と違うのは、俺が死んだら君たちは自由になるってことだ」

「「「『……』」」」

「料理人、君の質問に答えるよ。これは慈善活動なんかじゃない。自己満足かと言われればその通りだ。じゃあなんでこんなことをしているのか。簡単な話だ。これは呪われている少女《きみ》の答えにもなるけど、俺には成し遂げたいことがある。だから俺が死ぬまでは、払った分の仕事を手伝ってもらおうとも思ってる」

「はっ、そうかよ。なら私は……」

「それに、俺の父親は魔物に殺された。もし誰かが完全回復薬を開発してくれたら、俺の父親は助かったし、もし俺があと一年早く完全回復薬を開発できていれば、母親が病で死ぬことも無かった。だから俺は、この薬で救えるものがあるなら救いたかったんだ、ただ単純に。この回復薬ができたのはほんの一週間前くらいだしね」

『それが健常者のエルフを見捨てる理由にはなっていないが？』

料理人からも指摘が入る。

もちろん俺だって出来ることならそうしたかったが、できない理由があった。

「そうだよ。ただ、もし俺がこの薬を使わなかったら、君らは死ぬか、死んだように生きていたよね？　だから俺は君たちを救った、俺にしか救えないから。それにここまで話すつもりはなかったんだけど……俺はさっき成し遂げたいことがあるって言ったよね？　それって何だと思う？」

『エルフのハーレムを作るとかか？』

「いや、それもいいけど、ちょっと違う。そしてそれを真顔で読むなよ、ヴェル……。まあいいや、正解はすべてのエルフの所在地が分かるようになる魔法の開発、そして君らの誰かに完全回復薬の作り方を伝授することだ」

「なっ！」

少女が思わず大声を上げる。勿論そんな所在地が分かる魔法なんてものは存在しない。

だけど俺はこの場で、今俺が考えているすべてを話すことにした。別に隠すようなことでもないし、この中の誰かが情報を漏らすとも思えない。何より同じ目的を持つ集団として共有すべきだと思ったからだ。

「ここまで言えばわかるよね？　俺が死んだあと君たちは自由。そして君たちは他のエルフのありかが分かるし、さらに言えば、その他のエルフたちは基本的に完全回復薬を水で薄めたものでも回復できるくらいの症状だろうから、これで多くのエルフを助けられる。もしかしたら国として再起できるくらいにはなるかもね」

「そ、そんなことを考えてらしたのですか？」

アイナが驚いたような声を上げたが、料理人はさらに続けた。

『ふん、だから健常者のエルフは我慢していろと？　お前が死ぬまで』

「なるほど、確かにすべてのエルフを金で買うというのは無理な話ですからね。だからまずご主人様にしか救えないエルフ、いわば私たちを助けて、その後ほかのエルフの場所が分かる魔法を託したのち、どうするかは私たちに委ねると。そういう事ですね？　結論から言うと、ご主人様はエルフたちが助かる道を探しているということになりますが」

だが翻訳している最中で、ヴェルが自分の考えを言い始める。

少し紛らわしいが、多分この部分はヴェルの考えだろう。

「まあそんな感じかな。もちろん犠牲がないわけじゃない。だってこうしている内にも、俺にしか救えないエルフはいるかもしれないから。それに他のエルフも今頃どんな扱いを受けているのか、考えるだけでもおぞましい。ただ……もう俺はエルフが雇えなくなっちゃった」

「それはどういうことですか?」

ヴェルがここで初めて紙から目を離して、こちらを振り向き首をかしげた。

かわいらしい仕草だ。

「なんか競売の上限があるらしくて、これ以上はダメですって言われちゃったんだ」

「恐らく、個人が強力な軍団を持たないようにするためでしょうね」

「まあそんな感じか。それにそんな位置が分かる魔法なんて、できるかどうかわからないけど……。

これで満足できた?」

『……俺にはおおむね満足のいく説明だ。その魔法が開発できることがありきであればな』

「私は……」

料理人の方はある程度腑に落ちたらしく、ペンと紙をテーブルの上に置いたが、少女は下を向いて黙ってしまった。まだまだ打ち解けるには時間がかかりそうだ。

「よし、じゃあまずはこれを飲んでもらおうかな。二人ともこれを。俺の命令には逆らえないはずだよね？　バン、アイナ、二人を押さえてくれ」

「「承知しました」」

　こうして二人は、他の者たちと同じように完全回復薬によって舌は再び生え、病は綺麗さっぱり無くなった。

「ざ、残念だったな……」

　ただ一つ、呪いを解除できなかったことを除けば。

◇◆◇◆

　どうやら俺の完全回復薬では彼女の呪いを解くことができなかったみたいだ。

　その体には未だ痛々しく呪いの文字が刻まれている。

「あーあー、……だが肉体的損傷は本当に治るみたいだな。しかもこの舌……失う前の俺のものだ」

　苦しそうな少女とは対照的に、料理人の方は完全に元に戻ったようで、ようやく彼自身の言葉で会話ができた。野太く男らしい声だ。

「それはよかった。それで君はどうする？　料理人として死ぬよりも悔しいって言っていたけど」

「……俺に料理を作らせてくれ。それで判断する」

「丁度よかった。なら彼らに作ってあげて。なんか四日間干し肉しか食べてなくて、もう見るのも嫌だってさっき言われちゃったし。これ使っていいから、はい。ところで君の名前は？」

「……ダニングだ」

ダニングが俺の投げた袋を受け取る。

この袋は一見ただの袋だが、その実、見た目の何百倍もの物を入れることができる王国内で三大発明と名高い魔法具だ。

もちろんこの袋を開発したのは俺なんかじゃないし、目が飛び出るくらいの高級品だ。

少し前に通話式魔法具と一緒に買ったが、その時は本当に目が飛び出るかと思った。

当時は今ほどお金もなかったし。

そんな高価な袋の中には、馬車で送るのは気が引けた、王都で買った新鮮な食材がたくさん入っている。干し肉生活に限界を感じているバンとヴェルにはちょうどいい。

何度も言うが俺的には何の問題もないんだけどな。

「俺はこの後部屋に籠るからいいや。それじゃあヴェル、後は任せた。あ、あとたまは絶対俺の部屋に入れないでね。あいつ大事な時に限って邪魔ばっかりするから」

「かしこまりました」

「アイナとバンは好きに過ごしていてくれ。それで君は今から俺の部屋にきてもらう。よいしょっと」

「ちょ、ま、待て何をする！」

「いや、弱ってそうだから、お姫様抱っこで運ぼうかなと。俺の部屋二階だし」

「大丈夫だ、触れるな、近づくな！　じ、自分の足で行ける！」

近づいた俺から逃げるように後退《あとず》さる少女。

一体この華奢な体のどこにそんな力が残っているのだろうか。

実をいうと、今回の二人は完全回復薬を使っても眠りにつくことはなかった。それでもかなり暴れたから消耗しているだろうに、ダニングは料理をしに行ったし、目の前の少女はこれだけ反発する余裕があるみたいだ。相当タフなのかもしれない。

それとも拷問に慣れているか。

「そうか、じゃあ上の部屋で待ってるね」

流石にここまで拒絶されては何を言っても無駄だと判断し、先に自室に戻ることにした。

すると俺が部屋に着いてからすぐに、少女が部屋のドアを無造作に開けて入ってくる。

「ようやく二人きりになれたね」

「なんだよその言い方。気持ちわりぃ」

俺の部屋に自分の足で来た少女は、部屋に入るなりドアの前の床に座り込んだ。

お前の近くに寄りたくはないと言われているようだったが、ここで変に時間を食うのもあれなので、話を進めることにする。

「突然だけど、君は魔法と呪いの違いを知ってる？」

「……まぁある程度はな。魔法は術者が死ねば消えるし永久に残ることはないが、呪いは術者、要は呪いをかけたやつが死ねばより強いものになるし、ほっとけばいつまでも残り続けるもんだ」

「そのとおり。だけど呪いはその構造式さえ解読してしまえば、だれでも解くことができる」

「もしかして今からこの呪いを解く気か？」

俺の提案を鼻で笑い、軽く服をはだけて見せる少女。

その肌には縄のようにまとわりつく言葉が生き物のようにうごめいていた。

「そうだ。だから俺と賭けをしないか？　俺が期限内に君の呪いを解くことができたら、俺の計画に協力してもらう。もし期限内に解除できなかったら……君はその呪いで死ぬ。君はその呪いがあとどれくらいで君の命を刈り取るかわかるよね？」

「……この呪いを知ってるのか」

「似たようなのを見たことがある。ここまでおぞましいものは死の呪文以外にない」

俺がそう言うと、少女は驚いた顔を一瞬見せてから目を伏せた。

「……だいたいあと五日ってとこだ。最悪だよな人間って、売りに出す前に商品に時限爆弾を仕込んでいくなんてよ」

本当にそう思う。

この数日間で人間の汚いところを見すぎた気がする。

「だから俺が全力で君の呪いを解く。ただ呪いの構造式を全部見ないといけないから、君には恥ずかしい思いをさせるかもしれないけど、我慢してくれ」

「いいよ別に……。散々汚い人間に汚された体だ。もう羞恥心なんてものは存在しない」

「じゃあ始めるよ。全身全霊をかけて、君を救って見せる」

俺は少女の呪いの痕をもう一度しっかりと見つめた。

◇◆◇◆

一段落着いたところで時計を見る。今はちょうど日付が変わったぐらいの時間だ。

二十二時に奴隷市場でダニングたちと会い、そこから一時間かけて戻ってきて話し込んだから、まあ妥当だろう。

俺はさっき彼女の体に書かれている呪いの一部を紙に写して、それの解読中だ。

カリカリという紙の上を筆ペンが走る音が部屋の中に響く。

そういえば、彼女の名前ってなんていうのだろう……？

と、聞き忘れていたことが頭の中でぐるぐるし始めるくらいには集中できていなかったが。

「そうそう、君の名前はなんていうの？」

集中力がちょうど切れたのをいいことに俺はペンを止め、ひたすらに床を見つめ続ける少女に声をかけると、彼女は一切顔を動かすことなく面倒くさそうに答えた。

「名前なんかない。もう捨てた」

「じゃあ好きなように呼んでもいい？」

「……勝手にしろ、どうせ死ぬんだから」

またこのパターンかと思いながら窓の外を見ると、さっきまでの天気はどこへ行ったのか、冷たい雨がガラスを小気味よく叩いていた。雨は窓に当たると一粒の雫となって下に落ちていく。なんとなく、その儚さが今目の前にいる少女と重なって見えた。

「じゃあシズクで。シズク、君は疲れたら寝てもいいからね」

「好きにしろ。それに言われなくても勝手に寝る」

彼女はそう言うと立ち上がって移動し、ソファの上で寝息を立て始めてしまった。

やっぱり完全回復薬を使ったことによる疲労は相当だったのだろう。取りあえずはさっき写した分だけでも彼女が起きる前に解読しようと、俺は頬を叩いて意気込んだ。

そもそも俺が今行っている呪いの解読とは、掛けられている呪いを同じように逆から掛けてやれば治るという、いたってシンプルなものだ。だから彼女の体に書かれている呪いを写し取って、逆から読めばいいだけだし、高等学校の授業でも本当に簡単なものだがやったことがあるし、一度だけこれと同じくらいひどい呪いの解読を王都で手伝ったことがある。

ただどの呪いでも例外ではないが、基本的にその文字列はぐちゃぐちゃになっている。喩《たと》えるなら、絡まった紐をほどくような、そんな感じでどことどこが繋がっているのかよくわからないことが多い。

だから俺はこの五日間で、まず彼女の呪いの文字を全部写し取って、その繋がっているところを頑張って見つけて解いて、新たに呪いをかけなおすという事をしなければならないわけだ。

うん、中々にしんどい。

本当に前の雇い人はなんてことをしてくれたのだろうか。

人の命を遊び道具としか思っていないのだろうか。

そう思うとペンを握る力が強くなるが、冷静になるよう自分自身に言い聞かせシズクの方を見る。

もう寝ている彼女の体をまさぐるのはどうにも気が引けたから、今日はさっき写した分で何とか分解できそうなところを分解するしかない。

「ふぁああ、でもさすがに俺も疲れたな……。まあこの分だけはやっとくか」

そう思って再びペンを走らせた時だった。

「失礼します、ヴェルです」

コンコン、というノックとともに、ヴェルの声がドア越しに聞こえる。

「いいよ、入って」

俺が答えるとそこにはヴェルと、ダニングがお皿をもって立っていた。

「ご飯ができたので持ってきました」

「あれ、俺は大丈夫って……」

「いや、俺があんたに食べてほしいんだ。俺の料理を」

「それに何やら大変そうなことをしているそうですけど……、腹が減っては軍《いくさ》は出来ませんよ」

足元に散らばる紙をちらっと見て、ヴェルが優しく笑った。

「……そうだね、いただくよ。ちょっと待って」

急いで机の上に散らばる紙を片付けてスペースを作る。

ヴェルとダニングが置いてくれた皿には、なんともおいしそうな料理がたくさん載っており、ほかほかと湯気が立っている。

いただきます、と手を合わせて一口ずつ口に運んでいくが、どれもあり得ないほどおいしい。ステーキは中までジューシーだし、スープは一口飲んだだけで温まっていくのが分かる。

干し肉とは違って口に入れたとたんに脂が広がっていく。

「……こんなあったかいごはん家で食べるのはいつ以来だろう?」

「いつもは干し肉だったからですよね、そうですよね」

「ヴェルはどんだけ干し肉に恨みを持ってるんだよ……。で、ダニング、どうだった?」

肉を切って口に運びながら、俺はこの料理を作ったエルフに尋ねた。

彼は一つ、大きなため息をついてから、少しばつが悪そうに口を開いた。

「……正直、全盛期の俺からは程遠い。だが、俺は間違っていたよ。俺が忘れていたのは味でもセンスでもなく、俺の料理を食べて喜ぶ人の顔だった。あいつら、そしてあんたの今の顔だ。……さっきは失礼なことを言って申し訳なかった。みんなの喜ぶ顔が……また見たい」

男が捨てたプライドとポリシー。

それをようやく取り戻せたのか、ダニングの表情は晴れやかでどこか覚悟が見受けられた。

「むぐむぐ、……本当においしい。俺の方からもお願いするよ。これからの俺たちの食卓を任せた」

「……承知した」

「それで彼女の分も持ってきたのですが、寝てしまっていますね。……彼女の呪いを解くことは出来るのですか？」

三人ですやすやと眠るシズクの顔をのぞき込む。

その顔は悍《おぞ》ましい呪いの痕とは違って、綺麗でやすらかであった。

「わからない。でもできるだけのことはする。彼女の分の料理は……ちょっと俺はもうお腹いっぱいだから、みんなに回してくれ。ダニングは出来ればでいいけど、明日の朝ご飯を彼女に作ってあげてほしいから、またその時は伝える」

「承知した」

「よし、じゃあ頑張りますか」

俺は温かいご飯で体力を回復し、再び呪いの解読に戻った。

◇◆◇◆

あれからどのくらい時間が経っただろう。時計を見ると時刻は午前八時を示していた。

結局あの後一睡もすることなく解読に励んだのだが、ここにきてようやく昨日書き写した分の解読が一段落着いた。

「な、なんとかできた……。人間やればできるもんだな」

ダニングの料理がなければ、ここまで集中力はもたなかっただろう。

そのまま倒れるように机に突っ伏そうとしたが、勢い余って机に頭から落ち、「ゴンッ」という音が部屋に響く。

「？　……何の音だ……？」

そしてこの音でシズクがお目覚めのようだ。

「おっ、シズク、お目覚めか。ちょっとそこで待ってて」

一休みしようかとも思ったが、シズクが起きたのなら話は違う。

そのまま一階に降りて厨房の方へと歩いていくと、そこではダニングが朝ご飯の準備をしていた。

「ダニングおはよう。朝早くからありがとう」

「別に問題ない。今来たということは、あの少女が起きたのか？」

「うん、だからご飯作ってあげて」

「承知した」

そういって今作っていたであろうスープにレードルを入れ、味見するような動作をする。

その姿はまさに料理人という感じだ。

「あのさ、言いにくかったらいいんだけど……なんでダニングは舌を切られてたの？」

まだ少し時間がかかりそうなので、ずっと気になっていて聞けなかったことパート2を聞いてみることにした。正直聞くかどうか迷ったけど、好奇心が勝ってしまった。

「……俺は昔エルフの王城で、料理長として働いていた。就任して間もなくエルフの国は滅びて、俺は人間のもとに売られたがな。最初は腕の立つ料理人として高額で売られて、他のエルフよりかは良い待遇で扱われていたと思う。ただ、俺は言葉遣いが悪くて、さらにある日、あろうことか俺は主人に歯向かってしまってな。その罰で牢屋に監禁されていたんだが、最終的に舌を切られて再び売りに出されたってわけだ。舌がなければ味が分からないから、料理人としては終わっているからな」

「そ、そんなことが……」

「俺も一つ疑問があった。何故あんたはエルフの味方のような動きをする？」

ダニングも、最後の仕上げをしながら俺に尋ねてくる。

多分どのエルフもこの疑問を持っているだろうが、とりあえずはダニングに答えるとしよう。

「俺は人間とエルフの関係を、つい先日初めて知った。それまでは研究一筋でめったに外を出歩かなかったから、本当に知らなかったんだ。それで国に認められて大金を持ったと同時に、勧められてね、そこで初めてこの国の闇を見た」

「それが奴隷市場という事か」

ダニングもまた、少し曇った顔を見せたが俺は続けた。

「うん。それで俺は、この国のエルフの対応はどうかしていると思った。でも俺なんかじゃ変えることは出来ないことも思い知った。俺は金があるだけで、他には何もできないし、俺が人間である以上は、人間のルールに従わないといけないし。でも君たちは違う。もし君たちが自由になれたら、何か力を持てたら、再び世界を変えられるんじゃないかと思ったんだ。人間と違って寿命がとんでもなく長いみたいだし。だから俺は君たちに託すことにした」

「なるほど、そうか。いや、変なことを聞いて申し訳なかった」

「いいよ、いつかは伝えておきたかったことだし。それじゃあシズクのご飯、頼んだよ」

「シズク？　ああ、あのエルフの事か。了解した。あんたも目のクマがひどいぞ、無理はするんじゃないぞ」

そんなことはないと厨房にある鏡を見ると、しっかりと目にクマができていた。

いつもならこれくらい普通なのに、やはり疲れが来ているみたいだ。

俺は目をこすってダニングの肩を叩く。

「気を付けるよ。……ダニング、俺が生きている間に最高の料理人になってくれよ。舌を切ったやつらを見返すんだ」

「生きている間か。それは随分と短い期間だな」

「君たちに比べたらそうだね。じゃあ俺は部屋に戻るから、できたら持ってきてくれ」

「了解した」

俺は厨房を出て、自分の部屋へと向かう。

正直このペースだと五日後、いや、もう四日後か。

四日後に間に合うかどうか、微妙なラインだ。

でも、やるしかない。もう間に合わなかったと泣いて終わる人生は懲り懲りだ。

◇◆◇◆

それからあっという間に三日が経過した日の午後、それは急に起こった。

そしていつもと変わらず俺が呪いの解読にいそしんでいたところ、急にシズクが悲鳴とともにソファから落ち、苦しみだしたのだ。

「シズク！　大丈夫かシズク！」

「が……、首が……」

「首!?」

シズクの首をよく見ると、呪いの縄が彼女の首を絞めあげていた。

首だけじゃない、どんどん縄が食い込んでいっている。

「大丈夫かシズク!?」

「だ、大丈夫……ただ、あと五時間ってところだ」

「五時間!?　そ、そんな無茶な……。もうちょい頑張れ！」

「こ、これでわ、私の勝ち……だ」

「なっ、おい、諦めるな！」

口ではそう言ったものの、俺も正直限界であった。

今の進行状況は正直言って七十五％程度にもかかわらず、呪いのデッドラインが迫っている。

もう無理かとあきらめかけたその時、シズクの目から一滴の雫が落ちていくのが見えた。

いや、一滴どころじゃない。次から次へと溢れていく。

「シ、シズク……？　泣いているのか？」

「泣いてなんか……ない。ただ、お前に……腹が立っているだけだ……」

「俺に？　た、確かにこんなひどい呪いをかけた人間は……」

俺が彼女の傍に駆け寄ると、彼女は俺の服の首元を力なく摑んで引っ張った。

「違う、お前だ。お前があの日、すぐ私を殺してくれれば、こんなことに……ならなかった。なぜあいつらは……私に優しくする。……なぜこんなにおいしいご飯を……食べさせてくれる。……どうして……エルフを救おうとする！　お前の話を聞いたら……死にたくなくなるじゃないか……」

「シ、シズク……」

彼女はそんなことを思って、この四日間を過ごしていたのか。

呪いにおびえながらも、俺が解読できることを信じて。

ヴェルやアイナ、バンやダニングだって、彼女が元気になると信じているはずだ。

そうとも知らず俺は……あろうことか諦めようとしていた？

「生きたい……。私はまだ生きたい。生きて……あいつらと、そしてお前と暮らしたい……」

「当たり前だ。俺が絶対、君を救う」

俺は彼女の手をゆっくりほどいて、自分の机に向かい引き出しを開けた。

そこには完全回復薬の小瓶、そしてもう一つ紫色の液体の入った瓶がある。

「それは……何だ？」

「これは俺が飲むものだ。『悪魔の回復薬《デーモン・ポーション》』っていう俺が開発した薬で、まあ集中力を高める薬ってところかな。ここ最近寝てなくて、集中力が切れてきてたから」

嘘は言っていない。これは開発途中の、集中力を無理やり底上げする薬だ。

だがまだ開発途中なだけあって、それこそ五時間持つかどうかってところだし、効果が切れた後に頭痛、吐き気や嘔吐に、その他もろもろの体調不良を引き起こす、いわば集中力の前借りってところだ。

その薬を一気に飲み干して、シズクを見据える。

頭の中はさっきまでと打って変わってすっきりしており、眠気も飛んだ。

「シズク、一緒に頑張ろう」

「……」

羞恥心がないと彼女は言っていたが、最初の方はそりゃもう抵抗されたものだ。

じっくり眺めていると「変態！」と言われて、触れようとすると「触るな！」とはたかれて。

でももうそんなことを言ってられなくなったようで、一切の抵抗をしなくなった。

そこから先の事は、もう全く覚えていない。

次に気が付いた時には俺は、ヴェルに使えと言ったベッドに寝かされており、その周りにはエルフたちが座ったり床に寝そべる形で眠っていた。

そして俺の横には、一糸まとわずすやすやと眠っているシズクの姿がある。

もうその綺麗な肌には呪いの文字はない。

「そうか俺、ちゃんとできたのか……」

今度こそ、守りたかったものを俺の手で守ることができたみたいだ。

この状況は全く理解できないが。

……よし、いったん落ち着こう。冷静にだ。

目線の先は天井。うん、ヴェルに貸している部屋だ。

右を見るとシズクが寝ている。

うん、若い男女が一緒に寝る時点でアウトだな。

しかも全裸だし。

え？　全裸？

急いで布団をめくるが、ちゃんと俺の方は服を着ているようで安心した。

右腕はシズクにがっちりホールドされており、シズクは何とも嬉しそうに腕に顔をすりつけているけど。ていうか、女の子って男とは体つきが全く違うんですね。

いいにおいするし、柔らかいし。右腕は石のように動かないけど。

この体のどこからそんな力が生まれているんだ？

……ちょっと待て。え？　まじで誰この人？　シズクであってる？

俺が知っているエルフとは別人なんですけど。

こんなんバレたら殺されるのでは？

冷汗が背中を伝う。

そう思ってからは早かった。

シズクの腕を振りほどいて、ベッドから出よう……。

としたのだが、振りほどこうとした瞬間、右腕をつかんでいる力が増して、逃げることはかなわなかった。

しかも不運にも、シズクは今の動作で目が覚めてしまったみたいだ。

「ん、ふぁ……」

あ、やべ、殺される。

みんなごめん……約束果たせずに終わりそうだ。

そう思い目を閉じた時だった。

「……ご主人、おはよう」

「ひゃっ！　違うこれは不可抗力だ！　い、命だけは！　……え？」

ついにシズクが口を開く。

俺は思わず苦し紛れの言い訳をつらつら並べたが、彼女の口からは思いもしなかった言葉が出ていたことに気づき、話すのをやめる。

完全に頭がフリーズしてしまった。

「どうしたご主人？　なぜそんなにおびえている。私の胸で慰めてやろうか」

彼女は優しく微笑んだが、もう一回言わせてもらおう。

「え？」

◇◆◇◆

　どうやら目覚めたのは、シズクの呪いを解いてからさらに三日が経った後の昼のようだ。

　つまり俺は、あれから丸三日間寝ていたことになる。

「えーっと、その、シズクさん？　これは一体何を……」

「何とはなんだ？　私はご主人を温めていただけだ」

「俺のことを嫌いだったはずじゃ？　こんなに近づいたら……」

「あの頃のことはもう忘れてくれ。今はもう、心も体もご主人に服従している」

「なるほど……。そうではないかと思っていましたが、やはりご主人様はシズクさんに乱暴をしたのですね？　密室で、二人きりでしたし。そういうご趣味があったのですね」

「ちょ、ち、違う！　そんなことしてない!!　ていうか、ヴェル、起きてたんだ、おはよう！」

　どうやらさっきの俺の大声で、みんな起きてしまったようだ。

　俺の右にはシズクが、そしてベッドの周りにはヴェル、バン、アイナがいる。

　そして何処となくいい匂いが漂ってきているから、おそらくダニングは厨房で料理をしているのだろう。楽しみだ。じゃなくて。

「おはようございます。いや、先日までご主人様を毛嫌いしていたシズクさんが急にしおらしくなったことについて、私とバン、そしてアイナで話し合った結果、ご主人様が手を出して調教をしたという……」

「出してない！　ち、治療しただけだ！」

「あんなに激しく服を脱がせたのにか」

「シズクは静かにしてて！　あと早く服着て！」

「あれだけ私の裸を見たのに、まだ慣れていないのか。かわいいやつだな。ほーれほれ、好きなだけ見るがいい」

「口を閉じろぉおおお！」

　カオスになる部屋。

　俺は本当にどうしたらいいのかわからなくなってしまい、とりあえずベッドから降りようとしたが、まだシズクに摑まれており、それも叶わない。

「ご主人様、我らエルフは体を好きなようにされても文句は言いません。ですが、この心だけは！……簡単に奪えるものではありません。もう私は奪われているので、大丈夫ですけど」

　さらにはヴェルのこの追い打ちだ。

　もう収拾がつかない。

「ちょっと待って、そっち方向で話を進めるのはやめてくれ。アイナがびっくりしてるから。あとバン、その顔やめて、悲しくなるから、違うからね」

「わ、わわ、私もそれくらいなら……」

「アイナ？　君だけは俺を信じてくれるよな？　違うからな？　全部間違ってるからな？」

「確かに下の事情は、俺には何もできません。も、もちろん、主がそれ目的でエルフを買っていたとしても、俺は何も言いませんよ。俺にバレないようにやってほしいとは思いますけど」

「あ、やっぱりそれ目的で私の事、買ったのか。いいぞ、私はいつでも」

「お前ら、頼むから俺の話を聞いてくれぇぇぇぇぇぇ！　ダニング、ダニングゥ！　俺を助けてくれ、冤罪の容疑にかけられてる！」

一方その頃の厨房では、

「……何やってんだあの人は。ズズッ。うん、うまい」

遠くから聞こえる汚い叫び声を右から左に流して、昼食を作るエルフの姿があった。

◇◆◇◆

ダニングの料理が完成したのを合図に、今この家に居る五人のエルフ、そして一匹の猫と俺がリビングに集まって、食事を開始する。

今日の献立はビーフシチューとパンだ。

「えー、とりあえず今の状況を整理する。食べながらでいいから聞いてくれ」

「それは先ほどの裁判の弁解ですか？」

早速俺の話の腰を折るのは、銀色の髪をなびかせながら手を挙げる、自称完璧従者のヴェルだ。

「え、さっきの裁判だったの？　っていうか、一回俺の話を聞いてくれ！」

「申し訳ありません、少々出過ぎた真似を」

「よ、よし。じゃあまずは自己紹介……はもういいか、確か俺が眠っているうちに済ませたんだろ、ヴェル？」

「はい。こちらで出来たことは全て終わらせてあります。使われていない部屋を掃除したところ、一階に三部屋、二階に二部屋空きがありましたので、一応すぐにでも使えるようにしておきました。ご主人様がお好きなようにお使いください。あとお風呂の湯船の方は、何年も使われていないようでしたので、掃除しておきましたし、周りの土地を整備して、畑や軽く体が動かせる場も作っておきました」

「す、すごいな……。仕事が早い」

あまりの仕事の早さに、思わず感嘆の言葉が出る。

そんな俺をよそに、ヴェルは話を続けた。

「そこでなんですけれども、私たちに一人一つ部屋をというわけではありませんが、せめてどこで普段過ごせばいいかは、指定していただければ……」

「確かにそうだね。じゃあ二階の二部屋はバンとダニング、一階はヴェルとアイナとシズクが使ってくれ。俺はあの書斎でいいから」

「そ、それはいけません!!　奴隷の身である私たちに……」

アイナが思わずといわんばかりに立ち上がり、机を軽く叩いたが、この考えを曲げるつもりはない。彼らと俺は出来るだけ対等でいたいから。

「アイナ、落ち着いて。……よし、じゃあまずはこれからの事を話そう。今から俺たち六人は、ここで一緒に暮らすことになる。俺はこの家で完全回復薬の増産と改良、そして昨日言った魔法の開発をしていく。これに当たって家のことは出来ないから、料理はダニング、その他のいろいろはヴェルに任せる」

「かしこまりました」

「わかった」

二人が短く返事をした。

なんとも頼もしい。

「それで、多分これから先、俺はいろいろな人や組織に狙われると思う。目的は完全回復薬の盗難だったり、お金だったり、もしくは何らかで俺の計画がばれた時に、軍の人に攻撃されるとか。そして俺は非常に弱い。びっくりするほど弱い。だから街に行くときの護衛やこの家の守りを、アイナとバンにまかせる」

「了解です」

「わかりました」

双子の二人が同じ仕草でうなずいた。

「で、最後にシズクには、王都と元エルフの国の視察とかの諜報活動をまかせる。ここに籠っていたら、外の状況が一切入ってこなくなっちゃうからね。ただ、ここから王都はドラゴンに乗っても一時間かかるから、シズクはもしかしたら王都に滞在することが多くなるかもしれないけど……」

「待て、ご主人はこの首輪を取れるんだな？」

シズクが、自分の首につけられている首輪をコンコンと指でつつく。

この前までの反抗の目は見る影もない。

本当に何があったのかまだ分かっていないから、後で聞くことにしよう。

「まあ、そうだね」

「じゃあ大丈夫だ。首輪がなければ、私は転移魔法を使えるから、すぐに行き来ができる。一日往復を一回が限界、かつ私しか転移できないがな」

「……まじで？」

その魔法がシズク特有の魔法なのか、エルフが使える固有の魔法なのかはわからないが、俺が知らないということは恐らく前者だろう。というか、エルフ特有の魔法なら、多分もう知っているに違いない。それほどまでに俺は研究に没頭していたから。

これは思わぬ収穫だ。

「じゃ、じゃあ頼むよ。一応これを用意してたんだけどな」

ポケットから赤色のガラス玉と青色のガラス玉を取り出して、シズクに赤色だけ渡す。

青色はまだ俺が持っている。

「これはなんだ？」

「一応持ってて。もし何かあったときにそのガラス玉を割れば、俺のところまでワープできるから」

「ご主人はそんなものも作っていたのだな。わかった、ありがたく頂戴しておく」

シズクが赤玉をポケットにしまったことを確認してから、俺は五人を見回した。

少し前まではこの大きな家に一人だったのに、随分と騒がしくなったものだ。

今となっては、あの一人暮らしも懐かしく思える。

「これから先、君たちは危険な目に合うかもしれないけれど、何よりも大事なのはその命だ。だからこれだけは忘れないでくれ。一に命、二に命令、そして三に俺だ。あ、あとこれから先、自分たちの事を奴隷っていうのも禁止する。なんか嫌だ」

「えっ、でもそんな……」

「わかりました。私たちがどうするかは別として、取りあえず胸にはしまっておきます」

「そうですね。どうするかは別として」

アイナが何かを言いかけたが、ヴェルとバンが彼女の言葉を遮って続けた。

「なんか含みのある言い方だな、ヴェル、バン」

「いえいえ、そんなことはないですよ」

「まぁ、いざ大変な状況に陥ったら、優先順位が前後する可能性はありますが、平常時はその考えを胸に刻んでおきますね」

「……まあいいや。これからよろしく頼むよ、みんな」

「「「「「はい」」」」」

五人が同時に返事をする。

そしてここから何かが始まった気もする。

「よし、じゃあまず首輪を取るから、座ったまま楽にしてて……」

こうして俺と五人のエルフの共同生活が幕を開けたのであった。

だがこの数日後に、もう一人エルフが増えることを俺はまだ知らない。

第二章　共同生活の幕開け

全員の首輪の解除が終わった後、俺は自分の書斎に戻り、部屋の片づけをすることにした。

なんせシズクの呪いを解いたあとのまんまだから、そこら中に紙やインクが散乱している。

部屋の掃除を試みたヴェル曰く「どれが大事でどれが捨てていいのかわからなかったため、そのままにしてあります。片付けるのであれば手伝いますので、お声掛けを」らしいが、これくらいは俺がやろう。

そう思ってごみ袋を取りに一旦部屋から出た時だった。

「ご主人様？　片付けるなら手伝うと言いましたよね？」

扉を開けてすぐ目の前に、ニッコリ笑顔の有能従者がいた。

心なしか、ちょっと怖い。

「え、い、いや、これくらいは……」

「手伝います」

「……」

「手伝います」

「わかった……よろしく頼む」

ヴェルに押し負け、俺は渋々彼女を部屋に招き入れた。


手を動かし始めて数分、なんとなく単純作業の繰り返しに飽きてきた俺は、ふと疑問に思っていたことを聞いてみることにした。

「ところでヴェルって今、何歳ぐらいなんだ？」

エルフの寿命は人よりも長いとは聞いていたが、実際彼らがどれくらい生きているのか聞いたことはなかったからだ。

ただ言った後に「これってエルフにしちゃいけない質問か？」と思い焦ったが、どうやら大丈夫だったみたいだ。うん、この顔は大丈夫な顔だ。このエルフについては、なんだかだんだんわかってきたぞ。

「そうですね……『何歳』という概念は基本的にありませんが、私は生まれてから大体二〇〇年ほど経っていますね」

「え？　い、今なんて言った？　二〇〇年!?」

思いもしていなかった数字に腰が抜けそうになるが、彼女はいたって真剣なようだ。

むしろ俺の叫び声でびっくりしてしまっている。

「そんなに驚くことではないと思いますよ。それで十三年前にエルフの国が滅んで人間に売られ、気づいたら未知の病にかかっていた次第です」

「ほえー、俺なんてまだ二十五歳だぞ、生まれて二十五年しか経ってないよ!?　あれ、じゃあダニングが一番年上ってことかな？　見た目的に」

ひどい決め付けで、ダニングを最年長に仕立て上げる。

だってあのエルフが一番老けて見えるのだから、仕方がない。

「そうとは言い切れません。そもそもエルフの成人は一〇〇歳なのですが、そこまでは人間と同じように成長します。ですがそこから九〇〇歳になるまで、自分がこうなりたいと思った姿に成長するのです。一回老いてしまえばそこから若返ることはありませんが。で、九〇〇歳を過ぎると、そこから人間のように老いていく感じになりますね」

「つまり一〇〇年経てば、そこから人によっては見た目が変わらなくなるのか。たしかに年齢っていう概念がよくわからなくなるな」

「はい。ですのであまり考えたことはありません。おそらくですが、人間の二十歳がエルフの一〇〇歳に相当しますね。人間の常識に持ち込むと、単純計算で五年で一歳、人間と同じように年を取ることになりますかね。一応生まれて一〇〇年まではエルフも数えるのですが、それを超えると気にしなくなります」

なるほど、エルフは成長するのも遅いのか。人間に比べてだけど。

多分エルフにとってはそれが普通だし、だからこそ人間から見たら不思議に思える。

種族の差ってすごいな、と改めて痛感する。

「じゃあどのエルフも、もっとダンディになりたいって願えば、そうなるってこと？」

「まあそうですね。というよりも、そう願わなければ老いないと言ったほうが正しい気もしますが。そのエルフの能力も首輪のせいで押さえつけられていたので、みんな若いままだったんですけどね」

とすると、ダニングは他のエルフたちよりも老けたいと願ったわけか。

「まじか……ちょっとほかのエルフにも聞いてみるか」

「そのほうがいいと思います。ここは私が片付けておきますので、ご主人様はどうぞご自由になさってください」

「いや、いいよ。掃除が終わったら行く」

「そうですか。あ、それでは最後に忠告をしておきます」

「忠告?」

ヴェルが何やら深刻そうな顔をしたので、俺も片づける手を止めて彼女を見た。

彼女は、言うか言わないか少し迷ったようなそぶりを見せてから、再び口を開いた。

「エルフの寿命が長いことは分かっていただけたと思いますが、その分エルフは子供が生まれにくいんです。じゃないと、今頃この世界はエルフだらけになっていますもんね」

「確かにそうだな。寿命が人の約十倍ってことだし、同じだけ繁殖力があれば人口も十倍になるもんね」

「ですので、人間たちには性欲処理として重宝されたというのはありますが……、まあそんなことは置いといて。エルフは子供が出来にくいけど、寿命は長いっていうのはご理解いただけていますよね」

「うん、まあ」

先日受けた奴隷の規定みたいなよくわからない説明よりも、よっぽど理解できている気がする。

俺は力強くうなずいた。

「ですが、エルフにも人間と同じように、結婚という概念があります。そして基本的に、一度結婚した番《つがい》が離婚することはありません。再婚なんてもってのほかです」

「人間よりも何倍も長い付き合いになるはずなのに、離婚、すなわち相手を嫌になることがほとんどないと」

「そうです。……エルフは、男女問わず一度恋に落ちた人に対して、異常な執着心を持つ種族なのです。普通は人間に恋に落ちるなんて絶対ない現象だったのですが、今のこの状況ですと何とも言えないというか……、人間とエルフがここまで密接な関係になることが、まず無かったというか」

「シズクか……」

真っ先に浮かんだのは、今日起きた時に横で寝ていた黒髪のエルフだった。

あれが執着なのかどうかわからないが、取り敢えず真っ先に浮かんだ。

「それだけじゃありません。アイナも、そして私も。もしかしたら恋に落ちた、ではなくて心に決めた人、であればバンやダニングも例外ではありませんね」

「つまりは何が言いたいの？」

「エルフとの距離感について、お気を付けください。ご主人様が思っている以上に、私たちはあなたに感謝していますし、尊敬もしています。そしてご主人様は普通に鈍感です」

「忠告ありがとう、気を付けるよ、あと最後の一言は余計だろ」

「ふふ、申し訳ありません」

そういってはにかむ彼女は、本当にきれいだった。

少しだけ、欲にまみれた人間が、エルフをそういう風に扱う気持ちが分かったかもしれない。俺がもっと社会に出ていて、王国の黒い部分に関わり続けていたら、俺も間違いなく他の金持ちと同じ末路をたどっていたに違いない。

金で好きなようにエルフを買って、好きなように扱う、そんな者に。

「引きこもり生活に感謝する時がくるとはな……」

そのあとは他愛もない話をしながら、ヴェルとの掃除を終えた。


掃除が終わった後は、当初の予定通りみんなの年齢を聞いて回ることにした。

晩御飯の席で一斉に聞いてもよかったけど、なんかそれは気が引けたからだ。

「まずはダニングかな」

先ほどひどい風評被害を受けたエルフが、真っ先に頭に浮かぶ。

そう思って厨房へと歩いていくと、すでに廊下からはいい匂いが辺りに立ち込めていた。

この匂い、さては今日は肉だな？

「お疲れ、ダニング、ちょっと聞きたいことがあるんだけど」

俺が話しかけると、目の前の高身長でがっしりとした男性エルフは、包丁をまな板に置いて振り返った。茶髪の短髪で目は黒く、とがった耳以外は三十代前半の一般人男性と変わらない風貌だ。

「どうしたんだ？　つまみ食いか？」

「いや、ダニングって、生まれてからどのくらい経ったのか気になって」

「そうだな……大体三〇〇年ってところか。急にどうしたんだ？」

「いや、みんなの実年齢が気になって」

「で、俺が一番老けているから気になったと」

図星を突かれて、思わず言葉が詰まる。

その後なんとなく罪悪感が立ち込めてきた。

「まあ身も蓋もないけどそんな感じかな。あぁ、でもエルフの見た目については、ヴェルから聞いてるから大丈夫だよ」

「そうか。ああ、あと今日の飯も、十九時でいいのか？」

「うん、これからもその時間で頼むよ」

「わかった。何かあればまた言ってくれ」

なるほど、やっぱりヴェルよりかは年上なのか。

やばい。ちょっと楽しくなってきた。

そうだな、次はあの双子のところに行ってみるか。

◇◆◇◆

家の外に出て、ヴェルが整備したという広場の方に足を運んでみると、そこには二人のエルフがいた。目にもとまらぬ速さで剣を打ちあう二人の姿は、俺の鈍い動体視力ではほとんどとらえることができないから、「うわぁすげー」って言葉しか出てこなかったが。

しばらくぼーっと二人の打ち合いを見ていると、アイナのほうが俺に気づいたようで剣の打ち合いをやめて、俺のほうへ近づいてくる。二人とも額に汗を滲ませているが、気持ちよさそうな顔をしているのがちょっと羨ましい。

生まれ変われるのなら、次は剣士として生きてみたいものだ。

「どうしたのですかご主人様？　ここに来るなんて珍しいですね」

「いや、ちょっと気になることがあって、聞きに来たんだけど……それにしてもすごいね。全然目で追えなかったよ」

「主を守るために、我々も実戦感覚を取り戻していかないといけませんからね。どうです？　主も盗賊くらいからなら自分の身を守れるくらいに動けたほうが、今後動きやすくなるとは思うのですが」

バンからそう言われ、確かにその発想はなかった、と感じる。

俺がある程度強くなれば、この二人の負担はかなり減るな。

「そうだな、俺もちょっとやってみるか！　バン、俺に教えてくれないか」

「もちろんです。まずこの剣を持ってください」

軽々とバンに片手で渡された剣を、俺は両手で持てなかった。

ゴンッという音とともに地面にめり込む剣先。

そこから俺がどれだけ頑張っても、剣は微動だにしなかった。

「ちょちょちょっ、お、重すぎんだけど！　ふぎぎっ！　剣先が、剣先が上がらん！」

「「え？」」

「ちょ、助けてくれ!!」

剣すらまともに持てずに苦しむ俺を、二人のエルフは「えっ、どうしよう」とでも言いたげな目で見ていた。


それからすぐにバンが片手で俺の握っている剣を持ってくれてどうにか解放されたが、腕はもう限界ですと言わんばかりに痛みを訴えていた。

「いやぁ、ひどい目にあった。何、あの剣？　トレーニング用？　授業で使ってた剣があそこまで重かった記憶ないんだけど？　まさか、これが老化現象……」

「いえ、普通の剣です。確かに人間の物よりは重いかもしれませんが、まさか持ち上げられないほどとは……。振れないとかなら、まだしも……」

バンが片手で振りながら、申し訳なさそうに答えた。

「なんか、ごめん」

「いえ、これから一緒に頑張りましょう！　フィセル様と一緒に体を動かしたいです！」

金髪を背中まで伸ばし、碧色の目を輝かせる美しいエルフが、キラキラした笑顔で可愛く言う。

ついこの前まで目のあたりは包帯でぐるぐる巻きだったのに、いまではもうこの目を見るだけで心が奪われてしまいそうになる。

女性三人の中では一番身体の起伏に乏しいが、そのほうが動きやすいだろうから理にかなっているのかもしれない。

「フィセル様、今何か失礼なこと考えてませんでした？」

「い、いやそんなことないよ！」

「本当ですか？」

「それにしてもこの剣を持てないとなると、王都で子供用の剣の類を購入したほうが良いかもしれません」

そしてアイナの横にいて、真顔でしれっと俺の事をディスったのは、彼女の双子の兄のバン。

双子なだけあって、髪の色、目の色はアイナと同じで、そりゃもう超イケメンだ。

おまけに俺よりも、背がかなり高い。

というか、今の男性陣で俺だけダントツで低い。

「子供用の剣か……。け、検討しとくよ」

「あ、いいえ、別に主が子供並みの力というわけではなく、もし何かあったときに危険ですので……！」

「フォローありがとう……。よし、俺はこれからバン達と週に何度か体を動かすことにするよ。そのほうが長生きできそうだし」

「そうですね、そうしましょう」

「ぜひぜひ！」

嬉しそうな顔でほほ笑むバンと、後ろで長い髪を揺らしながらぴょんぴょん跳ねているアイナ。

どっちも絵になりすぎて困る。今度街でスケッチブックと絵の具を買ってこようかな。

「それで今日は一体何の用で？　何か理由があってここに来たのですよね？」

そうそう、本来の目的を忘れかけていた。

自分の身体能力の低さに驚いていて、本来の目的を忘れるところであった。

「バン達って生まれてからどれくらい経つの？　双子なら誕生日は同じだよね？」

「生まれてからですか……？　兄さん、どれくらいですかね？」

「うーん、おおよそですが四〇〇年近く経っているかと」

「え？　あの三十代にしか見えないダニングよりも年上なの？」

俺が思わずそう言うと、彼らは「エルフという種族はそういうものですよ」と少し恥ずかしそうな顔をして笑った。

やはり異種族では通用しないものもあるらしい。

◇◆◇◆

双子のいる運動場を後にして、最後のエルフがいる部屋へと向かう。

ヴェルには「エルフに年齢という概念はない」と言われて納得しきっていなかったが、確かにそう言った理由が分かってきた気がする。見た目的には普通に逆だもの、うん。

そんなもやもやした感じのまま、シズクの部屋の前に立ちノックするが、返事がない。

「シズク？　いないのか？」

返事はなかったが、ドアのカギは開いている。

入るかどうか迷った末に、少しだけドアを開けて中を見ると、耳に何かを付けてベッドの上に座るシズクの後ろ姿が見えた。どうやら何も聞こえていないみたいだ。

右手は何かのダイヤルを微調整するように、ゆっくり丁寧に動かしている。

このまま帰ってもよかったが、何をしているのか気になって部屋の中に入ってシズクの方へ近づいていくと、急に何か触っていた手を止めて、バッとこちらを振り返る。

その顔は、最初に俺の事を拒絶していた顔とも、今日起きた時に横ではにかんでいた顔とも違う、初めて見る顔だった。

シズクのもう一つの顔、諜報員としての顔だ。

黒髪くせ毛のショートカットで、ほかの二人が可愛い系だとしたら、おそらく美人系に分類されるようなきれいな顔立ち、そして女性陣の中で一番女性らしさの主張が強い、その体。

最初は威嚇されまくっていたからよくは見ていなかったけど、こうしてちゃんと見ると本当に美人だ。ついさっきエルフなのに黒髪って珍しいねと言ったところ、そのほうが夜目立たないから染めた、と返ってきた時は驚いたが。

　本来は何色だったのだろう。

「ああ、ご主人か。どうしたんだ？」

　入ってきたのが俺だとわかると、彼女はさっきのような柔らかい顔へと戻った。

「いやちょっと聞きたいことがあってね。勝手に部屋に入ったのは申し訳ない」

「別に構わねぇよ。もともと私の部屋なんて、普通は存在しないものだからな。いつでも入ってきてくれていい。たとえ着替え中でも、何でも」

　どうしてここまで気を許しているのかわからないが、俺は続けた。

「そ、そうか。ところで今は何をやってたんだ？」

「さっきまでちょっと王都に行っていてね。まぁ、盗聴器を仕込んできたんだ」

　そういえば先ほど、首輪を解除した際にシズクに、

『ご主人は有名な商人とつながっているって聞いたんだが、もしできるのなら用意してほしいものがある』と言われたから、ゲルグさんに魔法具でシズクの言うとおり注文して取りに行ったところまでは知っていたが、まさかそんなことをしていたとは。

「じゃ、じゃあ、一人で王都を歩き回っていたのか!?　大丈夫だったか？」

「むしろ複数でいるほうが危険だからな、私みたいな奴は。それに盗聴器をただ買ったわけじゃなくて、ちゃんと一からオリジナルで作ってるから、足はつかないと思う。もしバレても、ここは絶

対特定されないし。今繋がってんのは、商店街の数か所と冒険者ギルドで、流石に王城は諦めた」

「そうか、ありがとう。……無理はしなくていいからね」

「もちろん。それにこれは自分のためでもあるからな。自分のスキルが鈍らないようにするため。それで？　ご主人は何か私に用があったんじゃねぇのか？」

「あ、ああ」

シズクに今日の今までの出来事、そしてシズクの年齢を知りたいと伝えた。

すると彼女は他のエルフと同じように、何でそんな事、聞くんだと言わんばかりに頭を掻いてから、少し考える仕草を見せた。

「年齢？　生まれてからか、そうだな……二〇〇年とかそこらじゃないか？　あまり詳しくは覚えていない」

なるほど。大体ヴェルと同い年ってことか。

これによってこの屋敷において全員の年齢が判明した。

年上順に並べると、バン&アイナ、ダニング、ヴェル&シズク、俺、そしてたまとなるわけか。

俺とエルフとの間にはすさまじい壁がある事が、これで明らかになったが、もう考えないことにした。エルフの寿命の概念を人間に持ち込むと、もう意味が分からなくなる。

ただのバグだ。

エルフの中でも最年少であるシズクとヴェルでさえ、俺の十倍は生きていると思うと、もう何が何だか分からなくなるし。

「用ってのはそれだけか？」

シズクは、俺が考え込んでいるのをじっと見つめた後、気だるげに俺に聞いてきた。

「あ、あぁ、ごめん、呼び止めて」

「……なら私もご主人にお願いがあるんだが」

「お願い？　できることなら何でもするけど」

俺が答えると、彼女は気恥ずかしそうに、また頭を掻いてから少し早口で俺に告げた。

「私を……犯してほしい」

完全に予期していなかった方面から目の前のエルフ、シズクから爆弾発言が飛び出す。

え、なに、どういうこと？

「……シズク、言ったよな、俺はそういう目的で君らを雇ったんじゃないって」

「それはわかってる」

「なら、なんでそんなこと言うんだ。それは異性に向かって軽々しく吐く言葉じゃないし、俺が喜ぶわけでもない」

「軽々しくなんて言ってない!!　……だって、だって……」

捨てられるのが怖い、もしくは私にはこれくらいしかできない。か？

シズクが言うのをためらっている間、いろいろな可能性を考える。

彼女が、人間が嫌いだった彼女が、なぜこんな発言をしたのかを。

だがシズクが次に発した言葉は、俺の考えとは全く違うものだった。

「……今でも夢に見る。汚い人間たちに犯される夢を」

「……」

「知っての通り、人間に連れ去られてご主人に買われるまでの五年間、私はいたるところで奴隷として扱われてきた。あるところでは粗悪な労働環境で働かされた後に犯されて、違うところではサンドバッグみたいに扱われて。……いま、ご主人のおかげでこうした生活を送れているけれど、記憶までは変わらない。私の記憶でそういった行為は、全て絶望の象徴だ」

思わず返事に困る。

これはシズクが経験してきた過去。俺が口を出せるようなものではない。

「ご主人に記憶をピンポイントで消せる薬があるのなら、それでいいのだが」

「ないな。そもそも記憶を消す薬すら作れたことがない」

「そう。だから私はご主人に犯してほしい、傷をつけてほしい。唯一心を許した人間であるご主人に、記憶を塗り替えてほしい。そうでなければ……私は毎晩悪夢にうなされ続ける」

「で、でも……」

「安心しろ、ご主人の完全回復薬のおかげで、今私は何の病気も持っていないから、感染《うつ》る心配はない」

「そんなの違う！」

俺が大声を出しても、彼女は真剣なまなざしで俺のことを見つめ続けた。

大声を出した俺の方がひるんでしまうほどだ。

「なにも違わない。……私がどれほど苦しんでいるか、あんたにわかるか……？　好きでもない、汚い人間に、好きなように扱われ続けたこの無念が、怒りが、悲しみが。だから……せめて心を許した人、初めて添い遂げたいと思えた人と、そういった行為をすることとさえ許されないのか!?　愚かな人間どもにいいように汚された私と、行為をするのは嫌なのか!?」

「そうじゃない!!　ただ……」

「私の体は、あの薄汚い人間によって汚された不良品だ。おそらく他のエルフの者たちは、私と結ばれることは拒むだろう。だから……一夜でもいいから、私に心から信頼した者と交わらせてくれ、この体を私の意志で使わせてくれ!!　そうでなければ……私の記憶は、あの人間ども止まりだ……」

大粒の涙を流しながら言いあう、俺とシズク。

そうか、彼女は軽々しく口にしたんじゃない。本当に苦しかったから俺を頼ったんだ。

「いや、それでも駄目だ」

だが俺にだって曲げたくないものはある。

「何故だ!?」

「そもそもシズク、君は俺のことをどこまで知っているんだ？　まだ君と俺は会ってから数日しかたっていないし、それだけで信用するに足りているのか？」

おそらくこれに関してはヴェルが言っていた、エルフの異性に対する異常な執着心から来ているのだろう。だけど俺は、あまりに盲目的すぎる気がしてならなかった。

「私を救ってくれた。それだけで十分すぎる理由だ」

「俺も君の嫌いな人間の一員だけど、それでもなのか？」

「あぁ。ご主人がいなかったら、今の私はない」

正直、今のシズクに何を言っても、中々受け入れてくれそうにない。

俺は今、自分が思っている事が綺麗ごとだと分かってはいるが、彼女に言うことにした。

「君は言ったね、嫌な過去を塗り替えてほしいと。なら別に俺とそういう行為をするんじゃなくて、これからの生活で塗り替えちゃダメなのか？　何日、何年かかるか分からないけれど」

「なんだよ、さっきから！　そんなに私とするのが嫌なのか!?　私が汚れて見えるのか!?」

シズクが今日一番の大声を上げる。

やはり彼女の一番の思いはそこなのだろう。

なら俺の思いもぶつけてやる。

「違う。俺は君が汚れているとは、全く思っていない。俺がここまで拒絶するのは、俺が変わってしまうことが怖いからだよ」

「怖い？」

「うん。ここで君に手を出したら、俺が今、一番嫌いな王都の人達みたいになってしまう気がしてならないんだ。そうなってしまうのなら、死んだほうがマシだと思えるほどに」

恐らく一度手を出したら、彼女たちエルフのことをそういう目で見てしまう気がする。

それだけは絶対に嫌だ。

シズクは俺の思いを聞くと、少し驚いた顔を見せた後、俯《うつむ》いて震えながら答えた。

「……その気持ち、少しだがわかる。最初にご主人に会った時もそうだった。これ以上辱めを受けさせられるくらいなら殺せって、ずっと思っていた」

「だからすまない、今の俺にはできない。だけどその分、これからの暮らしで君が過去のことを忘れられるくらいのモノを手に入れられるように、精一杯頑張らせてもらうよ」

俺がそう告げると、彼女は俯いたまま、顔をほんの少しだけ縦に振った。

そして目に溢れていた雫を手で拭ったのち、何か覚悟を決めたような力強い目で俺を見据えた。

「分かった。なら、いつかご主人から私にお願いしたくなるようにしてやる。覚悟しておけ」

……あれ？　もしかして俺の想い、通じてない？

「あの、シズクさん？　俺は、その……」

「勿論むやみに誘惑するつもりはない。だが、いつかご主人に振り向いてもらえるように、この生活を謳歌させてもらう。せっかくご主人に救ってもらえたんだからな」

彼女はその後、にかっと笑い俺に抱きついてきた。

そしてそのまま顔を俺の前に持ってきて、唇と唇が重なった。

人生初めての体験で、俺は頭の中が真っ白になり、その感覚に五感全てが支配される。

いったい何が起こっているのかわからないまま立ち尽くしていると、彼女は満足したのか、抱き着いている手を離して、再び先ほどまでいた場所へと戻りまた笑った。

「これは私からの挑戦状だ。これからよろしくな、ご主人」

「お、おまっ……」

何か言い返してやろうとも思ったが、頭が真っ白になっているせいで何も浮かばない。

だけど彼女は満足そうではあるし、俺の思いもある程度はくみ取ってもらえたみたいではあるから、よしとすることにした。

「……わかったよ。これからよろしくね、シズク」

俺の返答に彼女は満足そうに頷いて、再び先ほどまで弄っていた機械へと戻った。

俺も取り敢えず目標は達成できたということで、彼女の部屋を出るために扉に手をかける。

するとと彼女は聞き忘れていたと言わんばかりに、顔だけこちらに向けて意地悪そうに口を開いた。

「そういえばご主人って、童貞なのか？」

「なっ、どど童貞じゃねぇし！」

「その反応……ギャグか本当なのか、わからないのだが」

「童貞だよ、悪かったな！」

後ろからは意地悪な笑い声が聞こえた気がしたが、俺は力いっぱい扉を閉めた。

◇◆◇◆

それからの日常は何とも平和で、素晴らしいものだった。

好きなように研究して、体を動かしたくなったら外に出て、時間になればうまいご飯が出てくる。部屋はいつも綺麗に保たれているし、前よりも王都の情報が入ってくる。

また、家の周りに魔物が出現する場面が今日までに一度だけあったが、いともたやすく双子の二人が葬ってくれた。というか見えなかった。

瞬きした瞬間に魔物は目の前から消えており、あとから聞くと「すみません、魔物が来たことがばれてしまいましたか」と謝られたから、恐らく俺が知らない間に双子が処理してくれているのだろう。優れた剣士は襲われたことすら悟らせないと聞いたことがあるが、こういうことなのかと改めて実感した。ちなみに俺一人の時は、強力な酸性の薬をぶっかけて何とかしていたから、安全度はかなり増したと言える。

このようにエルフを雇う前に比べると、生活水準がグッと上がったのは言うまでもない。

まぁ今まで一人で生活していたから当たり前といえば当たり前だし、買い貯めしておいた干し肉はもう二度と食卓に上がることがないため、部屋で夜な夜な一人で食べているのは前と変わらないが。そしてヴェルに見つかって、没収されるまでが一連の流れだ。

そんな生活も軌道に乗り始めて順風満帆に見えたが、シズクの呪いを解呪してから二週間が経とうとしている時、また一つ事件があった。

ことの発端はアイナであった。いつも通り昼食を取った後に、バンとアイナと共に体を動かした後、アイナに相談されたのだ。

「フィセル様、その、少しでいいので、元エルフの国の様子を見てきてはいけませんか？」

「元エルフの国？　危なくないかい？　あ、ありがとう」

動き疲れてくたくたになっている俺は、バンが渡してくれた水を飲みながらアイナに答える。体を動かした後の水ほどうまいものはない。ちなみに水は家の近くの井戸からとって来ているものだ。

元エルフの国。

今アイナが言った場所は確か、魔国と王国の国境のようなものになっていて、今も戦いが繰り広げられているはずだ。だからこそ、毎週のように今まで逃げ隠れていた新たなエルフが発見されては、売りに出されて行ってしまうのだが。

「は、はい。その……探したいものがありまして……」

「そうか、それは大事なものなの？」

そう言うとアイナは力強く頷いた。

「はい、それがあれば、私たちのホントの力が出せるようになるので……」

「アイナ、無理を言ってはいけない。俺らは主の駒なのだから迷惑をかけちゃだめだ」

バンは逆にアイナを宥《なだ》めようとしているが、どこか本心ではアイナに賛同しているようにも思えた。

「でもあれがあれば、もっと強い力でお守りすることができます！」

「そうだけど……！」

なにやら双子には何らかの事情があるみたいだ。

できれば解決してあげたいが、不安でもある。

どうしたものかと考えていると、とあるエルフの顔が頭の中に浮かぶ。

あのエルフなら上手いことできるかもしれない。

家に向かってそう叫ぶと、十秒もしないうちにシズクの姿が見えた。

「ちょっと待っててくれ、おーい、シズク！！　ちょっと来てくれ！」

凄いなエルフの耳って。

それかシズクがすごいのか。シズクに関してはまだ謎が多い。

「どうしたんだ？　庭に呼び出すとは珍しい。外でヤるのが趣味なのか？」

「なんてこと言うんだ。……今の元エルフの国って、治安どう？」

真剣な口調で尋ねると、彼女も察したのか、諜報員らしい顔つきになって俺たちを見た。

「それは悪いに決まっているだろう。魔物と人間が日夜戦っているからな。ただまぁ、昔よりかは落ち着いている気もするが」

「そっか。……アイナ、君の探し物はすぐに見つかると思う？」

「はい、目星はついています。そこになければ、持っていかれたか破壊されたかなので……」

「よし、わかった。特別に許可を出そう。シズク、ついていってくれ。それに向こうへはドラグで行くのか？」

「え、あ、ありがとうございます！　はい、ドラグに乗っていきます」

アイナが嬉しそうに俺の手を握り、バンは申し訳なさそうな顔を見せた。

だけどどこか嬉しそうでもある。

「本当はバンもついていってほしいんだけど、そしたらこっちが手薄になってしまうからごめんね。代わりにシズクを付けるから」

「かしこまりました」

「主の命のままに」

双子がそろって頭を下げる。

俺は横で腕を組んでいるシズクの方を見て、俺の部屋の棚の鍵を渡した。

「シズクは、少しでもやばいと思ったら赤玉を使う事。アイナは今日中に必ず帰ってくること。そして必ず生きて帰ってくること、それが条件だ。回復薬は好きなだけ持って行っていいから」

「わーったよ。こっちとしても、もう少し盗聴範囲を広げたかったからな」

「わかりました！　ありがとうございます！！！」

不安を抱きながらも、こうして俺は二人を元エルフの国に送り出した。

一応首輪は外してあるし、再度他者が装着することは出来ないようになってはいるけど大丈夫か、とか強力な魔物に襲われていないかとか、不安を数えだしたらきりがなかった。

なんかもう、子供を旅に送り出したお母さんの気分が何となくわかった気がした。

結果としてそんな不安も杞憂に終わり、その日の太陽が沈む頃にはちゃんと二人そろって帰ってきた。特に目立った外傷はなく、無事に目当てのものも発見できたみたいで、結果としては大成功に終わったと言えた。

一つ不測の事態が起こったが。

「あ、あの、この子、お父さんもお母さんもいないみたいで……。魔物に襲われているところを助けてそのまま……」

そう、アイナとシズクが新しいエルフ、しかも子供のエルフを助けてきたのだ。

◇◆◇◆

「お兄ちゃん、誰？」

人間で言うとまだ六歳くらいにしか見えない幼女が、あまり状況を理解しきれていない俺の元へとてとて歩いてくる。普通にかわいい。

「も、申し訳ありませんフィセル様……っ、つい……」

彼女を連れてきたアイナが、申し訳なさそうな顔で謝った。

シズクは無表情で幼女の様子を眺めている。

「いや、別にいいよ。本来の目的の方は達成できた？」

俺のもとにいる少女の頭をなでながら俺は尋ねる。

その髪は、この子が経験してきた苦労を物語っており、ぼさぼさだ。

こんなに小さいのに……。

「はい、無事に入手することができました」

そういってアイナが二本の刀を俺に見せる。

一本は金色の剣。そしてもう一本は黒色の剣だ。

「これは……？」

アイナからその綺麗な剣を受け取ろうかとも思ったが、先日の件を思い出して手を引っ込めた。恐らく俺にあの剣は持てない。

それにしても本当にきれいな剣だ。金色の剣はアイナたちの髪と同じように透き通った輝きを持っており、黒色の剣は一言で表すと漆黒という言葉が似合うほどにその神秘さを醸し出していた。

「これは私が住んでいた里に祀られていた刀です。私たち双子が騎士団に入ることになったとき里の長が私たちに一本ずつ託してくれたのですが、人間と魔物から襲撃を受けて捕らえられる前に、二本とも隠しておいたのです。悪用される可能性がありましたから」

「それで無事回収できたってことか」

「はい、ありがとうございます」

アイナは嬉しそうに双対の剣を抱えた。

その笑顔は無事に帰られたことに対する嬉しさなのか、それとも里の宝物らしい剣を再び手に取ることができた嬉しさなのかは分からないが、満足そうなら何よりだ。

「いや二人とも無事でよかった。それにこんな小さな子供も救えたなら尚更だよ。この子の両親については詳しく聞いてる？」

「いいえ、詳しくは……。ですがもう家族のだれもいないそうです」

「そうか……。ねぇ君、自分の名前はわかる？」

先ほどから頭を撫でているのだが、一切の抵抗を見せない幼女の目線に目を合わせて俺は尋ねた。

もしかしたら、本能的に逆らってはいけないと判断しているのかもしれない。

すると幼女は自分が纏っている服の裾をぎゅっと握り、目を伏せてぽつりと呟いた。

「……ルリ」

「ルリか、いい名前だ。君の両親、パパとママはどこにいるかわかる？」

「……パパはまものにころされた、ママは……ママは連れてかれちゃった」

さっきまでニコニコしていたのに、急に目に涙を浮かべて泣き出す少女。

無理もない、こんなに幼いのにもう両親がいないなんて、あまりにかわいそうだ。

不用意に聞きすぎたかと少し後悔していると、シズクが面倒くさそうにアイナの後ろから近づいてきて、やや乱暴に幼女の頭を撫でた。

「それでもう息絶え絶えで道端に倒れていたところを、ご主人の回復薬を使って治した。恐らく母親と別れてから二週間ほどじゃねえか？　多分な」

「そうか、ありがとうシズク。……連れ去られたのなら、まだ生きている可能性があるな。どこにいるかはわからないけど」

「そ、それならここで過ごさせていただければ、いつかは会えるかもしれませんね！」

アイナが剣を抱えながら嬉しそうに跳ねたが、俺とシズクは険しい顔のままだった。

あのエルフたちの惨状を見ていると、素直にそうだと言えないのが現状だ。

それにすべてはこの子の問題でもある。

「そうだね、でも決めるのはルリだ。……ねぇルリ、君はどうしたい？　ここで俺たちと暮らしてれば、もしかしたらお母さんに会える日が来るかもしれない」

だけど俺は綺麗ごとを言うことにした。

こんな小さい子が苦しい思いをするのは見たくない。

「ほ、本当!?」

「うん。断定はできないけど。だからよかったらここで暮らさないか？　多分元エルフの国には思い入れがあると思うけど、こっちのほうが安全だ」

「うん、こっちに住む!!」

「よーし、じゃあ今日からルリも俺らの一員だ！」

ルリの体をつかんで、高い高いをしてあげる。

先ほどまで涙目だった彼女は、嬉しそうに笑った。

「ただ、俺は幼いエルフをどう扱えばいいかわからないから……アイナ、君に頼んでいいかい」

「も、もちろんです！　ありがとうございます！」

「私からも礼を言う。私としても、一度助けたものを拒絶するのは心苦しいからな。だが……これ以上は、あまりエルフを無計画に集めることは危険かもしれない」

アイナは嬉しそうにルリを力強く撫で、シズクは小さく頭を下げた。

シズクの言うことはもっともである。

「それはそうだね……。多分人間の方は、エルフの場所がある程度分かっている気がしてならない」

「たくさんの同士を救いたいのはやまやまだが、このまま増え続ければ助けられる命も助けられない。ご主人が魔法を開発できなければ、エルフは滅亡してしまう。偶然助けられた身である私が、こんなことを言うのは罰当たりが過ぎることだが……」

「いや、みんな薄々感じていたことだ。もちろんこれから先、目の前で苦しんでいるエルフがいたらもちろん助けるけど、その先の事は考えておいたほうがいいかもね」

「……我々はご主人に従うだけだ」

シズクは少し悲しそうな顔をして目を伏せた。

前から思っていたが、やはりこのエルフは一番俺の考えに近いものを持っている気がする。初めて会ったときに言われた暴言の数々だってすべては、俺の行動の核心をついていたし、こうして同じ志で行動できるのは非常に心強い。

アイナは……まぁ、あまり深く考えてなさそうだけど、嬉しそうだからいいか。彼女の剣技はいつか俺の命を救ってくれると確信しているし。

「よし、辛気臭い話は終わろう。アイナ、これからルリの事をよろしくね。どうせなら剣術とかも教えてあげたら？　シズクも何か役に立つことがあれば教えてあげてほしい」

「わかりました！　ルリちゃん、これから頑張ろうね」

「うん！」

こんな小さな子さえも苦しい思いをするなんて、やっぱりこの国は間違っている。

俺と、この仲間たちで絶対変えて見せる。

「ところでルリって人間で言うと何歳くらいに相当するんだろう?」

「そうですね……多分人間の六歳くらいじゃないでしょうか。まだ三十年は経ってないと思います」

「あれ、俺のほうが年下じゃん!?」

俺がそう叫ぶと二人のエルフは大きな声で笑い、小さなエルフはよくわからないといった表情で首をかしげていた。


こうして俺と六人のエルフの共同生活が始まったわけだが、ルリが増えたからと言って何か特別変わったということはなかった。

しいて言うのなら、アイナとたまの仕事が増えたくらいでそれ以外は今まで通りだ。

俺は今まで通り自室にこもって魔法の研究に没頭し、王都に行ったりする時の護衛をバンとアイナに、それ以外の情報の調達及び魔法開発の補佐はシズクがやるようになった。

また身の回りの大体の事はヴェルがやり、食事関連はダニングがすべてを請け負った。

ルリは……、まぁ場を和ますという面ではピカ一だった。

こんな感じでそれぞれが役割を受け持ち、共同生活はかなりうまく回り始めていた。

というのも研究に没頭している俺を、ヴェルやシズクが引っ張り出して無理やりダニングの美味しい食事をとらせてくれたし、街中を歩いていても二人の護衛のおかげで心強かった。

正直な話、王都に俺より弱い人なんてそういないだろうから。

繰り返しになるが、エルフを雇うことで俺の生活水準は飛躍的に上がったと言えた。

だが七人が一つ屋根の下で生活するとなると、もちろん問題も発生するわけで。

今、夕飯を食べて終えた俺の目の前で起こっているのもその一つと言える。

「おい、ヴェル‼　お前私の下着とアイナの下着間違えて入れただろ！　サイズが違うったらありゃしねぇ！」

「あら、ごめんなさい。悪気はありませんよ」

「見りゃわかんだろ、こんなのアイナしかつけねぇだろ！」

「確かに」

「ちょ、ちょ、ちょ！　確かにって何ですか、ヴェルさん⁉　というか失礼ですよ、シズクさん！」

「ごめんなさい、冗談が過ぎました」

「いや、良いんですけどなんか、心が……。シズクさんは覚えておいてくださいね……」

「私も冗談だよ、そうかっかすんなって」

「まぁ、今回は許しますけど……」

「アイナ、そのセリフ何回目だと思っているんだい？」

「兄さんまで⁉」

「いたたたっ！　おいルリ、やめろ、耳を引っ張るな！　というかコーヒーを運んでいる時によじ登ってくるんじゃない！」

「えへへぇ、ダニングおじちゃんの耳、かわいいー！」

「聞いてるのか!?」

話す内容は違えど毎回こんな感じだ。

見てる分には楽しいんだが、たまにこちらまで飛び火することがあるから他人事ではない。ただこうしてみていると、本当に人間とエルフに違いはないんだな、と改めて実感する。

まるで高等学校に通っていたときみたいだ。

いつかエルフと人間が、こうやって対等に接することは出来るのかな。

「できると思いますよ」

「……ちょっと待ってヴェル、俺まだ何も言っていないんだけど」

気付いたら真横にいたヴェルに話しかけられる。

本当にいつ移動したのかわからなかった。

さっきまでシズクと一緒にアイナをからかっていたはずなのに。

そしてナチュラルに心を読んでくれるな、恥ずかしいから。

「いえ、人間とエルフが共存出来たらな……、と思っているような顔だったので」

「どんな顔だよ……」

「達観してる俺、かっこいい？　みたいな感じですかね」

「いや、ひどくない、その言い方!?」

「冗談です。申し訳ありません」

気付けばうちのエルフはこんな感じだ。

毎回何言っても言いくるめられて負けるけど、俺が自由に接していいって言ったからこれでいい。

この方が主従関係がなくて俺はいい。

「ふー、これから頑張りますか」

「ええ、どこまでも御供いたします」

まだアイナとシズクが言いあっているが、二人ともどこか楽しんでいるように見えた。

騒がしい夜も嫌いじゃない。

◇◆◇◆

「フィセル様、朝ですよー!!」

ドアの向こう側から響く声が、眠りの世界でさまよっていた俺を現実に引き戻す。

この声は……アイナだ。

少し遠慮がちに響くものの、俺を起こすのには十分な音が小気味良く響いている。

「ふぁいふぁい、今起きたー」

「では先に運動場の方へ向かっていますね」

「ふぇい」

自分でもびっくりするほどアホっぽい言葉と共に、ゆっくりとベッドから起き上がる。

今は朝の七時くらい。俺一人で暮らしていたときでは考えられないほどの早起きだ。

というのも、ここ最近は朝早く起きて体を動かすことにしているのだ。

双子のエルフであるバン、アイナとともに。

なぜ朝の運動をするようになったかと言うと、単純にある程度自分の身は自分で守りたいと思ったからである。完全回復薬の特許が認められた以上、少なからずは有名になるし、王都をふらついていたらすぐにでも犯罪に巻き込まれるのは簡単に予想できる。

それを防ぐためにエルフを雇ったのだが、やっぱり任せっきりもよくない。

だから彼らに頼んで、ともに朝の運動を始めたのだ。

あと単純に、少しは体を動かさないと早死にすると思ったからというのもあるが。

この辺に関してはヴェルが凄くうるさい。もう凄い言ってくる。

このように始めて二週間ほどたつが、まだ習慣にはなっていない。

それでも体は昔よりも若返った気がする。

寝つきもいいし、お腹も減るしで正直いいことしかない。

でも眠い。

今すぐにでもUターンしてベッドに戻りたい。

そんな体に鞭打ち、がんばって着替えて部屋の外に出る。

眠い目をこすりながら一階に降りると、俺以外のエルフはもう起きているようで、各々自由に過ごしていた。色々な生活音が響いてくる。

ダニングは朝食の準備、シズクとルリはリビングで朝ご飯の待機。

ヴェルは洗濯を始めており、バンとアイナはすでに体を動かしているようだ。

階段から降りてリビングを通り、みんなにおはようを言ったのち外に出ると、洗濯物を干している最中のヴェルと遭遇した。


この家は王都からかなり離れている森の中に位置しているために、いろいろと不便だと思うかもしれないが、意外とそうでもない。

今の彼女のように洗濯は水魔法でできるし、料理はさらに火魔法を。

明かりは火魔法や光魔法を使えばいいし、食材の保存も氷魔法でどうにでもなる。

こういった基礎的な魔法を人間は高等学校までで習うし、エルフも自在に使いこなせる。幼いルリはまだ怪しいが。だから普通に生活ができるのだ。

面倒くさいのは買い出しくらいである。

俺が適当なご飯で済ましていたのも、こういった経緯からであった。

「おはようございます、ご主人様。まだちゃんと続いているのですね」

「なんとかね。君も朝からご苦労様」

「いえ、私にできるのはこれぐらいですので。頑張ってください」

「うん」

湿った洗濯物をロープにつるしながら話す彼女に後押しされて、少し離れた裏庭もとい運動場へと向かう。何回見ても彼女の手際は良い。

「おはようございます、主。今日も頑張りましょう」

「フィセル様もだんだん動きがよくなってきています！　頑張りましょう！」

「うん、よろしく」

そして体を伸ばしながら、先に運動場にいた双子のエルフと挨拶をして柔軟運動を始める。

こうして今日も一日が始まる。

◇◆◇◆

「なんでこんなの思いつくんだよ……。いまだに構造が分からねえし」

朝の鍛錬を終え朝食を取り終わった後自室にこもり、昼食を食べたり近くを散歩したりと自由気ままに過ごす。そんな中でも、最近はシズクに回復薬の作り方を伝授し始めたところだ。

中々手こずっているが。

「だからこれとこれを……今、今色が変わったでしょ!?　このタイミングで……」

「いや分かんねえよ!?　色変わった？　同じじゃねえか！」

「変わったよ！　ほらさっきまで青色だったのが、今は青色に緑が少し入ってるでしょ？」

「無理無理無理!! え、ご主人は心の目かなんかで見てんのか!?」

「でもこれはまだわかりやすいほうだよ? 完全回復薬に関しては、俺でもまだ理解しきれてないし。ノリとテンションでやってる感じが強いし」

「……」

静まり返る部屋。先日から頑張っていろいろと教えているのだが、毎回こんな感じで行き詰まってしまう。俺としてもすぐにできるとは全く思ってはいないが、シズクの今の顔は「ドン引き」という言葉がぴったりだ。

「だ、大丈夫! 一緒に頑張ろう、まだ先は長いし!」

「でもご主人はいつ死ぬかわかんねぇほど貧弱だし、不安だ。死ぬまでに覚えられるかどうか」

「言い返せないけど……。やるしかないだろ」

「……おう」

こうして日はどんどん沈んでいき、やがて夜になる。

この後は一段落着いたら俺らは晩ご飯を食べて、お風呂に入ってまた自由に過ごすという感じだ。

違和感を覚えるかもしれないが、実はこの家には風呂がある。

というのも、俺が昔森の中に家を建ててもらっているときに、建設業者の人が偶々《たまたま》近くに温泉を掘り当てたのだ。だから建設中だった家を解体してまで近くに移動して、もう一度建て直したという経緯がある。要は俺の家には天然の温泉がついているのだ。

更に部屋はリビングと厨房以外に、小さいけど計五個ある。

それもこれも建築業者の話に乗せられたというのが大きいけど、まさか役に立つ日が来るとは思わなかった。

確かあの時、業者には「友人さまがいらっしゃった時に、部屋がたくさんあれば便利ですよ」と言われて調子に乗って部屋を多くした気がするが、一度もその状況にはならなかったな。というかこの家に来た人なんかほぼいないんじゃないか？

そもそも友人と呼べる人が何人いるんだ？

あれ、目頭が熱く……。

そんなことは置いといてだ、こうして俺の家には風呂があるから自由に入れる。

だけどこれだけ人数がいれば、誰かが入っているのに間違えて入ってしまうということが多発していた。

同性同士であれば何ら問題はないのだが、まぁそう上手くはいかないもので、俺が入っているのにシズクやアイナが入ってきてしまう、またその逆が何回かあったのだ。

シズクはそのまま気にせず入ってくるし、アイナには桶を投げられて頭に直撃したりと、もう散々だった。アイナに関しては、先に入っているところに俺が入ってしまったから悪いのは俺だけど。

だからいつかは仕切りを付けて、男女で分けたいところだ。

なんて考えながら部屋を出て風呂へと向かう。

向かう途中にちゃんと女性陣が今入っていないことを確認したから問題はない。

少し大きめの脱衣所で服を脱いで、風呂へと向かう。

風呂は湯気をあげており、俺を迎え入れるかのように気持ちの良い熱気が俺を包む。

今すぐにでも飛び込みたい気持ちを抑えて、先に近くにおいてある魔法具でお湯を出しながら体と髪を洗う。

今朝運動場で転んで出来た傷にお湯がしみるが、もう慣れつつある。

こうして一通り洗い終わった俺が風呂へと向かおうとしたところ、突然ドアが開いた。

色々なこと（主にアイナにぶつけられた記憶）が頭を駆け巡り、焦る俺。隠す急所。開けられたドアによって曇っていた湯気が晴れてクリアになる視界。

恐る恐る目を開けた先にいたのは、二人の男であった。

「……よかったダニングとバンか。ちょっと焦ったよ」

「焦った？　がっかりしたの間違いじゃないのか」

「やめてくれよ、この前アイナに桶をぶつけられたばっかかで怖いんだよ」

「アイナとそんなことがあったんですね。いえ、主が入浴していると聞いて一緒に入ろうかなと思いまして」

「あんまりご主人と俺らのタイミングが合うことはないからな」

「そういうことだったのね。よしじゃあ男三人で語り合おうか」

「裸でな」

「悪くありませんね」

二人が風呂につかると、ザブンとお湯があふれ出て流れていく。

これも最近まで経験しなかった感覚だ。

そんな俺とは違ってガタイの良い二人がタオル片手にお風呂に入ってきて男三人、仲良く裸で語り合うのだった。

真っ赤にのぼせた俺がバンに担がれて運ばれることになったのは伏せておこう。

◇◆◇◆

「随分とおいしそうに茹で上がっていますね。何をやっているんですか全く」

「あっはっは、すげぇなこりゃ」

くらくらする頭、グワングワン言っている耳。

完全にのぼせてしまった俺は、吐き気や頭痛に苦しみながら床に寝かせられている。俺の上空からそんな声が聞こえた。

少し目を開けてみると、横ではヴェルがタオルで俺を扇いでおり、頭の方ではシズクがケラケラと笑いながら椅子に座ってタオルでパタパタしてくれていた。

ヴェルが体を、シズクが頭を冷やしてくれている感じか。

どうやらさっきまで一緒に話していた男二人もなかなかしんどいようで、椅子に座ったままの状態でアイナにがみがみ言われながら水を飲んでいるのが見えた。

どちらも体調の悪そうな顔をしている。

あはっ、二人も無事のぼせてるみたいだな。

一方ルリは、興味深そうに茹で上がった二人をつんつんしている。ただそんな中でも、俺が腰にタオルを巻いているのは彼らがやってくれたのだろう。

ありがとう二人とも。おかげで尊厳は保たれたよ。

「なんでまた、こんなことになったんですかね」

俺が応答できないのを察したのか、ヴェルが座って燃え尽きている二人に質問先を変えた。賢明な判断だ。

「いや、主と話していたら夢中になってて……」

「面白い話？　なんだよ聞かせろよ、男だけで裏でこそこそやってんのはみっともねぇぞ」

「それでもフィセル様を守るのが私たちの仕事でしょうが！　兄さん分かってるんですか!?」

バンがつぶやいたセリフにシズクが反応する。シズクがこの手の話に反応しないわけがない。アイナはまだぷりぷり怒ってるけど。

「あっ、でも今は言わないほうがいいかもなぁ。男だけで語るなんてそっち系しかねえからな」

「……そっち系って何ですか？」

にやけるシズク、首をかしげるアイナ。

あ、やばいこいつ、やりやがった。

「アイナには関係ねえ話だよ。違うか、アイナにはない物の話だ」

「ない……ですか？　……っ!!　に、兄さん!?」

「待てっ、違う、そういう話はしていない！」

「あっはっは、なるほどね！　ダニングもむっつりスケべだったってことか！」

無い胸を両手で隠すアイナ。

笑うシズクと対照的に、無表情のヴェル。

ヴェルはどんな思いでこの話を聞いているのだろうか。

さっきよりも少しだけ頬が緩んだ気がするから嬉しいのだろうか。

「いや、そういう系の話はしていないぞ」

「じゃあ何の話をしてたんだよ、言ってみろよ」

「ちょちょ、フィセル様はやっぱり大きいほうが好きなんですか!?　どっちなんですか!?」

会話がどんどんヒートアップしていく。

その証拠に、さっきからシズク方面から来る風がどんどん強くなっている。

興奮してきているのであろう、力任せに扇《あお》いでいる。

一方ヴェルからの風は、常に一定だ。気持ちいい。だいぶ楽になってきた。

約一名違う話をしている中、ダニングはシズクの方を見てまた口を開いた。

「言っていいのか？」

「……なんで私に聞くんだよ？」

「いや、お前に関係のある話だから」

「むしろ聞きたくなったね。早く言えよ」

「……シズクがなぜここまでご主人に懐いているのか、聞いてみただけだ」

「わぷっ!?」

段々と体調がよくなってきた俺の顔面にタオルが叩きつけられる。

タオルを少しどけて上を見ると、わなわな震えているシズクの姿があった。

「はぁ!? ちょ、なんでまたそんな話に!? てか、もしかして言ったのか、ご主人!?」

「主の尊厳のために言っておくと、最初は口を閉ざしていたよ。ただ、だんだん頭が回らなくなっていったみたいで……」

ダニングとバンの猛攻に、シズクの顔が俺らと同じくらい真っ赤になっていく。

顔をぶんぶんと振っているが、エルフ特有の耳が真っ赤に染まっているのが俺でもわかる。

「はぁ!? ちょ、ちょ待て！　この話はやめだ！」

「シズク、あなたの顔も今茹であがったように真っ赤ですよ」

「うるせぇ！」

俺の顔の上のタオルを取ってヴェルの方に投げるが、顔色一つ変えずに手で防ぐ。

「へぇ、私も聞きたいです、その話。私も気になってたんですよ。シズクさんが言っていいって言ったんですから、別にいいですよね？」

「こ、こんな話だと思ってなかったからだ！」

そして珍しくアイナがシズクをいじめる。

いつもとは立場が逆だ。

「あれ、なんだったっけダニング？　確か……」

「わぁ――！　やめろ！　ちょっ、やめてくれ……お願いします！」

「もうここまでいってしまったら、あなたの負けですよ、シズク。まだ自分で言ったほうが恥ずかしくないのでは？」

「ルリも気になるー！　何の話かよくわかんないけど!!」

バンとヴェルが追い打ちをかける。

もうシズクのライフはゼロだ。

普段強気な人って、いざ攻撃されると脆《もろ》いって聞いたことがあるけど、まさにそんな感じである。

もういつものようなオーラはない。

「シズクが言わないのなら俺が……」

「わかった、言う。自分で言うから……」

遂に折れたのか、ダニングの声をさえぎりポツリ、ポツリとシズクが話し始めた。

「あれは……私がご主人に呪いを解いてもらった時だ。呪いがどんどん体を侵食してきてもうそろそろ死ぬってなったときに、視界が真っ黒になったんだ。……それでもう駄目だって思って、すべてを諦めてたら、聞こえたんだよ、ご主人の声が。そしたら真っ黒な世界に亀裂が入って、そこから腕が伸びてきて引っ張られて……次の瞬間には視界が真っ白になって、気づいたらご主人の腕の中にいたんだ。あん時抱きしめられた温もりは、もう忘れねえ……。それで、そんな私にご主人は耳元で……」

そこまで言ったシズクは、口を急に閉ざした。

さっきまでの空気とは違い、重くなったのが分かる。

「……さすがにこれ以上は言いたくねぇし、二人も言わないでほしい」

そういってシズクはうつむいてしまった。

……流石におふざけが過ぎたみたいだ。

「ま、まさかそんな事があったなんて……。ご、ごめんなさいシズクさん、ここまで踏み込むつもりでは……」

「私も悪かったです。流石に踏み込みすぎましたね」

「ごめんねシズク、少しやりすぎたみたいだ。それにしても、そんなことがあっただなんて」

「ああ、びっくりだな」

アイナ、ヴェル、バン、ダニングの順にシズクに声をかける。

だがシズクは、それに返事をしている途中で動きを止めた。

「ああ、いや別に……。って、ちょっと待て。男二人の反応はおかしくないか？」

「ん？　何かおかしいかい？」

「いやお前ら、ご主人に聞いたんだろ？」

そう尋ねられた二人は顔を見合わせたのち、こう言い放った。

「俺らはシズクの事を何も聞いていないよ。いや、主に聞いたのは本当だけど、教えてくれなかったんだ」

凍り付くリビング。

状況がよくわかっていないルリの素っ頓狂な声だけが響いていた。

「は？　……え、でもさっき……」

「聞いた、というか尋ねただけだな。ただご主人は教えてくれなかった。要は俺らも何も知らなかったってことだ」

「ってことは……、てめえら私をだましたってことか！」

「いやいや、確かに知ってそうな感じは出したけど、話を進めたのは君だよ。まぁ、たまにはシズクをいじるのもありかなって思って」

バンはそう言ってにっこりと笑った。

覚えておこう。意外とバンはSだ。

満面の笑みからは楽しいオーラがにじみ出ている。

こいつを敵に回すのはやめておこう。

「まぁ、ご主人様の口は堅いですからね」

「そういうこと。止めようとも思ったけど、あまりにシズクが可愛かったから、つい。ごめんね」

ようやく体調が戻ってきた俺は、上半身を起こしてシズクのほうを向く。

シズクは何が何だかわかって顔をしている。その後立ち上がって、椅子の上でパニックになっているシズクの頭をわしゃわしゃ撫でてあげると、シズクは猫のように目をつむった。

「ごめんな、シズク」

「……よかった。あの思い出は……私とご主人だけのものなんだな」

そう嬉しそうにシズクはぽつりとつぶやいた。

この時のシズクは本当にかわいかった。

ダニングが余計なことを言うまでは。

「いや、あの時ご主人は気を失ってたらしいぞ。俺たちが知らなかったのは、ご主人に風呂で『俺もあの時の事は覚えてない。だからよくわからない』って言われたからだ」

俺は撫でていた手を離して、すぐにシズクに背を向けた。

俺の背後では、どうやら先ほどまで失っていたオーラが復活してきたみたいだ。

なにやら圧を感じる。

元気が戻るのは何よりだ。

怖くて後ろ向けないけど。

「……ってことは、ご主人は口が堅かったんじゃなくて、何も覚えてなかったってことか？」

後ろからシズクの声が聞こえる。

どうやら怒りの矛先が俺に向いてしまったようだ。

俺は悪くないはずなのに。

「おっ、もうこんな時間か。タイヘンダー、俺はもう寝るぞー」

「ご主人、服を着替えたら、すぐ私の部屋に集合」

「……うっす」

この後シズクにぐちぐち言われたのは長いから、カットすることにする。

全員がそろったリビングには、俺とシズク以外の笑い声とたまの鳴き声だけがからからと響いていた。

◇◆◇◆

いつものような朝なら、アイナに朝の鍛錬のために起こされて一日が始まるところであったのが、その日は違った。いや、起こされるところまでは同じだったんだが。

「フィセル様、今日は雨が降っているので鍛錬はやめましょう。たまにはゆっくり休むのも悪くありませんしね」

エルフたちを迎えてこの日二回目の雨が降った。

結局この日は昼くらいまで寝続け、朝ご飯と昼ご飯がドッキングするくらいの時間に俺は目覚めた。アイナの声で一回目覚めて動こうとはしたんだが、気付いたら二度寝してしまったのだ。

た、たまにはいいだろう。

いつもより寝たはずなのに、なぜか無駄に眠い目をこすってリビングへと向かう。

今日は着替えてすらいない。

そんな俺がこの日一番に会ったのはヴェルであった。

「おや、おはようございます。今日は随分とぐっすり寝ていらしたのですね」

「まぁね、雨降ってると日差しが入ってこないから起きにくいよね」

「わからなくもありませんね。ですがもう朝ご飯は出ないと思うので、昼ご飯まで待ったほうがいいかと」

「そっか、わかった」

「では私は仕事に戻るので」

「あいー」

雨が窓を小気味よくたたく音を聞きながらリビングに入ると、そこには何やらボードゲームのようなもので遊んでいるシズク、ルリ、アイナとバンの姿があった。

「おはようございますフィセル様！」

「おはようアイナ。これは一体……？」

元気よくおはようを言ってくれたアイナに続いて、他のエルフとも挨拶をする。

そして俺の質問に答えたのはシズクであった。

「これは私が人間の国の視察に行ったときに買ったもんだ」

「え？　い、いつの間に……」

シズクは自身が開発した転移魔法具で、一人だけならすぐに人間の国へと行けるし、それによって情報を収集してもらっている。

俺が首輪を外してあげているから、上手いこと服で耳を隠せば人間と区別がつきにくいからバレにくいとはいえ、やっぱり少し怖い。

ここでの暮らしは特に制限はしていないから別に何をしてもらってもいいのだが、命にかかわるようなことだけはやって欲しくないのが本音だ。

「この前盗聴器を仕掛けに行ったときにちょっとな。ご主人のお金で」

「いやそこはいいんだけどさ、気を付けてね」

「任せておけ。なんかあったときに逃げるための準備は毎回してある」

と自信満々に答えるシズク。

まぁ、信頼してもいいのかな。

恐らく彼女、いやこのエルフたちのスペックは俺の想像をはるかに超えている。

「頼んだよ。で、これは？」

「そうそう、あまりにルリが暇そうだったから買ってきてやったんだ。なんか今、王都で有名になってるボードゲームらしいぞ」

そういってシズクが指さしたテーブルの上には、何やら８×８のマスと、片面が白でもう片方が黒の丸いコマがあった。

「名前は忘れちまったけど、なんか挟んだら色がひっくり返るってやつらしい。意外と面白いからやってみないか？」

「あぁ、なるほど。黒で白を挟んだら真ん中が黒になるのか。へー、面白そうじゃないか」

俺がそのゲームに関心を示すと、ほかのエルフも少しうれしそうな顔を見せて目を輝かせた。

「よし、じゃあやってみようぜ」

「私たちは見てますね」

「そうだね。意外と見ているのもおもしろいんですよ」

「がんばってー！」

こうして昼ご飯までの間、俺はシズクとボードゲームをするのであった。

のだが、

「……ご主人、その……」

「待って、もう一回！　頼むって、次こそは！」

「いや、これもう一回やったところで、多分、その……私には勝てない気がするぞ」

あれから計三回シズクと行ったのだが、どちらも惨敗であった。

俺は毎回黒色のコマを使っているのだが、今の盤上は三つ黒があるだけであとは真っ白だ。どうやったらこうなるのか聞いてみたいレベルである。

「主は頭が良いと思っていたのですが、こういうものは弱いんですね」

「くっ、い、いや多分シズクが強すぎるんだよ！　ほら、かかってこい、バン！　なめた口きいたことを後悔させてやる！」

「私が見てても『え、今そこに置きます？』っていうのが多かったのですが……」

「お兄ちゃん、よわーい」

「みんなまで!?」

ひどい言われようである。

挙句の果てにはアイナとルリにまで言われてしまった。

いやこれは、多分シズクがめちゃくちゃ強いのだ。たぶんシズクには勝てなくても、他のエルフには勝てるはず。彼らも初心者なんだし。

それにもう三回もやれば慣れてきたものだ。多分。

「ふふっ、ならご主人と一回ずつやってみればいいさ。私はヴェルを手伝ってくる」

シズクがそういって席を立ち、対戦者が変わる。

「じゃあまずは俺が相手になりましょうかね」

一番手はバンのようでゆったりと俺の前の席に着席した。なんだか困惑している様子ではあったが知ったことではない。

「バン、俺はもうこのゲームを読み切った!」

「読み切っていたらあんな……、いえ一回やってみましょう」

「いくぞぉ!」

他のエルフに見守られながら、俺とバンの戦いの火蓋が切られた。

◇◆◇◆

「……で、ご主人様はどうして部屋にこもってしまったのですか？」

今私がいるのはご主人様の部屋の前なのだが、固く鍵が閉ざされている。

昼食を先ほどみんなで食べたのだが、その間もご主人様は心ここにあらずと言った感じだったし、食べ終わった後はこうして部屋にこもってしまっているのだ。

服を片付けようとしたのだが、入らせてくれる雰囲気ではない。

「ヴェルさんはあの場にいなかったので知らないと思うんですけど、実は今日昼にみんなでボードゲームをやって……」

私を手伝ってくれていたアイナが申し訳なさそうに話し始める。

そういえば先ほどシズクが言っていましたね。「リビングで面白いことになっているぞ」と。

「それで？」

「その、私たちどころかルリにも負けちゃって……。多分今頃、中で対策を……」

『俺はそんなことしていないぞ!!　ただちょっと新しい発明のインスピレーションが来て、だれにも部屋に入ってほしくないだけだ、危ないから！』

私たちが今日起こったことについて話していると、その声を遮るようにしてドアの向こうから声が聞こえた。

どうやら私たちの会話が聞こえていたようだ。

アイナは「あっ！」と言って口を押さえたがもう遅いでしょう。

「……なんか色々と察しました。本当にこういうところはおこちゃまですね。たかが娯楽でここまで熱中するとは」

「はい……。ですが、わざと負けるのも違うと思いまして」

「そうですね、ここは好きにさせましょう。ご主人様、聞こえていますか？」

『聞こえてるよ』

部屋の向こうから気だるげな声が聞こえた。たぶんこの間も手を動かしているのだろう。あのゲームの攻略法を見つけるために。

「研究が忙しいのかもしれませんが、晩御飯と入浴は必ず行ってくださいね。行かないようでしたら、ドアを壊して無理やりにでも引きずっていきますので」

『わかった』

「よし、まぁ好きにさせましょう。私たちには私たちのやるべきことがありますからね」

「そうですね」

「本当によくわからない人ですね……。頭がいいのか悪いのか、大人なのか子供なのか」

結局私たちは部屋にこもってしまったご主人様をそっとしておくことにしたのだが、ご主人様が元に戻ったのは三日後の事であった。

この間食事と入浴の時以外はほぼ部屋から出ることはなかったし、会話も必要最低限だった。そして今も昼食をみんなで取り終わったと同時に、部屋に戻ってしまったところだ。

「なぁなぁ、ご主人のアレどうにかなんねぇのか？　私の魔法薬の指導、止まったままなんだけど」

エルフだけになったリビングでコーヒーをすすりながら、シズクが口火を切った。

というか元の原因はあなたでしょうに。

「いや、元の原因はシズクじゃないのかい？」

バンが私の思っていたことと同じことを言う。そうです、私もそう思いました。

「いやでもまさかあんな感じだとはな……。多分ずっとあのボードゲームの事やってるんだろ？」

「多分そうですね……。ですよね、ヴェルさん？」

「私は何回か部屋に入ったのですが、あれはとりあえず魔法の類をやっている感じではありませんでしたね」

「お兄ちゃん弱かったもんね」

「「「ルリ!?」」」

その場にいるエルフ皆が耳を疑った。

確かにご主人様はルリにボコボコにされていましたけど……。

というか、これをご主人様が聞いていなくてよかった、本当に。

「……ルリ？　主の前でぜったいにそういう言葉を言っちゃだめだよ？」

バンがルリに向かってそう告げる。

一瞬場が凍り付いたのは本当だ。ルリはよくわからないといった様子で首をかしげたが私たちは冷や汗が背中を伝っていた。

「いや本当にそうですよ……。私だったら耐えられませんもん、ルリにそんなこと言われたら」

だがアイナがそう言った瞬間、またリビングのドアが開いた。

今エルフは全員リビングにいるから、これは……。

「アイナ、何なら耐えられないんだい？」

「フィ、フィセル様!?　い、いやこれはその……」

ご主人様がキョトンとした顔でドアを握っていた。

多分この感じだと、ルリの発言は聞かれていないみたいですが。

「お兄ちゃん!!　あのね、ルリがお兄ちゃん……」

「「どわぁあ！　ストップ、ルリ！！！」」

ダニングとバンが自らの座っていた椅子を後ろに弾き飛ばす勢いで立ち上がり、ルリの口を押さえにかかる。

ルリの方をバッと見ると、もう口はふさがれているし、ご主人様の方に向き直ると「なんだ、どうした？」って顔をしているから何とか間に合ったみたいだ。

……これはアイナに教育しておいてもらいましょう。

「いえ、なんでもありませんよ、ご主人様」

「ヴェル……。君がその笑顔をするときは碌《ろく》なことがないんだけど……、まぁいいか」

「それでご主人様は何か御用が？」

「ちょうどいい、君たちもう一回、俺とこのボードゲームで勝負してほしい。ちょっと昨日寝ている時に必勝法が浮かんだんだ」

嘘でしょう。

多分この三日間、研究に研究を重ねた賜物だと思われます。

だってここ三日間、ずっと部屋の電気がついていましたから。

「そうだな……、まずはシズク。君からだ」

「えっ、私……？」

指名されたシズクは、困ったように私とバンの顔を見た。

わざと負けてあげるかどうか迷ったのでしょう。

「いいんじゃないか、シズク。主と正々堂々戦ってあげたら。何やら自信があるようだし」

「いいと思いますよ」

そして私たちは本気でやるよう背中を押した。これでまだ弱かったらどうしましょうか。またご主人様は部屋にこもってしまうのでしょうか。

「いよっし、見てろシズク！　この前はコケにしやがって！」

「いやこんなことになるとは……。まぁいいや。やろうか」

「俺のこの三日の成果を見せてやる！」

あぁ、もう言ってしまっていますね。

ですがこの勝負はこの『フィセル』という人間がどういうヒトなのか見極めるいい機会なのかもしれません。

今、目の前で無邪気に笑うこのヒトが、どのようにして回復薬開発の天才と呼ばれるようになったのか。

なんで私たち六人を助け出せるほどの富を築くことができたのか。

そしてその集中力はどれほどのものなのか。

こうして他のエルフにも見守られる中、再び白と黒の陣取りゲームが始まった。

◇◆◇◆

「いよっしゃあああ！　全員に勝ったぞ！」

およそ一時間が経過したころ、ご主人様の嬉しそうな声が屋敷に響きわたる。

なんとこの人は数日前ボコボコにされたシズク、バン、ルリ、アイナの全員に勝利したのだ。もちろんこちらは誰一人として手加減はしていない。

「ま、まさか本当に強くなっているとは……」

「へへっ、バン見たか！　俺だってがんばればなんとかなるんだよ！」

その頑張りが常人のそれとは大きく違うのを、この人はわかっているのでしょうか。

ですが結果はちゃんと伴っているのが分かります。

「いやー、私も負けるとは思わなかったね」

「まぁ頭を使うのは苦手じゃないから。魔法薬研究はゴールの無い道を地図も何もなしに走り抜けるようなものだったけど、これはパターンがあるからね。全部解決するには程遠いけど」

凄い上機嫌です。

だけど本当にそうなんでしょう。

彼がどんな道を歩んできたのか、私たちはまだ知りませんけれども。

「そういえばまだ、俺ってヴェルとダニングとは戦ったことないよな？」

なんて考えていると、ご主人様に指名されてしまった。

確かに私はまだこのボードゲームで遊んだことはありません。

「そうですね……。試しにやってみますか？」

ですが、あなたのその嬉しそうな顔を見ていると、私もその世界に入ってみたくなってしまいました。

前まではたかが遊び、たかが娯楽。

ご主人様は子供だなんて言っていましたが、私も十分子供の部分はあったみたいです。

その証拠に私の心臓は跳ねていますから。

「いよっし、来い！」

「では、まずは私から」

傍《はた》から見れば何をやっているんだ、という人がいるかもしれません。

全てのエルフを助けるには時間が一秒でも惜しいという中で、私たちはこんなボードゲームに夢中になってしまっています。この間も同胞は苦しい思いをしているのかもしれないのに。

だけど、……私たちはあまりにお互いを知らなすぎだった。

周りのエルフともまだ会ってひと月すら経っていませんし、私たちをこうして笑えるようにした回復薬がどのような経緯で生まれたのかも知りません。

目の前ではしゃぐこの男性がどんな思いで私たちを助けて、どのような未来を思い描いているのかさえも定かではありません。

ですからこの時間は必要なのです。

私たちの計画には。

全てのエルフを解放するには。

なんて屁理屈は通らないでしょう。

だって私は今心の底から楽しんでしまっていますから。

だからどうか、罪深き私たちをお許しください。

たまたまご主人様に買われて、たまたま素晴らしい生活を送れている私たちを。

そしてこの平穏な日々が続くのを願うことは許されるでしょうか？

第三章　動き出す

エルフたちを我が家に迎え入れてから初めての夏を迎え、やがて秋と冬を越えて一年が経過した。

七人で仲良く、時には頼って、時には喧嘩してを繰り返すと、一年間はあっという間に過ぎ去ってしまった。しかしこれといった進捗や成果がないのも事実であった。

そんないつものように自室でシズクとともに研究を続けていたところ、俺の通信式魔法具が震えて誰かからの連絡が来ていることを主張しているのが目に映った。

シズクに「私はいいから、早く出たほうがいい」と催促されて、魔法具を起動させ耳に通信具を当てると、そこからは聞き覚えのある声が聞こえてくる。

『これはこれは、フィセルはん。お元気でしたか？』

その声は、俺が彼女たちエルフを雇った奴隷市場のオーナーだった。

彼とは確か、シズクとダニングを雇った時に話して以来だろうか。

あまりに俺が短時間でエルフを雇ったから、一度話がしたいって言われたんだっけ。

特に良い思い出は無いけれど。

「おひさしぶりです。どうしたんですか、急に」

俺は出来るだけ平静を装って答えたが、内心はバクバクだった。

もしかしたら首輪を無断で外したことがばれたのかもしれない。そんな不安が頭によぎったからだ。だがそんな心配は杞憂に終わり、彼は昔と同じ口調で話し始めた。

『いえいえ、そんなかしこまらんでください。丁度フィセルはんが初めてうちをご利用になってから一年経ちましたから、連絡しただけですわ。ゲルグはんからも、あんたには丁重な扱いをしろときつく言われてるもんで』

よかった、変なことにはなっていないようだ。

だが本当にそれだけか？

まだ俺の心臓は鳴り続けている。

「いえ、働き者が多くて助かっていますよ」

『でもフィセルはんが購入したのは全部いわくつきでしょう？　それもあなたの開発した回復薬で治したんですか？』

「まぁ、そうですね。それで？　話はこれで終わりじゃないでしょう？」

『そうですなぁ、一度会って話がしたいんですけど、お時間いただけませんか？』

「それはなんの話を？」

『いえ、大したことありません。ただ回復薬開発の天才と、少しお話がしたくなったんですわ、この機会に。フィセルはんと話そう思っても、全然王都のほうにお見えにならないじゃないですか』

なるほど、そういう事か。

確かにこの一年間で王都に行ったのは数えるほどだし、行ったとしてもゲルグさんぐらいとしか関わってない。

……この人と話すことで、何かいい情報が得られるかもしれないな。

俺は魔法具を持つ手に力を込めた。

「わかりました、近いうちにそちらを訪ねます。そうですね……、三日後はどうですか？」

『おぉ、それはそれは!!　こちらも予定空けときますんで。多分あなたはゲルグはんの建物に着陸するんですよね？　あのドラゴンみたいな、よーわからん生き物で』

「そうですね。ならこちらからゲルグさんには話を通しておきますので」

『ありがとうございますー。ほんならゲルグはんがうちの事務所の場所知ってるんで、案内も頼んどいてもらえます？　多分あの人、フィセルはんのお願いと聞いたら、喜んで首を縦に振ってくれると思うんで』

「わかりました。ではまた三日後にお伺いします」

『まってますー。ではこれで』

一息ついた後、俺は魔法具を耳から離した。

なんかこう、一気に現実に戻された感じだ。

「なぁ、……今のはもしかして」

後ろを振り返ると、そこにはうつむいたままか弱い声で俺に尋ねるシズクの姿があった。

「そうだね、君を雇った市場のオーナーからだ。ちょっと話があるらしいから王都に行くことになった」

「……」

そう言うと、シズクは黙り込んでしまった。

彼女にとっては嫌な思いの象徴でしかないのだから仕方がない。

「大丈夫、大丈夫!! ここはもう安全なんだし、他のエルフを助けるために今、俺らはこうして頑張ってるんだろう？」

「そうだけど……、ちょっとまだ、前を向くには時間がかかりそうだ。自分では割と克服したつもりだったんだけどな」

俺はシズクに近づいていって、髪をわしゃわしゃしてあげる。

シズクとルリ、そしてアイナはこうしてやったら喜ぶのだ。

この前ヴェルにやったら、物凄く冷たい目で見られちゃったけど。

あの日は本当に怖かった。うん。

「しょうがない、久しぶりにじっくりと王都観察をさせてもらいますか。そうと決まれば準備しないとだな……。おーい、ヴェル！」

「どうしましたか、ご主人様。……どうやらシズクが随分としおれているようですが、もしかしてやましいことでもしたのですか？ そしてその後処理を私にさせようと。どんな趣味ですか？ 鬼畜の所業なのですが」

俺が声を張り上げてから十秒もしないうちに現れた我が家の超優秀メイド。

ほんとに早いな、どうやって移動してんだか。

というか、どうしてそんな話になる?

顔はいつも通り無表情のようだが、どこか引きつっているようだ。

うん、これは引いてるな。

「そんなことしてないよ……。確かにシズクは今しおれてるけどさ。まぁいいや。俺とアイナ、あとはバンも、三日後にここを出て多分少しの間戻らない。その間の事は君に任せたよ」

「かしこまりました。お土産をお待ちしております」

「君は本当にぶれないね。わかったわかった、じゃあまずはゲルグさんに連絡だな……」

俺は二人のエルフを背に、再び通信式魔法具を手に取った。

◇◆◇◆

「これはこれは、お待ちしておりました、フィセルはん」

ゲルグさんに連れられてとある建物に来たのだが、それはもう煌びやかで壮大なものだった。そして今俺とアイナ、そしてバンはその建物の一室にいる。

いったいどれほどの金をつぎ込んだらこんな家が建つのだろうか。俺の家も大きい自信があるけど、そんなの鼻で笑われるくらいの大きさだ。

ちらっと後ろを振り返ると、フードをかぶって顔が全く見えない双子の姿があった。

まるで初めてゲルグさんと会った時の二人組のようだ。

二人には外してあった首輪をつけて、奴隷の象徴でもある顔を覆うほどのフードがついた服を着せて後ろに立たせており、ゲルグさんの奴隷もその横に立っている。

これが王都における基本的な護衛の立ち位置だ。

そして部屋の中には、俺とゲルグさんが隣同士できれいな椅子に座って、その正面に奴隷商会のオーナーが机を挟んで座っている形だ。確かこの前もそうだったな。

俺はここを訪れる際、ドラグの背中の上でアイナたちには先に伝えてあった。

『これから王都では二人を奴隷のように扱う』と。

これは毎回王都に向かう際にやっていることだ。

そうしなければ、俺の計画がすべて水の泡になる恐れがあったから。

「いえいえ、お久しぶりですダズマさん。一年ぶりでしょうか」

「おぉ！　私の名前を憶えてくれているとは!!　ありがたいですな」

奴隷商会のオーナー、ダズマさんは嬉しそうに手を合わせた。

その拍子にふくよかな腹が波打つように見える。

「それで？　話とは一体？」

「そうですね、まずは……」

そこからは男三人で取り留めもない会話が始まった。

徴税がどうとか、国王がどうとか、景気の話だとか。

そんな会話に適当に相槌を打ちながら参加していると、だんだんと俺の研究の話の方へとシフトしていった。どうやらゲルグさんもこの話に興味があったようで、ぐいぐい来るようになった。

「……それで今フィセルはんは何の研究をしてはるんですか？」

「今、僕は完全回復薬の量産化を試みてます。ですがやっぱり難しくて……」

「確かに、私に卸される回復薬の量は毎回少なくて、すぐ売り切れになってしまいますからね。もう大人気ですよ、フィセル様の回復薬は」

ゲルグさんは笑いながら髭をこすって頷いた。

この一年で俺の回復薬が飛ぶように売れたのも事実であるし、ゲルグさんのおかげであるのも大きい。

「ありがとうございます。これも僕だけの力では無理でしたよ。ゲルグさんという後ろ盾がなければ。今も新しい魔法具の開発をしているところなので、またよろしくお願いしますね」

「いやいや、ご謙遜を。これからもよろしくお願いいたします」

「はい、こちらこそ」

「そう！　そこですよ！」

いつものように俺とゲルグさんで商いの話をしていたところ、突然ダズマさんが大声で会話に入ってくる。

俺とゲルグさんはびっくりして同時に足を机にぶつけてしまった。

痛い……。

「ど、どうしたんですかダズマ殿!? きゅ、急に大声をあげて……」

「そうなのですよ、私が本日フィセルはんをお呼びしたのは、その話がしたかったからなんですわ！」

「その話って……、どの話ですか？」

「商いの話ですわ。ここで私と取引をしませんかね？」

「取引……ですか？」

「ええ。私は今こういう奴隷会社をやってるんですが、どうもこればっかりでは不安でしてね。また新しいことにも手を伸ばそう思ってるんですわ」

「新しいこと？」

落ち着きを取り戻そうと俺は、机の上に置いてある紅茶に口をつけながらダズマさんに尋ねた。

すると彼は興奮冷めやらぬ様子で口早に続けた。

「まぁ、簡単な話魔法具とか、そういうモンの販売でもやろうかなと思いましてね。そこでフィセルはんにはうちとも契約してほしいんですわ」

ダズマさんがそういって両手を合わせる。

だがこの話を聞いて黙っていないのは俺じゃなくて、ゲルグさんだ。

「ちょ、ちょっと待ってください、ダズマ殿！ フィセル様はうちと契約を……」

「だから今日ゲルグはんもここに呼んだんです。もちろんあんたんとことは被らんようにしますて」

「で、でも……」

「選ぶのはあんたじゃなくて、フィセルはんや。で、どうです？　うちにもいくつか商品卸してくれませんかね？　ゲルグはんよりもいい値で買いますよ」

焦るゲルグさんを無視して、ダズマさんは俺にそう尋ねてきた。

正直俺はそこまで金に頓着があるわけでもないし、ぶっちゃけどうでもいい。

それにゲルグさんにはいろいろと恩があるし、ここでダズマさんに切り替えたらなんか申し訳ない。大人の面倒くさい争いに巻き込まれるのもいやだ。

ただ、これは俺にとっても思いがけないチャンスであった。

「そうですね……。こちらの条件を呑んでくれたらいいですよ」

「フィ、フィセル様!?」

ゲルグさんが身を乗り出してこちらに詰め寄ってくるが、それをなだめて話を続ける。

ごめんなさいゲルグさん。でもこれは大事な話なんだ。

「条件……？　なんですかそれは」

「僕が買った五人の奴隷についてです。彼らを、僕が死んだらここに帰さず自由にできるように、契約を解除してください。このままだと、僕が死んだら彼らはここに転送されちゃうんですよね？

要は完全に僕の所有物にしろってことです」

「それはそうですけど……。なるほど、そう来ますか。愛着でも湧いたんですか？　たかが奴隷に」

彼はちらっと俺らの後ろを見た。

俺の奴隷《仲間》をそういう目で見るなと言いたくなったが、ぐっとこらえる。

「まぁそんなところですかね。彼らも僕が死んだら自由にさせてあげてもいいかなと」

「野に放たれた彼らは、また人間に捕まって奴隷にされるかもしれませんで？」

ダズマさんが呆れが垣間見えた表情で、さらにアイナたちを見た。

「それならそれで構いません。彼らが弱かっただけです」

「うーむ……。そんなことは今までありませんでしたからねぇ。こっちとしても私だけが奴隷商売をやっているわけではないので、他との兼ね合いがあるゆえ中々に難しいかと……」

そういってダズマさんは顔を両手で押さえてしまった。

多分かなり難しいことなんだろう。

彼の言った通り奴隷市場はここ以外にもいくつかあるし、そこで決まったルールでもあるに違いない。

だが俺には策がある。

「ではそこにおいてあるボードゲームで勝負しませんか？」

そういって少し離れたところにおいてあるモノを指さした。

あれは俺もよく知っているボードゲームだ。

「あぁ、フィセルはんも知ってるんですね。王都で一年くらい前に有名になったボードゲームです」

ダズマさんは椅子から立ち上がって、そのボードゲームをもって机の上に置いた。

家にあるものとは高級感が違うし、おそらく特注なのだろうけれどルールは同じはずだ。

「それで勝負とは？」

「このボードゲームで勝負しましょう。ダズマさんが勝てば、僕はあなたに中級回復薬のレシピを無償で差し上げますし、それ以外の魔法具もこれから卸すことにしましょう。ですが僕が勝ったら先ほどの件を了承してください。あ、あとついでに、まだ買われていないエルフたちが待機している場所も見学させてほしいです」

俺は知っていた。

このダズマという男がギャンブル好きだということも、このボードゲームをかなりやりこんでいることも。

まぁ、先日ゲルグさんに聞いたばかりなんだけど。

その目の前の男は机の上の娯楽品と俺の顔を交互に見た後、口を開いた。

「……いいのですか？　私こう見えても結構自信ありますよ？」

「そ、そうですよフィセル様！　この男は王都でも有名な……」

「大丈夫です。さぁ、やる気になったのなら早くやりましょう」

そう言ったちょうど俺の後ろでこぶしを握り締める音がした。

大丈夫だ、アイナ、バン。君たちは知っているだろう？

俺がどれだけ馬鹿で、どれだけこのゲームに熱中したか。

最初はルリにすら負けるレベルだった俺が、どれだけ成長したか。

「ふ、ふははっ！　面白いですねフィセルはん！　このボードゲームで取引を進めるのは、あなたが初めてですよ！　いいですね、やりましょう！」

ダズマさんが着々と準備を始め、ついに始まる。

ただ俺は不思議と負ける気がしなかった。

まるで周りを仲間たちが囲んで、俺の一手を見守ってくれているような気がしたから。

目をつぶればいつもの風景がよみがえる。

パチ、パチとコマが盤を叩く音は、この後無機質に響き続けた。

◇◆◇◆

「いやはや、フィセル様は本当に無理なさいますね……。私もう心臓がバクバクでしたよ。中級回復薬の市場がぜーんぶ向こうに取られるところだったんですから！」

「ごめんなさい、ゲルグさん。でも勝ったのですから許してください」

もう日が落ちかけている夕暮れの中、俺とゲルグさんは屋敷から出て馬車の中にいた。エルフの護衛たちは俺らの正面に座っている。

結果から言えば、俺は無事ダズマさんに勝って、いろいろな条件を呑んでもらうことに成功した。

今回得られた中で一番大きかったのは、やはり彼らを奴隷名簿から消去出来たことか。

これで俺が死んでも、彼らがまたあそこに戻されてしまうことはなくなったから、自由にできるだろう。一応まだ王都とか、主要都市では首輪を付けてもらうことになるけど。

それに加えて、エルフたちが入れられているところの見学もさせてもらえた。

といっても、場所と外観を見せてもらったくらいだけど、多分いつか役に立つだろう。多分。

そうして一段落着いた後、こうしてダズマさんの家から王都に向かっているところだ。

ダズマさんの豪邸は王都から少し離れており、行きもこうして馬車に乗って移動したのだが、やはりここでも奴隷として働かされているエルフは多く見る。

須《すべか》らく首にあの忌々しき首輪をつけて。

というか王都より多い気がする。

多分地方の貴族とかが、労働力として多く雇っているのだろう。

あるいは性の捌け口か。

王都はそれに比べて商店街とかが多いため、奴隷はあまり見かけないというのもあるかもしれない。

そしてその王都へとどんどん近づいていく。

「……それで？　フィセル様は何を企んでおられるのでしょうか？」

俺が物思いに耽《ふけ》ながら外を眺めていると、横からゲルグさんに真剣な口調で尋ねられた。突然のことに驚いたが、なるべく平静を装って俺はゆっくりと彼に答えた。

「何を……ですか？　それは一体？」

「いつも思っていたんです。あなたは奴隷を扱うのが下手だ。下手、というか無理して変な態度をとっているというか。今日もダズマ殿の屋敷でありましたよね？　部屋を出ようとしたあなたがドアの前に立っていた奴隷に『邪魔だ、退け、このグズ！』って。あれ不自然すぎですよ？　私たちは奴隷をそういう風に扱いません。普通なら頬を殴って切り捨てます。フィセル様のようにお金がある方は特に」

「………」

俺は無言でゲルグさんを見つめたが、彼は話すのをやめなかった。

「それ以外にも今、あなたはエルフの奴隷を見るたび悲しそうな顔をしていますね。そして今日の奴隷を解放してほしいという提案。何か企んでいるに違いありません」

「もし仮にそうだとしたら、ゲルグさんはどうするつもりなんですか？」

「あぁ、いえ。私はあなたの敵になるつもりはありませんし、邪魔をする気もありません」

「それはなぜ？」

「もしあなたが何か企んでいるとしても、おそらくあなたが生きている間は成し遂げることができないでしょう。それほどまでにエルフの奴隷制度は、この国に根強く馴染んでいます。だから私には関係ないのですよ。私には家族もいませんし、会社を後世に残そうとも思っていません。私が今いい思いをできればそれでいいのです」

「………」

「そしてあなたは、今の私に最高の思いをさせてくれる人だ。だから私の邪魔をしない限り、私はあなたに手を貸しますよ。あぁ、もちろん私もエルフを複数人雇っていますし、あなたが嫌がるようなこともしています。それでも許せるというのであれば」

俺はゲルグさんの目を見る。

この人との関係は、壊さないほうがいい。

俺は本能的にそう思った。

「……これからもよろしくお願いします、ゲルグさん」

「はい、こちらこそ。でも、今日のようなことは控えてくださいね？　私にとって不利になることは嫌いなので」

「……了解です」

「おや、もう着くようですね。今日はもうこのまま帰られるのですか？」

「いえ、王都には数日間はいようかなと」

「そうですか、それではお気をつけて」

ゲルグさんの家の前で馬車を止めた俺たちは、別れ際に固い握手をした。

お互いがお互いを利用するために、この関係を崩すわけにはいかない。


ゲルグさんと別れた後、双子のエルフを後ろに引き連れて商店街を抜けていく間も、先ほどゲルグさんに言われたことが頭に残っていた。奴隷とはやはり、王都では当たり前のことなのだと。

そんな物思いに耽っていると、前方に強い衝撃が走り、思わず後ろに倒れてしまう。

倒れたといっても、バンが後ろからすぐに支えてくれて転ぶことはなかったけれども、問題は別にあった。

「おいおい、君はなんだね！　痛いじゃないか！」

声がした前方を見ると、そこには見るからに金持ちそうな服装を身にまとった壮年の男性が俺のことを見下ろしていた。どうやら不注意でこの男性にぶつかってしまったらしい。

後ろには、俺と同じように二人の護衛がついている。

「あっ、ごめんなさい」

やってしまったと思い俺がすぐに謝ると、男性は俺の足先から頭のてっぺんまで一瞥した後、鼻を大きく鳴らした。

「ふん、薄汚いガキが。どうしてくれるんだね、私の服が汚れてしまったではないか！」

男は更に大きな声で俺に怒鳴りつけて、壁際へと俺を追いやる。

やばい人と出会ってしまったとわかってはいるものの、不注意だったのは俺の方だ。

もう一度深く頭を下げると、男は良い気になったようで更に続けた。

「まぁ私は優しいから、一発くらいで許してやろう。おい、やれ」

男が顎で合図すると、後ろの護衛らしき二人組がフードを脱いで俺の前に立った。

エルフだと思っていた二人組はどうやら人間のようで、俺のことを嘲笑いながら指を鳴らしている。なんで人間がエルフの格好を？　いや、ぶつかっただけでそこまでやる？　という考えが頭を巡る中、俺が悪かったと目をつむったのだが、その拳が俺の元へと届くことはなかった。

「『フィセル様（主《あるじ》）に手を出すな、殺すぞ（よ）』」

　その声に恐る恐る目を開けてみると、さっきまで背後にいたはずの俺の護衛が、黒色と金色の剣をそれぞれ片手に、俺に拳を振り下ろそうとしていた男二人組の首元へと突きつけていた。二人ともフードを目深に被っているため顔は見えないが、その剣の色からどっちがどっちなのかは一目でわかる。

　そんな音もなく一瞬で距離を詰めた俺の護衛に驚いたのか、怖い二人組はそのまま膝から崩れ落ちて、そのまま後退っていく。

　俺もびっくりして、思わず尻もちをついてしまった。

　その様子をただ茫然と見ていた男も、この一連の動きが全く理解できていないのか、動きを見せることはなかったが、ようやくこの二人が俺の護衛だということに納得がいったのか、護衛と俺の顔を見比べながら震える声で叫んだ。

「エ、エルフの護衛!?　なんでそんな高価なものを、お前みたいなガキが……」

　そしてこの『高価』という単語が少し癇《かん》に障り、尻もちをついた情けない体ではあるものの何か一言言ってやろうかと思ったが、それをバンが制して再び口を開いた。

「俺はこの人の護衛だ。何かするなら、まず俺を殺してからだ」

　バンが黒い剣を片手にそう呟くと、男たちはよくわからない言葉とともにその場から全力で逃げていく。いったいバンがどんな顔でこのセリフを言ったのかわからないが、あの男たちをビビらせるのには十分すぎたみたいだ。

ようやく静かになったところで俺が双子の護衛の方を振り向くと、二人はすぐに膝を折って頭を下げた。

「申し訳ありません、主、出過ぎた真似を」

「罰はなんなりと」

「いや、罰も何もこんな情けない俺を助けてくれてありがとう。ちょっ、早く顔を上げて！」

俺が二人の肩を叩くと、すぐに立ち上がってまたいつも通りの距離感を保つように移動した。彼らは全てを演じてくれている。

「……そうだね、まずは宿に行こうか」

王都には王都のルールがある。

俺たちは早く俺たちだけの空間に向かうことにした。

◇◆◇◆

「はー、疲れた。二人とも楽にしていいよ。今日はお疲れ様、そしてありがとう」

宿に着くなり、俺は袋を床に勢いよく置いてベッドにダイブした。

アイナとバンも部屋に入って鍵を閉めた後、置いてあった椅子にゆっくりと腰を掛けた。

本当なら三部屋借りたかったのだが、奴隷一人一人に一部屋をとるというのは不自然極まりなかったので三人部屋を取ったのだが、男女三人で一部屋となるとやっぱりどこか緊張する。それがたとえ一年一緒に過ごしたものであっても、奴隷であってもだ。

「お疲れ様です、フィセル様。つかぬことをお聞きしますが、この後のご予定はどんな感じなんですか？」

「んー、まぁ今日はこのままゆっくり休んで明日、明後日で買い出しとかいろいろ見て回ったりとかかな」

「わかりました。では私たちは外にいますので、ご用があれば……」

「いや、ちょい、ちょい待って!?　えっ、何で外に？」

「いえ、奴隷は普通外で護衛をするものだと聞きまして」

「誰に？」

「ゲルグ様の護衛のエルフに」

いつの間にそんな会話を……とびっくりするが、今はそこじゃない。

俺は椅子から立ち上がったアイナの肩をつかんで、無理やり座らせた。

バンもどうするべきかと顎に手を当てていた。

「いいか、アイナ。君は俺に買われたけど奴隷なんかじゃない。今は奴隷として振る舞ってもらっているだけだ」

「ですがまた、いつ今日のようなミスをしてしまうかわかりません」

ミス……。ゲルグさんが言っていたものか。

「いや、あれは俺が悪かった。それにこんなところまでそういう振る舞いをしないでくれ。これは命令だ。悲しくなる」

「……わかりました、ではいつものように振る舞ってもよろしいのですね」

「そう言っているだろう。もうここには俺ら以外に誰もいないし」

「では……。フィセル様！」

そういって彼女は急に立ち上がって、俺に抱き着いてくる。

完全に不意を突かれた俺は、そのまま押し倒されるようにベッドに叩きつけられてしまった。

「いって、えぇ!? ちょっと待ってよどうしたの!?」

「フィセル様……！ いつも見ているあなたが、本当のあなたで間違いないのですよね!? あんな人間たちと同じではないんですよね!?」

もう力の限り抱きしめてくる怪力少女。

やばい……！ このまま行ったら背骨がへし折れる！

「あ、当たり前だろう!? 今日冷たくあしらったのは申し訳ないって!! だからちょっ、ギブギブ！ バン！ た、助けてくれ！」

「アイナ！」

俺の救難信号を受け取ったバンが、すぐさま俺からアイナを引き剝がして、それぞれをベッドに座らせる。

少し落ち着いてきたところで、アイナは大きな深呼吸を一つしてまた口を開いた。

「ごめんなさい。……私はもしフィセル様に買われていなければ今日のような、いやもっとひどい扱いを毎日受けていたのですね……。そして私たち以外のエルフは今も」

「……そうだね。だから俺らで変えるしかない」

急に雰囲気が弱まったと思えば、急に涙を浮かべ始めてしまったアイナ。

バンもいる中ちょっと戸惑ったが、そのまま俺も背中に手をまわして抱きしめることにした。

「……別に今日が初めての事ではないだろう」

「そうですね、でも、……あの男が私たちを売った人間なのですよね？　あの時私は眼が見えていなかったのでわかりませんけど」

「……まぁ、そうだね」

「あの男は私たちを何だと思っているのでしょうか。あの男のもつ牢屋では、どれだけのエルフが泣いて過ごしているのでしょうか。……どうして私だけこうも幸せなんでしょうか」

「幸せ……か。そう思えてるのなら俺は嬉しいよ。でも俺が助けられるのには限界がある。確かに君はたまたま俺に買われたかもしれないけど、あと何十年もしたら君はエルフの英雄になるかもしれない。そのために俺らは今やれることをやるしかないんだ」

「わかっています……、やれることをやるしかないのは。……それに不安なんです。いつかフィセル様があの者たちと同じようになってしまうんではないかって。そんなわけないっていうのはわかってるんですけど、王都ではあなたが異端です。この先変わることだって……」

ここまで黙って聞いていたバンも暗い顔で一つ頷いた。

彼も今日色々なものを見て考えるところがあるのだろう。

「確かに人間という生き物は欲深いし、俺自身この先どうなるかわからない。ただ、今日の賭けで俺は君たちを完全に奴隷から解放することができた。だから……」

「だから？」

「俺が道を踏み外したときはアイナ、君が俺の首をはねてくれ。俺が残した資料は多分ヴェルとシズクなら読み解けるから、君たちだけで進むんだ。それはバンも同じだ」

静まり返る部屋。

そんなこと、あってはならないのはわかっている。

ただ、俺は人間の欲深さも知っている。

三人の目線と目線が交差する。

お互い真剣だってことが伝わり、空気がヒリつく。俺はそのままちょうど上にある頭を撫でた。

彼女は少しうれしそうに目をつむって、その後決心したのか口を開いた。

「……わかりました。フィセル様の騎士として、その命……承ります」

「承知しました。このバン、その命を承ります」

「大丈夫だってアイナ、バン。俺はそんな風にならない。すべてを変えるんだ、俺たちの手で」

「「……どこまでもついていきます。この命果てるまで」」

双子の声が意図せず揃い、一つの強い意志を持った塊として俺の耳に入ってくる。

「うん、よしじゃあ寝る準備しようか。せっかく大きな部屋を取ったんだし、二人ともベッドで寝てね。俺、先にシャワー浴びてくるから」

こうして少し異様な雰囲気になった王都での夜が更けていくのだった。

◇◆◇◆

「おっ、そこのにーちゃんどうだい、このリンゴ！　安くしとくぜ！」

「靴磨きー。たったのワンコインできれいにするよ！」

「今日は良い肉仕入れてるよ!!　どうだい！」

「肉より魚だ！　どうよ姉さん、ウマそうでしょ!?」

王都に来て三日が経過して、もう買いたいものを買い切った俺らは、王都からやや離れた小さな街をぶらぶらしていた。

この街は特に有名なものもなく、王都から微妙に離れているのもあって栄えているとは言えないし、歩き回っていてもこれと言ってめぼしい店やモノはないが、なぜか俺はこの雰囲気が好きで王都に来るたび訪れる。

小さな商店街が並ぶ中、みんなで協力し合って街を活気づけていく。

まるで俺が目指している人間とエルフの共存のようにも思えたから。

そして何より俺が好ましく思っているのは……。

「へい、お待ち。サンドイッチとピザとパスタね！　おっ、嬢ちゃんたちエルフか、これまた珍しい。ごゆっくりどうぞー」

「お、美味しそうですね……」

「いいよ、ほら、好きなだけ食べて」

「では、いただきます」

「いただきます！」

この街はエルフを拒絶しない。

王都では一度ヴェルとこうして店で食事をとったり服を買いに行ったりしたのだが、その時の目線といったらすごかった。

まるで「なぜエルフがここに？」と言いたげな目でずっと見続けられたから。

だが、この街はそこまで裕福じゃないのもあって奴隷はほぼ見かけないし、こうしてエルフと食事をとっていても「エルフがいる！　珍しい！」くらいで収まってくれる。

一応外を歩くときはいつもの服を着てもらっているけど。

この街の人たちは王都から離れているのもあって、奴隷と深くかかわりがないからなのかもしれない。まだ、染まっていないというべきなのかもしれないし、どうせ領主様たちは持っているんだろうけど。

「もぐもぐ、お、美味しいですー！」

「お、美味しい」

おいしそうにほおばる目の前のエルフたち。

その顔を見て俺も不意に笑みがこぼれた。

「そりゃよかった。それにしてもいいね、この街は。やっぱり腐っているのは王都の貴族たちだけみたいだ。……ここはこんなにも温かい」

「確かにそうですね。ここの人たちは私を見ても珍しいとしか思っていないようですから。王都ではエルフ＝奴隷とみられてしまいますし」

「多分王都の人たちだって昔はこんな感じだったはずだ。多分狂った原因は」

「「「金」」」

三人の声がまた重なる。

双子のエルフはいいとして、もしかしたら俺たち三人は相当相性がいいのかもしれない。

「……だよね。いや、もしかしたら狂っているのは俺なのかもしれないな」

「そうですね、フィセル様は狂っているかもしれません」

「えぇ、ストレートに言うなぁ」

またアイナがズバッと俺に言う。たまにこういうところあるよね、この子。

「ですが、この街の人たちは少なくともフィセル様と同じような感じがします。私たちを一人のエルフとして認めてくれている感じです」

「どうすればこの国全体をエルフと人間が笑いあえるようにできるんだろうね。そして俺は……目的を果たすことができるかな」

目的。それは全てのエルフを救い出す道具・魔法・そして金を準備すること。

俺は生きている間に人間とエルフが共存する世界を見ることができるんだろうか。

腐っているところだけ切り取って、新しい物を作ることなんてできるんだろうか。

「わかりません。でもやってみないとわからないですよ！」

「そうだね。じゃあこれ食べ終わったら早く帰ろうか。みんなが待ってる」

「はい！」

「よーし、じゃあ食うぞ！」

人間の温かい部分を見られた俺たちはおいしい飯をほおばって、その目に人間とエルフが共存する世界を思い描いて街を後にした。

第四章　幕引き

「フィセル様！　目を閉じないでくださいフィセル様！」

アイナの声で俺は閉じかけていた眼をゆっくりと開ける。

……懐かしい夢を見た。

今叫んだ彼女やその兄と一緒にとある町を訪れた時の記憶だ。

あれから何年が経っただろうか。

エルフたちの協力のおかげで、俺の回復薬はどんどん進化していって、その分莫大な富を築き、すべてのエルフの位置を知ることができる魔法も、俺が三十歳の時に完成した。

この魔法以外にもたくさんの魔法や魔法具を開発しては王都に持っていき、どんどん金はたまっていたが、それもこれも結局ゲルグさんのほかにダズマさんとも契約をしたから、さらに売るものの幅が広がったからというのもあるかもしれない。

また、それとは全く別で、エルフにしか使えない魔法や魔法具の研究にもいそしんだ。

その中の一つとして、エルフたちの血と俺の独自の魔法で編み出した『エルフを人間のようにする薬』も開発することができた。

『エルフは自分の体を思い描いた姿に成長できる』という話から着想を得た、俺が世界で初めて開発した薬だ。単純にエルフの特徴である耳の形状がなくなるだけだけど、それだけでも十分のはずだ。

しかし年月が経ってもエルフの扱いは変わることなく、ついに野良のエルフはもういないと言われるほどにまでなってしまっていた。

こうして社会は変わらないものの、俺の計画は順調に進んでいき、もしかしたら俺が生きている間に歴史の変わる瞬間を見ることができるかもしれないと思った時もあったが、それが叶うことはなかった。

俺、ことフィセルは三十一歳で完全回復薬すらも跳ね除ける未知の病にかかってしまった。

いや、未知なんかじゃない。

単純に――――。

「ま、まさかこれほどまでに無理をしていたとは……、なんで、なんで今まで言ってくれなかったんですか！」

今までの生活で摂取し続けた『悪魔の回復薬』と、その反動を打ち消すために飲み続けた回復薬によって、ついに俺の体はぶっ壊れてしまったのだ。

だって仕方がない、一刻も早く計画に移るには、俺の体にムチ打つ以外の方法がなかったから。

俺の命と引き換えにエルフが助かるなら安いものだったから。

いつものように書斎で研究をしていた際に急に意識を失って、突然起き上がることができなくなった俺の耳に残った最後の言葉は、ヴェルの悲痛な叫びだ。

今でもその叫び声は耳に張り付いている。

こうして俺はベッドから起き上がることのできない人間となった。

それから寝たきり生活を一年ほど過ごして、体調は徐々に回復し始めた。

ダニングの旨い飯を食えず、外で体を動かすこともできず、元気に話すこともできずに過ごしたこの一年間は本当に辛かったが、この療養生活によって死の淵をさまよった精神が回復したのも確かである。ダニングに関して言えば、そんな俺でも美味しく食べられる料理を自分で考えて作ってくれたが。多分この料理のおかげでもある。


ただ、自分の体の事は自分がよくわかっており、もう長くは生きられないことをエルフたちに伝えたのだが、その時彼女らは死にかけの俺に、

『じゃあ転生魔法を編み出してください。転生して一緒に変えましょう』

なんて言いやがった。

最初こそ「君たちは馬鹿か」と俺も笑いとばしたが、時間が経つにつれて自分がみんなにおいて行かれることに対する焦り、そして見届けることのできない悔しさが徐々に熱を帯びて肥大化していき、倒れてから二年後にはぼろぼろの体に最後の踏ん張りをかけて、俺の人生における最後の研究を始めていた。

俺も大バカ者だったということだ。

途中あまりに無謀な挑戦であることに気づいて、

「これ多分、転生後の世界は何百年も後になるから、意味ないかも」

と逃げようとした俺に対して、

「エルフの寿命をなめないでください。絶対にご主人様が転生するまで生き残って見せますし、転生したご主人様に是非とも私たちが変えた世界を見せて差し上げます」

と後押し《脅迫》されつつ俺はもう一年、俺の人生の最期の一年を転生魔法の研究にささげたのだった。

そしてついにその時は来た。

◇◆◇◆

「ご主人様、行かないでくださいご主人様！」

「おい！　俺が最高の料理人になるまで見届けるって言ったじゃねえか！　約束と違うだろ！」

「私たちを置いていかないでください……。こんなのあんまりです……」

「……これが人間とエルフの、寿命の違いというものだ。私たちではどうにもならん。普通の人間よりかは明らかに早い気もするが」

「主よ……、絶対生まれ変わってくださいね。その時はまた俺はあなたのもとに仕える」

「私、まってるから！　お兄ちゃんが生き返ったときに何もおびえるものがないような世界にするから！」

もうゆっくりとしか動かない目を開けるのを諦めて、俺は全神経を口に集中させる。

声を聞けばみんなが近くにいることが分かるから、自然と怖くはなかった。

「お前らにもう俺は……必要ない。……これからは自由だ、自分が生きたいように生きろ……。そのために編み出した俺の……道具や魔法だ。あとは……任せたぞ」

誰かの手が俺の手をつかむ。

するとどんどん俺の手が包まれていく気がした。

俺は最後の力を振り絞って口をわずかに動かす。

「もし、もし……俺が生き返れたら……その時は優しく迎えてくれ……。君たちと再び会えることを……楽しみにしている」

俺の一度目の人生の記憶は、ここで途絶えた。

第二部

第五章　二〇〇年後の世界へ

やっと夢のような記憶の乱流から目が覚めベッドの上の時計を見る。

時刻は午前十時を示しており、目が覚めた時からもう三十分以上たっていることに驚いた。

自分では全く意識していないのに、頬には涙が流れている。

俺はこの三十分間涙を流しながらぼーっとしていたのだろうか。

だが今日は休日だ。遅刻とかの心配はない。

唯一いつもの朝と明らかに違うのは、

「そうか、俺は転生に成功したのか……」

前の名をフィセル、そして今の名前も何の因果かわからないが……フィセル。

転生魔法の性質上なのか、俺が死んでから二〇〇年が経過したことは明確に分かる。

十八の誕生日の朝を迎えた俺ことフィセルは、約二〇〇年前の前世の記憶を取り戻した。


今俺が生きているのは、六人のエルフと暮らしていた時からおよそ二〇〇年後の世界だ。

そして今、俺の中にはエルフたちと過ごしたときの記憶と、この世界で十八年間過ごしてきた記憶が入り混じっている。

結論から言うと、六人のエルフたちと俺の計画は成功していた。

街を行く人の中には首輪なんてつけていないエルフが多く交ざっており、奴隷なんて言葉は聞いたこともない。

俺が持っている高等学校の歴史の教科書には、ちょうど五十年前からエルフと人間の共存が始まったと明記されており、それ以降特にいざこざは無いようだ。

今やこの国はエルフと人間の二種族が共存する巨大国家になっている。

他の種族もいるようだが、メインはエルフと人間だ。

といっても、エルフと人間は成人になるまでの時間が大きく違うから人間でいう十八歳まで、つまり高等学校までは別々の場所で学ぶことになるが仕方がない。

人間の一生分の時間をかけてエルフは成人になるのだから。

またエルフに関しては、『独自の魔法具と魔法、そして回復薬を有しており人間の発展に尽力した』と明記されていたから、少し歴史が変わっているのかもしれないな。

うん、ほぼ俺が開発したものだな、多分。

まぁ、今の人間が持つエルフの印象は『人間と同じ風貌で人間よりも長生きし、共に歩んでいく種族』って感じみたいだ。十八年間の方の俺の記憶がそう言っている。

だからこそ王国内を胸を張ってエルフが歩けているのかもしれない。

人間とエルフが同じ時を生きて笑い合えるのかもしれない。

そう考えると感慨深いものがある。

また、十八年間の記憶の方で引っかかる名前はいくつかある。

王都の国王城で料理長を務める『ダニング・フィセル』という人物を新聞で見たことがあるし、王国軍の騎士団長は『アイナ・フィセル』とかだったな。

……なんで今まで俺はフィセルという単語に疑問を持たなかったのか。

「うわぁ、俺と同じ名前がついてる」

としか思わなかったのだろうか。

もしくは今、人間界の中で子供にフィセルと名付けるのがブームなのか。

大丈夫だよな？　俺の今の名前、やばいやつだったりしないよな？

……そんなことは置いといて、彼らは無事世界を変えたみたいだ。

エルフが人間と共存して生きる、そんな世界に。

そんなことを考えると自然と涙があふれてくる。俺は何もしていないのに。

ただ時間は時間だ。もうそろそろ起きて活動し始めなくてはならない。

今日は特に何もする予定がないが、何もしないままぼーっとするわけにもいかない。

涙で目を腫らしたままベッドから降りて洗面所へと向かう。

洗面所で顔を洗い終わった後に鏡をまじまじと見ると、やはりというべきか昔の俺にそっくりの顔立ちをしていた。

身長は昔よりも高い気がするけどまぁ、気のせいかもしれない。

外見がほぼ一緒ということに反して、前世と違う点は魔法の才能が皆無なことぐらいだ。毎回筆記テストも実技テストもギリギリで、教師にはブラックリストに入れられてるし、いわゆる「落ちこぼれ」ってやつなのかもしれない。

俺が前世で何か悪いことしたかよ……。

まぁ仕方がないか。

そんな俺は今受験生だが、果たして俺が受かる学校はあるのだろうか。

知識もない俺には商人になるのも厳しいのは分かっている。

かといって勉強する気にもならない。

なのでとりあえず王都にでも出てから考えようとしていたところだ。

顔を洗い終わった後リビングへと向かい、まず部屋においてある家族写真の前に行く。いつもの習慣だ。

数年前、俺の両親は事故によって帰らぬ人となった。

俺だけを置いて。

この事故で多額の保険がおり、慰謝料もたくさんもらえて、俺一人が暮らしていく分には正直困らないが、思春期に一人暮らしというのは中々辛いものがあった。

どうやらこの辺も変わっていないようだ。

両親を失いその影響で金はいっぱいある、みたいな。

手を合わせ終わったあと、いつもの通り一人でご飯を食べて適当に時間をつぶす。

休日だからといって正直やることはない。

こうして十八歳の誕生日は、エルフに囲まれていた前世と違い、たった一人で過ごすのであった。

ただ一つの疑問、どのようにしてエルフが独立したのかがどの参考書にも本にも載っていなかったという点を残して。

◇◆◇◆

次の日になりいつも通り学校に向かうことにしたが、ある重大なことを見落としていることに気づいたのは通学路を歩いている最中だった。

……あいつらに会う術がない。

今どこにいるのかがはっきりしているのはアイナとダニングだが、どちらも王城に務めているため、一般人の俺なんかが会えるわけがない。

ましてや他のエルフについては、本当に何の情報もない。

かろうじてルリが冒険者になっているのを耳にしたことがあるが、どうすれば会えるのかがわからないし、その噂が本当かどうかもわからない。

冒険者ギルドに行けば会えるのかな。

そしてバン、ヴェル、シズクの情報は一切ない。

こうして記憶を取り戻しても、何も打つ手がなく時間だけが過ぎていく。

色々な策を考えて実行しては打ち砕かれ……を繰り返しているうちにどんどん日々は過ぎ去って行き、気づいた時にはもうそろそろ高校生活に終わりが見えるころになっており、

「あいつらが変えた世界を見ることができただけ及第点としとくか」

なんて半ばあきらめ状態で日々を過ごしていた。

あの日までは。

その日は普通の日常のはずだった。

いつも通り学校について友達としゃべって適当に授業を受けて……。

だが一つ、今までとは違うことがあった。

剣技の授業のために服を着替え、外に出た俺たちに担任の先生が思いもよらぬ発言をしたのだ。

「えー、今日の剣技の時間だが、特別講師に来てもらっている。知っているものは多いと思うが、この国の高等学校の最後の剣技の時間では、王国軍の人達に特別授業をしてもらうことになっている。そこで優秀なようならスカウトの話が来るかもしれないから、今日は真面目に頑張るように」

先生の言葉を聞いてクラス中の生徒たちが沸き立つ。

そりゃそうだろう。王国軍の人に指導してもらえて、あわよくば騎士団にスカウトされるなんて、サクセスストーリーにも程がある。

剣技の才能もない俺には無関係の話だが、こうしてどの若者にもチャンスが与えられるような仕組みを創り出した王国軍は優秀だな。

もう一回言うけど、俺には全く関係がないが。

そんな騒がしい中、先生が何とも言いにくそうな顔をしながら話を続ける。

「それでなのだが今日は、かの有名な騎士団長様に来ていただいているからな。無礼の無いように」

騒がしかった場が一瞬静寂に包まれる。

その後爆発するがごとく騒ぎ、躍り始める生徒たち。

みんな待っていましたと言わんばかりに叫び躍っているが、俺は初耳だ。

……え？　なにどういうこと？　アイナが来るの？

俺はこんがらがる頭の中で、ただひたすらに二〇〇年前のエルフたちの幻影を追っていた。

◇◆◇◆

時は少しさかのぼり一時間前。

「アイナ様、おはようございます!!」

「はい、おはようございます。それで今日はこの学園で間違いないのですよね？」

私は横にいる部下に尋ねた。

今私たちがいるのは、とある高等学校の門の前。

あと一歩踏み出せば敷地に入るといった場所だ。

そして私の周りには十人ほどの騎士。

私が指揮している人間の部下たちだ。

「はい！　今日はこちらで特別授業となっております」

「わかりました。ではいきましょうか」

今日で一体何回目だろう。

もしフィセル様が人間に転生していたら、と考え王国中の高等学校を回るのは。

これは私が王国の騎士団長を務め始めたと同時に始めたことだから、もう五十年近く続けているに違いない。

全く成果はないけれど、それでも何も行動しないよりかはましだと思っている。

やらない後悔よりも、やって後悔だ。

最初は下心丸出しで始めたこの活動も、

「若者の才能の芽を育てる」

という大義名分が後からついてきて、気づけば王国内の高等学校の卒業シーズンにおける一大イベントになっているが、目的は変わらない。

……私が最初にフィセル様を見つけるため、ただそれだけ。

だから私は今日も、金色の刀を片手にフィセル様を探す。

何度も我が主のために振るったこの剣を。

「アイナ様、準備ができました。今日はよろしくお願いします」

「はい、よろしくお願いします」

門をくぐり少し歩くと、そこには学校の校長と先生だと思われる男性がおり、私に頭を下げる。

額に脂汗を浮かべながら差し出してきた人間の手を、私は優しくつかんで握手をした。

いつ見てもこの光景はおかしくて仕方がない。

だって人間がエルフの私に向かって頭を下げているのだから。

二〇〇年前ではありえない光景。

「……という形で今日はよろしくお願いいたします」

「はい、わかりました。その前にお手洗いを借りても？」

「え、えぇ！　すぐに案内します」

「いえ、もう何度も来て覚えていますので大丈夫です。あなたたちは先に向かっていてください」

「はい！」

部下に命令した後私は一人でお手洗いに向かい、いつものルーティーンで自分の髪を両手でぐしゃぐしゃにして、それからまたちゃんとセットする。

こうしないとスイッチが入らないのだ。

思い浮かべるのはもちろん、あの人。

眼を瞑ればいつだって温かい声と体温が近くにある。

こんなことを想うのはおかしいと思ってはいるけど、抜けない癖。

「よし、今日も頑張りましょう。待っていてくださいね、フィセル様」

鏡に映る自分に向かってそう呟く。

こうして私はわずかな希望を胸に、今日もあなたを探す。

◇◆◇◆

「えー、みなさんこんにちは。王国軍騎士団長のアイナと申します。今日は短い時間ですがよろしくお願いします」

いよいよ特別授業が始まり、アイナが初めて目に入る。

今日は学校の三年生全員が集められて合同で行われる授業だからいつもより人数が多い。それ以上にみんなの熱気が凄いけど。

……みんな目が血走ってないか？

そんな同級生たちから目線を外して、前に立って話す一人の女性エルフを見る。

あのころと変わらず金色の髪を背中まで伸ばし、碧色の目は以前よりも鋭くなった気がするが、美人には変わりない。スタイルはあの時からあまり変わっていないのが、なぜか安心するが。

「それではまずは素振りをしましょうか。それから私の後ろには騎士団の団員たちがいるので、打ち合いをしましょう。もし自信がある方がいたら私のところへ来てください。お相手しますよ」

笑顔からこぼれたその声を聴き、特に男子どものやる気が爆上がりする。

そりゃ美人で強いなんてあこがれの的だしな。

だが俺は何とかしてこのチャンスをものにするしかない。

俺はそう意気込んで剣を強く握った。


軽い素振りを終え、アイナの言った通り団員たちとの打ち合いが始まる。

団員一人につき学生が五人ほどついて一人ずつ打ち合う形なのだが、誰一人として一向に一本も取れない。それはどこの班でもだ。

やはり学生と団員との間には途轍もない差があるらしく、もはや遊ばれている気がしてならない。

いや、もう少し手加減してよ……。

俺らまだ子供だよ、一応。と思うが、騎士の人達は容赦なく俺たちを叩きのめした。

また、俺らの班の団員はややプライドが高いらしく、

「なんでお前らの相手なんかしなくちゃなんねえんだよ。おらっ、次！　早く来い！　座ってんじゃねえ、立てよ!!」

という感じで打ち合いを進めていく。

正直印象は最悪だ。

めんどくさいのにあたってしまったと自分の運の無さを恨む。

そんなこんなで剣技が始まってある程度の時間が経つと、アイナが、

「それでは腕に自信のある人は、私のところへ来てください」

と宣言したが、正直俺にはいくほどの体力は残っていない。

当初の予定では適当にやるつもりだったのだが、どうやら俺の体力を過信していたようだ。汗はだらだら流れるし、わき腹にさっきから鋭い痛みが走っている。

正直もう動けない。

だがそんな俺とは違い、みんなどこにそんな体力が残っているのかと思うくらい元気に飛び出していき、ものの数秒で瞬殺されては班での打ち合いに戻っていく。

負けたのにみんな嬉しそうな顔しやがって……。

そんな皆を見つつも別に俺はいいやと思い、目の前の団員と打ち合いをしているときだった。

「ちっ、お前みたいな才能無いやつが剣握るんじゃねえよ。なんでお前らがアイナ様とやりあえる機会が与えられるんだ……。ちょっと痛い目見て現実を知っとくか？　お前らには夢も希望もないってことをな」

「えっ、は？」

その団員は突然俺に全くの加減をせずに剣を振り下ろしてきた。

何か彼の癇に障るようなことをしたのかもしれない。

恐らく本気の振りではないものの、素振りで疲れ切っていたのに加えて、もともと剣技のセンスが一切なかった俺は、彼の振りを一切いなすことができず、その剣は俺の脳天に直撃した。

多分彼も、これくらいなら俺でも受け止められると思ったのだろう。

ちょっとビビらせてやろう位だったはずだ。

だが残念、相手は俺だった。

「ぐはぁ!?」

「っておい！　なんで避けねえ!?」

ズドンという音が聞こえ、遠のく意識の中にその団員の声が聞こえた気がしたけど、もうわからない。

次に目が覚めた時は、薬品の匂いがツンとする保健室のベッドの上で寝かされていた。

まるで記憶を取り戻した時と同じで、長い夢から覚めたようだった。

額の上の方に痛みが走ったので、軽く触ってみるとポッコリ腫れ上がっているので、多分たんこぶができているのだろう。

「……はぁ、アイナと会うチャンス逃したな。それにしても本当にエルフの姿って昔と変わらないんだな」

と誰もいない保健室でぼやく。

保健室の先生位いてもいいと思うのだが、誰もいない。

なんだか悲しくなる。

すべてが自分の敵のようだ。

「まあいいか、いつかまたチャンスはあるだろうし」

終わったことをくよくよしていても仕方がない。そう思って保健室のベッドから立ち上がろうとした時、誰もいない保健室のドアがノックされた。

「は、はい？」

とりあえず返事でもと思い声を上げると、思いもよらぬ声がドアの向こう側から聞こえてきた。

「失礼します。騎士団長のアイナです、中に入りますね」

「え!?」

適当な返事をした俺に返ってきたのは、紛れもなくアイナの声だった。

アイナは俺の返事を待つことなく保健室の中に入ってくる。

「だ、大丈夫ですか？　カーテン開けますね」

アイナが保健室の中に入ってきた以上、俺とアイナを隔てているのは保健室のベッドに取り付けられているカーテンだけだ。

開ければすぐに対面できる。

だが何となく、アイナには今のかっこ悪い俺を見られたくなかった。

「ちょ、ちょっと待ってください！　開けないでください！」

「あ、お、お着替え中でした!?　ごめんなさい、無神経で。私って昔からそうなんです」

「い、いえそういうわけじゃ……」

「そうですか。今さっき怪我を負わせてしまった生徒がいるとの報告を聞いて、回復薬を持ってきたんです。あ、あぁ怪しい薬じゃないですよ。私の知っている中でも一番凄い人が作った薬なので、効果はばっちりです！」

回復薬……。

今彼女が持っているのは、昔俺が開発した回復薬なのだろうか。

今でも俺の薬を使ってくれているんだな。

「そうですか、ありがとうございます。それじゃあそこに置いておいてください。あとで使います」

「……本当にごめんなさい。私の監督不行届きでした」

だがアイナは、俺が拒絶しているのは騎士の人に怪我をさせられたことに対して怒っているからだと思ったのか、急によそよそしくなってしまった。

カーテン越しでも頭を下げているのが分かる。

そんなことをさせたい訳ではなかったのに。

「いえ、そんなことはありません。俺の実力不足です。ただ彼はなんか八つ当たりしてきたようにも思えましたが」

「……やっぱりそうですか。いえ、こっちの問題です。彼にはあとできつく言っておきますので、どうか今回の件はお許しください。本当に申し訳ありませんでした」

部下の失態だし、彼女からしたら俺はガキなのに、ここまで謝れるアイナは凄いなと改めて思う。

だから団長にはなるべくしてなったのかもしれないな。

……待てよ、これはチャンスか？

「あの、申し訳ないと思っていらっしゃるのなら、一つお願いを聞いてくれませんか？」

「はい、なんでしょう？　できることならなんでも」

なんでも、と聞いて一瞬最悪の妄想が浮かんだけど手で払う。

違う、そういう事が言いたいんじゃない。

「この後、俺とも手合わせしてください」

◇◆◇◆

アイナが保健室を出たのを確認して、彼女が置いていった回復薬を使う。

流石俺が作っただけあって、飲んだらすぐに痛みは取れてコブは引っ込んだ。

時計を見ると時刻は十六時過ぎぐらい。

多分他の生徒はもう下校したに違いない。

保健室の先生とはちょうど入れ違いの形で保健室を後にした俺は、アイナが待つ運動場へと向かっていった。

靴を履き替え、先ほどまで授業をしていた運動場に再び戻った俺は、この日初めてアイナと向き合う。

「来ましたね。って、どうしたのですかその顔？　まさかそんなに重症だったのですか!?」

運動場の中央で夕日を眺めていたアイナが、俺の顔を見てそう叫んだ。

彼女が驚くのも無理はない。今の俺は顔に保健室の包帯をぐるぐる巻きにしているのだから。回復薬のおかげで俺には一切の怪我はないが、保健室の先生に変な顔で見られたから後で怒られると思う。

「いや、何となく顔を見られたくなかったんです。怪我はあなたに貰った回復薬で治りましたので安心してください」

「そうですか、何か見られたくない理由があるということですね。それでは始めましょうか」

アイナの声を合図にして打ち合いが始まる。

その手には彼女の相棒である金色の剣。

もちろんだが俺が彼女に勝てるはずないし、アイナはアイナでめちゃくちゃ手を抜いて瞬殺しないようにしてくれている。

俺の剣を丁寧に受け止めて、流す。

素人の剣なのに、彼女の手が加わればまるで芸術のようだ。

まるで二人で作る作品のように。

だからこそ気づいてほしい。

二〇〇年越しに経験する拙い俺の剣筋を。体運びを。

そのために顔を隠した。

変わってないことを知ってほしいから。

ある程度打ち終わった後、最終的に疲れ果てた俺が足を取られて盛大に転ぶ。

やり切って満足げの俺とは打って変わって、彼女の顔は非常に困惑していた。

まあ俺の顔は包帯で隠れているけど。

転んだまま運動場で寝そべる俺を起き上がらせ、困惑したままの顔で彼女は俺に尋ねた。

「…………どうしてもその包帯を取ってもらうことは出来ませんか？」

だが、彼女は気付いてくれた。

俺の剣筋と体さばきだけで。

高鳴る心臓を頑張って抑えながら立ち上がり、顔に巻き付けてある包帯に手をかけて無言でほどいていく。シュルシュルという布がほどける音とともに、俺の顔がどんどんあらわになっていった。

「あぁ！　やっぱり、やっぱりそうだったのですね…………」

「こんな形で知らせることになって、なんかごめん。無事帰ってきたよ」

「フィセル様！　ずっと会いたかったです！」

せっかく起き上がったのに、アイナに抱き着かれてまた転ぶ。

それでも彼女は腕の力を弱めない。

「ずっと、ずっとお慕いし続けておりました、フィセル様……」

「泣くなよアイナ、せっかくのかわいい顔が台無しだよ」

「ふふっ、フィセル様こそ泣いていらっしゃいますよ」

「え、あれ？　本当だ。はは、止まらないや」

沈んでいく太陽が照らす運動場の中央で、俺らは少しの間抱き合い続けた。

俺はこの日、転生して初めて過去に俺に仕えていたエルフと再会した。

◇◆◇◆

「フィセル様、他の者たちにはもう会いましたか？」

まだ涙でぐしゃぐしゃの顔のまま、アイナが俺に尋ねる。

俺もぐしゃぐしゃだが。

俺は鼻水と涙を滴らせながらも、その情けない顔で続けた。

「いや、アイナが初めて。なんか皆偉くなっちゃったみたいで、全然会えなかったんだ」

「そうですね……。まぁ、ダニングさんとルリなら割とすぐに会えると思います」

「ダニングは王城の料理長やってるみたいだね。この前新聞で見たよ」

「そうなんですよ！　それにルリは今やSランク冒険者なんですから!!」

Sランク冒険者。

それは冒険者ならだれでも目指すゴールのようなものだ。

二〇〇年前も冒険者ギルドというものはあったし、その時もSランクという者は存在していたからその凄さが分かる。

確か今では王国に五人くらいしかいないんじゃなかったか？

「え、Sランク!?　ていうかやっぱりルリは今冒険者なの!?」

「そうなんです。彼女がもしかしたら今、一番強いかもしれませんね」

「ほへー、……なんか想像つかないな。俺の中では五歳くらいで止まってるや」

俺が二〇〇年前の天真爛漫だった子供を思い浮かべていると、アイナは少し嬉しそうに笑った。

「ぜひ会いに行ってあげてください。多分彼女なら冒険者ギルドに行けば会えると思うので。あと……シズクさんと兄さんにヴェルさんは、普通に過ごしてたら会えないと思うので、私の方から連絡を入れておきますね」

「ありがとう。というかあの三人はそんなすごいことになってんのか……」

「いえ、今はそういう訳ではないんですけど」

「今は？」

「あっ！　いえ……。ごめんなさい忘れてください。なのでフィセル様の通話式魔法具の番号を教えてくれませんか？　私からまた連絡しますので」

「わかった。じゃあよろしく頼むよ」

少し引っかかったが、まあいいやと思い俺は通信式魔法具を取り出した。

二〇〇年前とは打って変わって、もうなんかできることが多すぎてよくわからないことになっている魔法具だ。俺は基本通話でしか使っていない。

俺的には余計な機能が付きまくって、寧《むし》ろ退化した気がするが……。

「ありがとうございます。あとダニングさんですが、彼はどこにいるかも私が把握しているので、直接会いに行ってあげてください。そのほうが嬉しいと思うので」

「わかった、ありがとう。どこに行けば会える？」

「そうですね……、この店ならおそらくダニングさんに会えると思います。彼は決まった時間に、自分の目で食材を見て買っていくそうなので。私もたまに待ち伏せして話しかけますし」

　そういってアイナがポケットからメモを取り出して、ペンを滑らせていく。

「おそらくもう今日の分は終わってしまっているので、明日の正午にこの場所に行ってみてください。多分会えると思います」

「わかったありがとう。また会えたら連絡するね」

「はい、待ってます！　それでは私はこれで」

「うん。アイナに会えて本当にうれしかった!!」

「……私はおそらくフィセル様の十倍はうれしかったと思います。それと私としたことが言いそびれておりました」

　彼女はそう言って俺の目を見て息を小さく吐き、再び口を開いた。

「フィセル様、おかえりなさいませ」

◇◆◇◆

「フィセル様、おかえりなさいませ」

　この言葉はもしフィセル様とお会い出来たら絶対に言おうと思っていた言葉。

　あれはまだ私たちが森の中の家で暮らしていた時、外から帰ってきたフィセル様にエルフたちが必ず言っていたもの。

この言葉でお迎えするとフィセル様は「なんかいいな、これ……。一人じゃない感が、なんかいい」といって気に入ってくれたのを今でも覚えている。

あの時は帰ってきた音がしたら、誰が一番早くお出迎えができるか競ったりしていたな。

毎回私とシズクさんが競り合って、いつの間にかヴェルさんに抜かれているってのがお決まりでしたけど。

……もう少しフィセル様と話したかった、抱き合っていたかった。

でもフィセル様は私だけのものではない。

だからずっと捕まえているわけにはいかなかった。

抱きしめた体はあの時とは少し違ったけれど、それでも雰囲気は変わっていないんですね。

……もっと聞いてほしかった。

私の頑張りを、私の行動理由を。

騎士団長になったのだって全部フィセル様、あなたのためなのですよ。

あなたが転生したときに国がぼろぼろになっていないようにするため。

私がトップになって国を守るため。

私がこの剣を振るうのは、エルフのためでも人間のためでもない。

ただ一人、あなたのためなのですからね。

ああ、駄目だ。どんどんと話したいことが浮かんでくる。熱い感情が湧き出てくる。

でもあなたが愛を注いだのは私だけではないから、独り占めにはできない。

だから、だから早くほかのエルフたちと再会してみんなで集まりましょう。

そうすれば私の胸の中のすべてをさらけ出すことができるから。

これを機に次期騎士団長は決めているので、いっそのことすべて捨ててしまいましょうか。

「もう待つのはこりごりです」

私から離れていく夕焼けに染まった我が主の背中にそう呟いた。

◇◆◇◆

アイナと会った次の日、学校をさぼって正午にアイナが指定した場所へと出向くことにした。もちろんダニングと会うためだ。

卒業するための出席は足りているから大丈夫だろう……多分。

流石に本来子供は学校にいる時間なだけあって、子供の姿は俺くらいしか見当たらない。

「ここがアイナの指定した場所……。ダニングは来るのかな」

そんな不安を抱えながら市場をウロチョロすること約十分、何やら俺の前方が騒がしくなってきたような気がした。

いや、普通に騒がしい。

騒がしいといっても人の話し声が煩《うるさ》いのではなく、何か金属音が響く感じだ。

もしかしたらと思い音源のほうを向くと、そこには鎧に身を包んだ騎士の人たちが四、五人ほど歩いているのが見えた。そしてその中には一人だけ、ラフな格好をした茶髪のエルフがいた。

……ダニングだ。

ダニングは歩いている最中で止まったようで、どうやらそこが目当ての店だったのか中へと入っていく。

騎士の人たちはその店の前で凛々しく立って待っている。

その風貌は二〇〇年前と変わらない威圧感があり、俺はとっさに近くの物陰に隠れてしまった。

少しの間はそのままじっと様子を眺めていたのだが、やはりこうして実際にダニングの姿を見ると高揚してしまい、あろうことか俺は抑えきれずその店に突撃してしまった。

だが、国の重要人物が入った店へと不気味な笑みで駆けていく俺を見て、騎士が何もしないはずがなかった。ダニングが入った店に入ろうとした俺の肩を騎士団の一人ががっちりとつかみ、行く手を阻む。

「おい、お前何者だ!?」

「えっ、た、ただの平民です！」

「平民？　お前まだ学生だろ！　こんな時間に何やってるんだ!!」

「えっ、それは……その……」

当たり前である。

なんせ今は平日の昼、しかも気持ち悪い笑みを浮かべて走っているような俺は怪しいことこの上ない。しかも何をとち狂ったか、俺は制服で来てしまった。

多分これが終わったらそのまま学校に行こうとしてたんだろう。

流石にこの時は自分でも馬鹿だと思った。

「なんでこんな時間に、こんなところにいるんだ？　悪いが俺らは王城付きの警護隊だ。鼠一匹でも怪しいものを通すわけにはいかない」

「その、ダニングさんとお話がしてみたくて……」

正直に言おうと決心し、ダニングに会いたいという趣旨を伝えた俺に飛んできたのは騎士の一人の拳骨であった。

めちゃめちゃ痛い。

「痛ったぁ！　な、何するんですか!?」

「ダニング様だろ、気安く呼ぶな！　ダニング様はこの国で唯一国王に認められている料理人なんだぞ！　それにあの由緒正しきエルフなのだから、お前みたいなガキがそうやすやすと会えるわけがないだろう！　何を言っているんだ！」

待って、いろいろ追い付かない。

え？　エルフが由緒正しき？　ダニング様？

これだけ聞くと恐らく俺たちの計画は大成功に終わったに違いないと判断できるが、今の俺にとってはただの障害でしかない。

「お前みたいなのが会って話だと？　一回考え直せ、手紙とかなら読んでくれるかもしれないから。

おいお前、こいつを近くの警護隊まで連れて行って学校に連絡しろ」

「はい」

「ま、待って！　俺の話を聞いてください！」

多分、目の前の人たちの中で一番偉いと思われる人が部下に指示を出す。

冷静に考えれば、後からアイナ伝いでダニングとの交流の場は設けられたであろうと考えられたが、この時の俺は目の前の情報量の多さに頭がオーバーヒートしており、冷静な判断が下せなかった。

つまりは、ここを逃したらもう次はないという思考に陥っていた。

「坊主、あまり騒ぎを大きくしないほうがいい。お前にとってもそのほうが身のためだ。エルフに変なちょっかい出すとろくなことになんねえぞ。しかも王城付きの料理人ときたもんだ、あの『黒い悪魔』に襲われるかもしれねえしな」

「なんですか黒い悪魔って!?　ちょっ、頼むお願いだから一回だけ会わせてくれ！　そうしたらわかるはず！」

「わからないやつだな。もういい、連れていけ」

「はい」

そういって二人の騎士に両腕をつかまれて移動させられそうになった時、どこか懐かしい聞いたことのある野太い声が響き渡った。

「さっきから何を騒がしくしている？　王城の警護隊はそんなに呑気で暇なのか？」

初めてこの声を聴いた時のことは忘れもしない、ダニングの声だ。

その声を聴くと兵士たちは、すぐにダニングに向き直って頭を下げた。

「申し訳ありません、ダニング様、少々うるさいものがおりまして。もう連れ去るのでご安心を」

「ダニング！　俺だわかるだろ！」

「お前、この期に及んで呼び捨てだと！　大バカ者が！」

騎士の人が何か騒いでいるが、もう関係ない。

必死にダニングの目を見て叫んで訴えかける。

お前に会えてうれしいという感情を。

そしてどうやらその想いは彼に届いたようだ。

「…………おい、その人を放せ」

「えっ、こ、こいつをですか……？」

「いいから放せ。あともう俺の事はいいから、先に王城に帰っててくれ。俺はこの人と話がある」

「で、でも……」

「いいな？」

「……はい。少しでも危険がありましたらすぐにお呼びください。そうしなければ我々の首が飛びますので」

「わかった」

ダニングの鶴の一声によって、騎士の人たちは威勢をなくして去っていく。

さっきまでの喧騒が嘘のように、今周りには俺とダニングしかいない。

一歩引いている一般の方々に「なぁに、あれ？」と噂のネタにされているくらいだ。

「……場所を変えて話そう」

こうして俺は無事、二人目のエルフと再会することができたのであった。

◇◆◇◆

「コーヒーは今でも好きか？」

やや遅れてきたダニングはそう言って、先にベンチに腰掛けた俺に紙コップに入ったブラックのコーヒーを手渡してきた。恐らく近場で買ってきたのだろう。

二〇〇年前の俺は、研究の際でも休憩中でも常にブラックコーヒーを飲み続けており、どうやらダニングは覚えていてくれたらしい。

「あー、あんまりブラックは飲まないけど……昔を思い出して飲もうかな。ありがとう」

「まさか本当にやってのけるとはな。正直、とても驚いている。味覚や風貌はお子様になったようだがな」

とても驚いている人の顔のようには見えないが、このソワソワ具合から本当のことなんだろうと思う。昔からダニングは表情には出ないけど、仕草にはよく出ていたから。

それにさっきよりも少し目が腫れているようにも見える。

俺の希望的観測による勘違いか、彼が裏で驚いてくれたのかはわからない。

そんなダニングが俺の横にドカッと座ると、ベンチが少しきしむ。

横にいるこの大柄の男の雰囲気は、俺をいつでも安心させてくれるのだ。

俺は不思議と涙が出なかった。

「こっちもまさかだよ。王城の料理長なんて、どれだけ出世してるんだよ」

「ただの過程だ。最高の料理人になるまでのな。それにまだ達成は出来ていない」

「えっ、国王に認められてるってことは、もう最高の料理人じゃないか」

「……俺が認めてほしいのは国王でもエルフでもない。あんただけだ。そしてあんたはその前にぽっくり死にやがった」

ダニングは呆れたように深くため息をついた。

あんたのせいで夢は止まったばかりだと言いたげな目だ。

「でも俺はあの時から、ダニングは最高の料理人だと思ってたよ？」

「それは違う。あの時は限られた食材で限られた能力しか発揮できていなかった。でも今は違う。最高の食材、最高の機材が用意されているからな。ただ一つ、あんたがいないことだけを除けばだがな」

「じゃあ俺のために料理を作ってよ。見せてくれよ、二〇〇年の集大成を」

「もちろんだ。あの店にいたってことは、大方アイナあたりから場所を聞いたんだろう？」

「まあそうだね。ダニングは二人目かな」

「そうか。……まぁ妥当と言えば妥当か。俺はあんたが帰ってきたらこの仕事をやめることにしていたんだ」

「えっ!?　な、なんでさ!?」

あまりのことに、俺は手に持っていたコーヒーを落としそうになる。

それほどまでに信じられないことが今聞こえてきた。

だがダニングは俺が驚いている事を全く気にせず、やや気だるげな面持ちで続けた。

「今の国王には『俺にはただ一人、心に決めた主君がいる。その次でよければあなたたちに仕える』って言ってあるからな」

「なんか恥ずかしいな、てかそれ通るんだ……」

「まあな。あんたが生きてた頃と違って、今のエルフの立場は相当いいものになったからな。あんたのおかげで。それだけが理由でもないが、大体の俺の主張は通るだろうよ」

「……で、でも俺はダニングにこのまま続けてほしいな。俺なんかのために人生を変えるのは申し訳ないよ」

アイナの時もそうだが、俺と再会することで彼らの何かが変わってしまう。

それは俺にとって一番嫌なことだった。

俺は彼らの重荷にはなりたくない。

俺がそう言うと、ダニングは俺の頭を軽くはたいてから手を乗せた。

大きな手だ。

「何を言っている？　元から思い描いていた人生だ。それにすべてを投げ出すわけじゃない。『人手が足りなくなったらいつでも呼べ』とでも言っとけばいいだろう、次の料理長に。それにずっと長生きのエルフがトップに立ち続けても、次の世代が育たんからな。丁度いい、老害はさっさと隠居するべきだからな」

その二〇〇年前から全く変わらない物言いに、俺は無意識に口角が上がっていくのが分かった。

「……ふふっ、やっぱ変わらないね、ダニングは」

「それはお互い様だ」

俺は横に座る大柄のエルフの顔をもう一度しっかりと見た。

やっぱり変わってない。

「……それで？　この後はどうするんだ？」

「あぁ、それなんだけど……。アイナ曰くバン、シズク、ヴェルは連絡がつきにくいから、アイナが伝えてくれるって。だからあと自力で会えるのはルリかな」

「ならちょうどいい。先ほどルリが任務を終えて夜には帰ってくると連絡があったから、今から行ってみると良い。冒険者ギルドに」

冒険者ギルド。

ダニングから出たその言葉に、俺は様々な思いを巡らせた。

あの時小さな少女だったエルフは、今どうなっているのだろうか。

◇◆◇◆

翌日、冒険者ギルド。

「ルリさん聞きましたか？　何でも今日、市場の方で不審者が出たとか」

いつも通り任務を終えて、冒険者ギルドの受付に任務完了の手続きをしに行くと、カウンターの向こうに居るエルフの受付嬢にそう告げられた。

彼女はまだここに配属されてから五年ほどしかたっていないが、同じエルフということですぐに仲良くなれた数少ない友人のような存在だ。

私は普通一人で任務に向かうから仲間とかはいないし、他の冒険者は私と距離を取って接してくる。

だからこうして、冒険者として気軽に話せる存在がいるというのは本当に心強い。

そんな彼女から少し不穏な言葉が紡がれた。

「不審者？」

「ええ。何でも昼間から大声で叫んで暴れて、王都の騎士さんたちに連行されたみたいなんです」

「まぁ、それくらいはよくあることじゃない？」

「いいえ、実はここだけの話……」

そういって彼女は手を口元に当てて、小さな声で話し始めた。

私も彼女の口近くにエルフの象徴である長い耳を近づける。

「ダニング様を狙った犯行だったそうです。ですので、エルフは気を付けた方がいいかもしれません」

この言葉を聞いた直後、私は思わず全身から魔力を無意識に暴発させてしまう。

すぐに自分でもヤバイと思って抑えるが、周りの冒険者は相当びっくりしたようだ。

近くにいた人間の少年も腰を抜かしてしまったようだが、今の私には対応する余裕がなかった。

冒険者ギルドが一瞬にして静まり返ってしまう。

「ダニングおじさんを狙った犯行……？　許さない。そいつを潰す」

「いっ、いえ！　未遂に終わったようですし、あくまで噂ですので！」

私は強く手を握って前を見るが、汗を大量に流しながら必死に弁明してくる彼女はもうガタガタ言ってしまっていた。

彼女はまだ実践経験がないようだし、こんな魔力にあてられたことがないのかもしれない。募る怒りを頑張って抑えて何とか平常心まで戻していく。

こんな風にいつまでも子供じゃダメだ。

冷静に、冷静に。

「ふぅ、……ごめんごめん。そうだよね、噂だよね。まさかこのご時世にそんなとち狂ったことをする者なんていないもの」

「は、はひ……。そうだとおもいます。今の時代にそんなことするのは……常識が全くわかっていない愚か者ぐらい……ですから」

「本当にごめんなさいね、水でも飲んで」

私はそう言って懐から水筒を取り出し、受付のエルフに渡した。

彼女がゆっくりと飲むのを確認してから、少し物思いに耽る。

……もしかしたら一人いるかもしれない。

今の時代を全く知らずに変な行動をしかねない人が。

一瞬私の頭の中にある人物が思い浮かんだが、すぐに手で振り払う。

この二〇〇年間で、今まで何度期待しては落胆してきたか。

あの人が生き返ったのでは？　と思うことに。

……そんな期待を持つな、私。

でも、もし再び会えて再びともに暮らすことができたら、どれほど幸せなことだろうか。今でも明確に覚えている記憶は一握りしかないけれど、あの生活が今の私を作ったのだから。

ほら、今でも目をつむればいつでも鮮明に思い出せる。

◇◆◇◆

私があの家で暮らすようになったのは私が生まれてから三十年ほどが経過したころであった。人間でいうところの六歳である。

両親を失って、魔物に蹂躙された町で息絶え絶えながらも生きることを諦めなかった私は、たまたま通りかかったアイナお姉ちゃんとシズクお姉ちゃんによって助け出された。

そしてお姉ちゃんたちも、フィセルお兄ちゃんに助けられたということを知った。

ただあの頃の私は幼かった。

彼らがどういう集まりなのか、何を目指しているのか全く分からなかったのだ。

だから私は何もしなかった。

いや、彼らの利益になるようなことを何もしなかったというべきか。

朝起きてリビングでご飯を食べて、眠くなったら寝て、猫のたまと遊んで、時には危険なことをやって、フィセルお兄ちゃんやヴェルお姉ちゃんに怒られて。

あの頃のエルフは、言ってしまえば人権なんてなかった。

ましてやフィセルお兄ちゃんからしてみれば、私は見ず知らずの他人。

面倒を見る義務がないどころか、私のことを奴隷のように扱う権利がお兄ちゃんにはあった。

それでもお兄ちゃん、お姉ちゃんたちは、私の事を本当にかわいがってくれた。

フィセルお兄ちゃんやバンお兄ちゃんは頭をなでてって言ったら撫でてくれたし、ダニングおじちゃんにお腹減ったっていえばすぐに何か作ってくれた。

くだらないいたずらをシズクお姉ちゃんと一緒に考えては実行したり、ヴェルお姉ちゃんとアイナお姉ちゃんは幼い私の面倒を親のように見てくれたりした。

あの森の中の家で何不自由ない暮らしを送らせてくれたし、そんな日常がいつまでも続くと思っていた。

でも、その考えが打ち砕かれたのは、私があの家で暮らすようになって三年がたったころだった。いつも私の近くにいたたまが、朝起きたらフィセルお兄ちゃんの部屋の本棚の上で冷たくなっていたのだ。

私は大泣きした。

そしてあろうことか、フィセルお兄ちゃんに向かって、回復薬で治してよと泣き叫んでしまった。頭ではもう無理だとわかっていたのに、お兄ちゃんの服に泣き縋った。

それでもお兄ちゃんたちは、そんな私を抱きしめて「ごめんね」と言いながら、泣き止むまでぎゅってしてくれた。

あの時の温もりは今でも覚えている。

ある程度落ち着いてから、私たちは家の裏にたまを埋めた。

エルフは死ぬときには光の粒となって消える。

だからこそ私はどうして死んでも体が残るのか不思議だったし、なんで土に埋めるのかも疑問だった。

そんな疑問をこぼした私に、お兄ちゃんはこういった。

「いつか、生まれ変わるようにと願って人間はこうするんだ。土に還ってまた戻ってこられますように。また会えますようにってね」

私のパパは魔物退治に行ったっきり帰ってこなかったし、お母さんは人間に連れ去られてしまった。

だからこそこれが私が経験した、初めて見る死だった。

その後みんなで手を合わせて花も添えた。

多分この時、私以外のあの場の誰もが思ったことがあっただろう。

この中に一人、圧倒的に寿命が早い人がいることを。

ただ幼い私は、人間の寿命なんて知らなかった。

この時でさえ、みんなでいつまでも暮らしていけるものだと思っていた。


たまが死んでからさらに三年が経ったころ、フィセルお兄ちゃんが確か三十一歳だった時にとんでもない事件が起こった。

いや、私が招いてしまった。

茹《う》だるような暑さの夏の日の昼下がり、私はアイナお姉ちゃんと一緒に私たちの出会いについて話していた。

そこでアイナお姉ちゃんがなぜあの日、元エルフの国に来ていたのかを初めて聞いた。

アイナお姉ちゃんたちが探し物を求めてあの日、私の近くを訪れていたことをだ。

その話を聞いて私はあることを思い出してしまった。

いや、無理だから忘れようとしていたことが実現できるかもと思ってしまった。

私も探したいものがある、お母さんの形見を探しに行きたい、と。

そう思ってからは早かった。

私も同じようにフィセルお兄ちゃんのところへ行き、一度だけでいいからあそこへ行かせてくれないかと伝えた。

普通に考えて奴隷的扱いの私がこんなことを言うのはありえないことではあるが、幼さゆえに何も考えずに行動できた。

最初は難色を示していたお兄ちゃんもついに折れてくれて、私とアイナお姉ちゃん、そしてフィセルお兄ちゃんの三人で、その日のうちに元エルフの国へと向かうことになった。

なぜお兄ちゃんが？　と思ったが、なんか胸騒ぎがするという曖昧な理由で一緒に行くこととなったらしい。

そしてその胸騒ぎは見事的中したのであった。

アイナお姉ちゃんのパートナーのドラグの背に乗って元エルフの国についた私たちは、すぐに捜索を開始した。

私が探していたのはママから昔誕生日にもらったペンダント、そしてそれが入った箱であった。

アイナお姉ちゃんが魔物を切り捨てながら、瓦礫まみれになってしまった街を駆け抜けること数分、目の前に昔私が住んでいたであろう家を見つけることができた。

この時、後ろからも魔物が来ており、お兄ちゃんとアイナお姉ちゃんが交戦していて、私には動かないよう指示していた二人であったが、幼く考えが足りなかった私は見覚えのある家を見つけるなり、走ってそこへと向かってしまった。

私一人でだ。

もう意味をなしていないドアをどけて中へと入っていき、目当てのものを抱え外へ出ようとした瞬間であった。廃墟となった家の中に魔物がいたと気づいたのは。

今思うと魔物は私を追いかけて、侵入し放題のあのぼろぼろの家に入ってきていたのかもしれないが、そこは関係ない。

結論として家の中で、魔物と私は一対一になってしまったのだ。

当然私には抗う術もなく、大声で叫ぶもおそらく彼らとは距離がある。

そして無情にも魔物は、私を餌と定めてその大きな爪を持つ右腕を私めがけて振り下ろしてくる。

もう無理だ。

たま、あなたの元へと行くからね。

そう思って目をつぶった私の耳に届いたのは、走馬灯のように浮かんだパパやママの声ではなく、先ほどまで会話していたあの人間の声。

「ルリ！」

その声とともに、私の背後のドアをぶち破ったお兄ちゃんが私の目の前に飛び込んでくる。私と魔物の間にお兄ちゃんが滑り込んだことによって、その爪はお兄ちゃんの背中を抉《えぐ》り貫き、その白い爪を血で濡らす。

お兄ちゃんは私を抱いたまま動かなかった。

少し遅れてきたアイナお姉ちゃんはお兄ちゃんの姿を見て魔力が暴走し、金色の剣で目の前の魔物を塵《ちり》にしたことまでは覚えているが、それ以降の事は私も正直あまり覚えていない。ただ一つ覚えているのは、自分の命よりも私の命を優先した人間の温かさだけであった。

魔物を倒したアイナお姉ちゃんは、我に返って彼女がお兄ちゃんから渡されていた完全回復薬をすぐに使った。

この時もしもお兄ちゃんが回復薬を持っていたらと思うとぞっとする。

私もアイナお姉ちゃんも、お兄ちゃんの高そうな袋の使い方を知らなかったために、恐らく回復薬を使うことはできなかっただろうから。

そのままお兄ちゃんの口に回復薬を流し込むと、傷はみるみる癒えていったが、肝心のお兄ちゃんが目を覚ますことはなかった。

◇◆◇◆

目を覚まさないお兄ちゃんをドラグに乗せ、私たちは全速力で家に戻ったが、あの時のみんなの慌てぶりは六年間一緒に生きてきて初めて見るものだったのは覚えている。

結果、お兄ちゃんが開発した回復薬で何とか一命はとりとめたものの、目を覚ましたのはそれから四日後の事だった。

後から聞いた話によると、意識のある人にあの回復薬を使うと絶叫とともに暴れるが、次の日には回復する。そして意識の無い人に使うと、暴れることはないが非常に体力を消耗するため、目を覚ますまでに時間がかかるらしい。

このことはお兄ちゃんも知らなかったらしく、お兄ちゃんは「新たな発見だ！　今まで意識の無い人に使ったことはなかったけど、こんな風になるんだね！」なんて言っていたけど、お姉ちゃんたちはそれはもう激怒していた。

心配させやがってって。

お兄ちゃんが目を覚ますまでの四日間は、誰も私のことを責めたりはしなかったし、私の身を案じてくれたけれど、みんなどこか上の空という感じで、この集団がお兄ちゃんを中心として回っているということがよく分かった。

そしてお兄ちゃんに迷惑をかけ続けた私自身の怒りが収まらなかった。

そんな中、目を覚ましたお兄ちゃんが元気になった後、謝りに行った私にお兄ちゃんは笑顔でこういってくれた。

「ルリが無事でよかった、探し物も見つかったんなら一〇〇点だね。あぁ、でも俺がもうちょいうまく守れればこんなことにはなってないから、九十点にしとこうか」って。

泣きじゃくりながら謝る私の頭をいつものように撫でながら紡がれたお兄ちゃんの言葉は、私の中で何かを燃やした。

その日から私は、お兄ちゃんを守るためにアイナお姉ちゃんとバンお兄ちゃんに剣術を習い、ヴェルお姉ちゃんとシズクお姉ちゃん、そしてフィセルお兄ちゃんには魔法を教えてもらった。

ダニングおじさんには料理や様々な薬草、毒や食材の知識を教えてもらい、このみんなの教えは今の私の血肉となって活きている。

いつまでも守られているんじゃなくて、守るために。

お兄ちゃんが死んだあと、ダニングおじさんとアイナお姉ちゃんは人間の国を守るために、シズクお姉ちゃん、バンお兄ちゃん、そしてヴェルお姉ちゃんはエルフの国を守るために、それぞれの道を歩み始めた。

だから私は、そのどちらも守れるように冒険者となった。

魔物を駆逐してみんなが平和に暮らせるように。

そんな冒険者生活も、気づけば五十年近くたっており、いつの間にかSランクにもなっていた。

でもそんな肩書は別に必要ない。

お兄ちゃんを守れればそれでいい。

お兄ちゃん、私強くなったよ。

もう泣き虫じゃないよ。この腕であなたを抱きしめられるよ。

私の全てはあなたのために。

二度も私を救ってくれたお兄ちゃんにこの身を捧げるよ。

見返りなんていらない、もう充分もらったから。

だから私が、お兄ちゃんの障害となるものはすべて排除してあげるね。

それがたとえ魔王や神が相手であったとしても。

まっててね、お兄ちゃん。

もし会うことができたのなら……、その時はずっと一緒だよ？

◇◆◇◆

「ルリさん？　ルリさんどうしたんですか？　何か悲しそうな顔していますよ」

そう不安そうにつぶやく受付のエルフの声で、私は現実世界に帰ってくる。

彼女もこの間に大分体調が戻ったようで、いつものように話しかけてきた。

……どうやら私は少し思い出に浸っていたようだ。

あの輝かしい日常のころの思い出に。

もう戻ることは出来ないあの日常。

「あっ、……あぁ、さっきからごめん。魔力で押しつぶしたり、考えこんじゃったり」

「いえ、全然大丈夫です！　不確定な情報を流してしまったのは私ですし、何よりルリさんのそういうところが、ミステリアスで尊敬できるところなので！」

「尊敬……？　私を？」

思わず聞き返してしまった。

あまりに聞き覚えの無い言葉だったから。

だが受付のエルフは目を輝かせながら私の手を握った。

「もちろんです！　同じエルフとして誇りに思いますし、一冒険者としてもです。多分他の冒険者様もそう思っていると思いますよ。何と言ったってSランク冒険者なんですから！」

尊敬。

それは私がお兄ちゃんに抱いていた感情と同じなのだろうか。

……わからない。

そんな言葉じゃ言い表せない気がするけど、もしかすると彼女は私の事を、私がお兄ちゃんに抱く感情と同じように見ているのかもしれない。

それは……嬉しい。

私が誰かの目に輝いて映っているのなら。

「そう、ありがとう。じゃあ書類はこれでいい？」

「はい、大丈夫です！　またよろしくお願いします！」

私の顔を嬉しそうに見つめる受付嬢に書類を書いて渡し、受付嬢が判子を押したのを見届けてから、ギルド内にある食事処へ一人食事をとりに向かおうとしたその時だった。

◇◆◇◆

ちょうど私の背後から聞き覚えのある声がしたのは。

「あの、ここって冒険者の方に伝言って、頼むことできますか？」

脳裏に張り付いて離れない、何百年も待ち焦がれた声が聞こえた。

なにやら前の方で、さっきからずっとエルフの冒険者らしき女性が話し込んでいる。

俺が来る前から居たから、もう結構時間が経っているに違いない。

その冒険者は茶色のポニーテールを背中まで伸ばしており、後ろ姿だけでもその魅力が伝わってくる。後ろ姿から判断するに、俺が昔関わったことの無いタイプのエルフと言えよう。

なんと言うか、間の抜けていないアイナって感じというか……アイナとヴェルを足して二で割った雰囲気というか。

さっき、あの人が急に放出した大量の魔力で腰を抜かして転んでしまったけど。

そんなことは置いといてだ、今俺は王国内にある冒険者ギルドに来ている。

理由はルリに会うまではいかなくても、何かしらの伝言を残せたりしないかと思ってだ。

そのために先ほどギルドに着いて受付の順番待ちをしているのだが、二個ある窓口のうち一つがその女性に占領されてしまっている。

なので実質ひとつの窓口しか稼働していない。

そしてその女性は先ほどから自分の世界に入ってしまっている。

受付嬢はその女性を心配そうに眺めているが、どうやらなかなか帰ってこないようだ。

それでも周りの冒険者たちは文句を言うどころか、羨望の目で眺めていたり、頬を染めていたりするため、おそらくはギルドの中でもかなりの実力者なのだろう。

なんとなくほかのみんなから尊敬の念が感じられる。

というかひそひそ声で聞こえてくる。

もしかしたらこれが日常茶飯事なのかもしれないな。

なんてことを考えていると、列の先頭が俺になる。

たぶんエルフの女性の方は開かないだろうと思ってもう一方の受付に目を向けていたが、どうやらこのタイミングで彼女も現実世界に帰ってきたようで、先ほどまで止まっていたペンを動かし始めた。

そしてようやく彼女は手続きを終えたようで、受付から離れていく。

一瞬、俺の前を通るときに横顔が見えたが、やはり美人であった。

整った顔が歴戦の騎士のように引き締まっており、美しいよりもかっこいいが似合う。そんな印象だ。

どこか物憂げな雰囲気も彼女の魅力を引き立てている。

もしかしたら、冒険者になったルリもあんな感じなのかもな……。

「次の方？　早くこちらへ」

「おい坊主！　おら、前空いてるぞ、早くいけ！」

そんな風に見とれていた俺に、前と後ろから大声を浴びせられる。

特に後ろのおっさんからの怒声は怖かった。

酔っぱらってるっぽいし、右目に大きな傷が入ってるし……。

「ご、ごめんなさい！　す、すぐ行きます！」

怒声に背中を押されるようにして、受付の前に飛び出る。

やっぱり今も昔も、冒険者みたいな血気盛んな人たちは苦手だ……。

俺はそのまま先ほどまでエルフの冒険者がいた方の窓口へと歩いていく。

どうやらこの受付の人もエルフみたいだ。

「ご用件はなんですか？　というかあなたはおいくつですか？　冒険者の登録は十八歳以上からとなっているのですが。見るからにすでに登録された方ではないでしょうし」

「あっ、いえ登録ではなくて……。あの、ここって冒険者の方に伝言って頼むことできますか？」

「伝言……ですか。まぁ一応こちらで控えておいても構わないですが、ご自身の魔法具を使って連絡はされないのですか？」

「向こうの連絡先を知らなくて……」

事実、俺は自分の通信式魔法具を持っている。

というか、生まれ変わったこの世界は当たり前というべきか、いろいろものが発展していた。まるでその場にいるような映像を映し出す魔法具や、連絡を取り合える魔法具。

そして何より驚いたのが、俺が開発した赤玉と青玉が改良されており、非常に便利な瞬間移動魔法具が開発されていたのだ。

簡単な話、昔みたいに割ってもすぐ戻るし、俺のよりも量産できるようになっていた。

そして驚いたことに、この魔法具専用の法律も定められていたのだ。

例えば青玉は設置個所が定められていたり、一般人の製作が禁止されていたりとか、そんな感じである。

まぁそうでもしないと、いろいろ悪用できてしまうからな。

今の俺には関係ないけど。

そしてこれの影響か、平民の移動手段は未だに馬車が主流というのはすこし肩透かしだった。

一応平民用に、魔力を込めたら動く板のようなものも開発されていたが、俺はそんなものに両親の命と引き換えに得た金を使いたくなかったし、学校も家から近かったから必要なかった。ただ、二〇〇年かかってもこれだけしか変わらなかったのか、とも思うところはあるけれど。

「……さま、お客様？　それでどなたに伝言を？　一応こちらで承っておきます。不適切なもので無ければ」

おっと、どうやら俺もさっきの女性みたいに、自分の世界に入ってしまっていたようだ。

人のこと言えないじゃないか。

「えーっと、多分エルフのルリって人が登録されていると思うんですけどその人に。多分フィセルが来たって言えば通じると思うので」

「……は？　ルリさんなら先ほど……」

受付嬢がそこまで言った時だった。

「おにぃちゃん！」

真横から弓矢のように何かが、高速で俺めがけて飛びついてきて、俺をなぎ倒す。

貧弱な俺は横からの衝撃に耐えられずいとも簡単にはじけ飛ぶが、突っ込んできた何かは俺の体をつかんで離さない。

そのまま抱き着いた状態で床と水平になり、重力に負けて床に落下する。

次に俺を襲った感覚は背中の強烈な痛み、そして胸の上に乗る柔らかな感触であった。

アイナと抱き着いた時は感じられなかった感覚だ。前も後ろも。

「いってぇぇえ！　な、なんだよ急に！　誰!?」

「えっ、お兄ちゃん私だよ、忘れちゃったの!?　ルリだよ!!　あぁまさか本当にお兄ちゃんが戻ってきたなんて……！」

あまりのことに脳の処理が追い付かない。

ただ、髪の色と目の色は確かに俺の知っているルリと同じだ。

「え？　ちょっ待ってルリなの!?　というか、すりすりしないでみんな見てるからねぇ！　あと腕の力弱めて俺が砕け散るから！」

「す――っ、はぁ、お兄ちゃんの匂いだ……。昔と変わってない……気がする」

「ちょっと待って、それって俺が三十歳くらいの匂いだよね？　え、俺の匂い、おっさんのまま？　というかそうじゃなくて！　痛ててて っ、背骨折れる折れるぅ！　あと首筋の匂い嗅ぐな、くすぐったい！」

突っ込みが追い付かないが、ルリの猛攻は止《とど》まるところを知らない。

「むふふふ、この感じは絶対お兄ちゃんだ……。ぺろっ。ふふ」

「ひっ、ちょ、舐めるなぞわっとする！　だ、誰か……」

「もう離さないよ。お兄ちゃんはわたしのもの」

「だれか————！　ルリは、本物のルリはどこだ——っ！」

こうして俺らは三分ほど公衆の面前で抱き合うのだった。

俺らの写真撮ってたやつら、覚えとけ、本当に。

◇◆◇◆

「……で、なにか言うことは？」

「……テンション上がりすぎてました。でも後悔はしてない」

「まさかあんなに純真無垢だったルリが、こんな風に育つなんて……」

「え、ちょっとまって！　お兄ちゃん以外にあんなことしない！　今までそんなことなかったもん」

事態がようやく落ち着いた後、ギルドの中にある食事処で話すことになった。

いざこうして落ち着いて向かい合って座ると、やはりどこか昔の面影があるのは確かだ。

それでも未だに目の前の女性が、あの幼かったルリだとは信じがたい。

成長するのは当たり前だけど、まさかこんな美人になっているとは思ってもいなかった。

茶色の髪を一つに結んで背中まで伸ばし、赤色の切れ長の目は色々な死線をくぐってきたのを物語っている。

スタイルもシズクとまではいかないものの、素晴らしい体形をしている。

おそらく見た目だけ見れば、引く手あまたの超美少女といえるだろう。

まさか中身がこんなことになっているとは思わなかったけど。

……さっきまでのかっこよかった冒険者と同一人物だと信じたくない。

俺は思わず顔を両手で覆った。

「ていうか、本当にお兄ちゃん……なの？」

「もし違ったら、ルリがさっきやった行動は警察沙汰になってるよ。というかそれは俺のセリフだ」

「……私は正真正銘ルリ・フィセルだよ。あの森の中の家で育った」

「だとしたらなんでこんな風に……。どこで育て方を間違えた……!?　アイナか？　アイナのせいなのか!?」

この場にいないエルフの所為《せい》にする俺。

なんかごめんアイナ。

「本当に今回だけだって！　その、テンションが空回りしただけなの！　だって二〇〇年だよ!?　あんなふうにならないほうが可笑しいでしょ！」

「ダニングは真顔だったな。アイナとは泣きながら抱き合ったけど」

「えっ、もうほかのエルフたちとは再会したの？」

「いや、まだアイナとダニングだけだ」

俺が今までに会ったエルフを思い描いていると、ルリは安心したように息を一つ吐いた。

「よかった！　……ヴェルお姉ちゃんとかシズクお姉ちゃんに変な事されないように気を付けてね？　全身舐められるとか」

「奇遇だな、ちょうど先ほどそんな感じの目にあったよ。不思議だな、君に記憶がないのはおかしいんだけどな」

「多分アイナお姉ちゃんは何もしてないはず。お姉ちゃん、チキンだし。問題はあの二人よ」

「さっきも言ったけど、アイナとは確かに抱き合っただけだな。誰かとは違ってもう少し優しくだけど」

「あっ、特にシズクお姉ちゃんには気を付けてね。あの人何するかわからないから」

「あれ、俺の声聞こえてる？　さっきから会話が嚙み合っていないんだけど。俺の発言、全部躱《かわ》されてるんだけど」

「聞こえてるよ。私がお兄ちゃんの声を聞き逃すわけがない」

「そうか、よかった。じゃあもっと返答が欲しいな。悲しくなっちゃうから」

「お兄ちゃんを悲しませる奴は、私が全員殺すからいつでも言ってね」

「おっと、それは放送禁止用語じゃないか？　っていうか盛大なブーメラン突き刺さってるぞ、大丈夫か？」

「冗談はさておき」

「冗談かよ!?　えっ、どっからどこまでが冗談!?」

なんか物凄く疲れてきてしまった。

もう、本当にあの女性陣三人の影響をもろに受けて育っているじゃないか。

生真面目で腕っぷしが強いところはアイナから。

意地悪で少し過激なところはシズクから。

そして俺を完全に掌で転がすのはヴェルから。

どうすんだよ、この娘。

さっきまではあんなに凛々しかったのに、今ではこの砕けっぷりだ。一体どれが本当の彼女なのだろう。

やっぱりアイナの育て方の所為か。

「ってことは、アイナお姉ちゃんあたりがヴェルお姉ちゃんたちに連絡とってくれてるのかな？」

「あ、あぁそうみたいだね」

「そっか……。じゃあ名残惜しいけど今日は解散かな。私ばっかり独占してたら、怖い怖いお姉さまたちに怒られちゃうし。本当はもっと話したいけど、お兄ちゃんの健康が第一だし……、前みたいになるのは絶対嫌だから」

前みたい。

……前世の俺の事か。

やっぱり彼女たちには、俺が過労で倒れたことはまだ心残りみたいだ。

申し訳ない。

「わかった。じゃあ今日は家に帰るよ」

「あ、家まで送って行こうか？　私ならすぐだよ」

「いや、いいや。……いや、やっぱりお願いしようかな」

「わかった。ドラゴンはもう乗り慣れてるから大丈夫だよね？」

「うん、よろしく」

俺たちはそんな怒濤の会話劇を終え、二人でギルドを出てルリが呼んだドラゴンにまたがって俺の家を目指す。

先ほどまでの子供のようなはしゃぎ様とは打って変わって、ドラゴンにまたがるルリは静かで大人っぽかった。

「……本当にさっきは浮かれてただけみたいだね」

俺の前でドラゴンを操るルリにそう呟く。

「そうだよ、それにお兄ちゃん以外にはあんなことしないからね！」

「そうか、それならよかったよ」

さっきまでの表情とは違い、真剣な顔で前を向く彼女。

それはSランク冒険者にふさわしい顔つきだった。

（ちゃんと大人になったみたいだな、よかった……）

（……お兄ちゃんの家の位置を覚えるチャンス！）

そんなことを二人は考えながら、静かな夜の空を羽ばたいていった。

◇◆◇◆

ルリに家まで送ってもらった後、一人になった俺はまずシャワーを浴びることにした。

というのも、先ほどまでルリが部屋に入ると言って譲らず、激しい攻防戦が部屋のドアの前で行われていたために、もう汗でびっしょりだったのだ。

もう本当にルリの力が強いのなんの。

あいつは可愛く「つーん、お兄ちゃんが入れてくれるまで動かないもんね！」なんて言っていたけど、俺にはただの石像にしか思えなかった。

ただこれ以上駄々こねると嫌いになるぞって言ったら、もう脱兎のごとく帰って行った。ちょっと申し訳ない。

次までにもっと良い返しを準備しておかないと。

そんなことはさておき、今日でちょうど半分のエルフたちと再会することができた。

あと残すはバン、シズクとヴェルだ。

これはアイナからの連絡を待つしかない。

俺は服を適当に脱いで風呂に入り、熱めのシャワーを浴びる。

一応バスタブはあるが、一人のために お湯を入れるのはもったいないので、もう何年も湯舟には浸っていない。

でもそろそろ掃除したほうがいいかもな。

なんて考えながらも、頭の中はエルフたちの事でいっぱいだ。

姿や中身は全く変わっていないアイナとダニング。

姿は変わってしまったけど、子供っぽさはあまり変わっていないルリ。

そして共通して大きく変わったことは、彼らが国の中心人物であること。

王城に務める二人とSランク冒険者。

昨日今日で彼らの姿を見て痛感した。

二〇〇年という時間で、彼らはとんでもない高みに行ってしまっている、と。

彼らの周りの人間の視線、対応を見ればもう明らかだ。

更にアイナはこういった。

『バン、シズク、ヴェルには普通に過ごしていたら会えない』と。

「一体あいつらは何者になってしまっているんだ……？」

よくわからない不安、そして彼らと俺の間にある溝に押しつぶされそうになりながら、お湯を出し続けていたシャワーを止める。

目の前にある曇った鏡には、昔と同じ姿なのに、あの時の魔法センスは何も持っていない男の姿が映し出されていた。

たとえ知識を全部取り戻したとしても、多分俺には使えない。

「あいつらは絶対そんなこと気にしないって言うだろうけど……、やっぱり引け目は感じちゃうよな」

俺はそう呟いて、立ち込める湯気とともに浴室から出た。

◇◆◇◆

浴室から出て体をタオルで拭き、服を調達しようとリビングへ向かった俺を迎えたのは、通信式魔法具の着信であった。

まだ俺は全裸。

唯一の装備品はタオルだけだ。

大事なところしか守れていない。

そんな状況で今応答するか少し迷ったが、考えた末にそのままとることにした。

まぁ着替えながら通話すればいいしな。

それに相手の見当はついている。

「よっと、もしもし？」

『もしもし、フィセル様ですか？』

「うん、昨日ぶりだね、アイナ」

予想通り、魔法具の向こうからアイナの声が聞こえた。

ということは、恐らく彼らと連絡がついたのだろう。

『ふふ、今でも夢みたいです。こうしてフィセル様と話せるなんて……。今少しお時間大丈夫ですか?』

「大丈夫だよ。今全裸だけど」

俺が今のありのままの姿を伝えると、魔法具の向こう側からはガタッという大きな音とともに、慌てた様子のアイナの声が聞こえてきた。

『ぜ、全裸⁉ はわわ、ど、どうしましょう⁉ わ、私も脱いだ方がいいですか⁉』

え? 今なんて言った、こいつ?

「ちょっと待って、どうしてそうなる⁉ ちょっ、待って、衣擦れの音が聞こえるんだけど! 待てアイナ、早まるな! それにお前、今どこにいるんだ、まさか外じゃないよな⁉」

『二〇〇年でこのようなことがお好きになるとは……。これが時間の恐ろしさなのですね。い、いえ、たとえそうでも、私は……』

「アイナも人の話聞かないタイプなのね⁉」

俺は魔法具を両手でつかみ大声を張り上げたが、彼女のもとにちゃんと届いたかどうかは定かではない。

ただ一つ分かったのは、アイナが変わっていてほしいところまで変わっていなかったということぐらいであった。

◇◆◇◆

『申し訳ありません……。ただのシャワーを浴び終わっただけだったのですね』

「だからそう言ってるだろう。もう服も着てるし」

ちゃんと服を着た状態で、俺は再び魔法具を耳に当てた。

髪はまだ湿っているが別に後でもいいだろう。

ようやく彼女も正常に作動し始めた。

『それで本題なんですけど、あの三人と連絡が取れたので、是非会いに行ってあげてください。あとルリからも再会できたという話は聞いていますよ』

「そうか、ありがとう。でも俺、ヴェルたちの居場所知らないよ？」

『それについては大丈夫です。ルリがフィセル様の家の場所を知っているとのことだったので、先ほど赤玉を届けに向かわせました。明日の二十時にそれを割っていただければ、直接ヴェルさんたちのところまでワープすることができます』

「了解、ありがとう助かったよ」

『いえ、これくらい当然の事です。それにこれからは……』

彼女がそこまで言いかけた時、俺は先ほどスルーした言葉がブーメランのように急に戻ってきた。

同時に冷や汗が背中を伝う。

「ちょっ待て！　今からルリが来るのか!?」

『え、ええ。もうそろそろつくと思いますよ』

俺がバッと顔を上げた直後、部屋の呼び鈴が鳴る。

だが俺にはその音が、第二ラウンドの始まりのゴングにしか聞こえなかった。

『……様？　フィセル様？』

「ごめん、用件はそれぐらい!?」

『はい、今のところはそうですね』

「わかった、じゃあまた会えたら連絡する！」

『わかりました。ではまたお待ちしていますね』

『お兄ちゃんいるよね？　開けないとこの扉、蹴り破るよ！』

俺の左右から女性の声が同時に聞こえた。

俺は急いで魔法具のスイッチを切ってドアへと向かう。

あいつなら本当にやりかねん！

「待てルリ！　今すぐ開ける!!」

思わず反射的に扉を全開にした俺の目に映ったのは、満面の笑みを浮かべたエルフであった。

サーっと血の気が引いていくのが自分でも分かる。

そして俺は安易にドアを開けたことを深く後悔するのであった。

◇◆◇◆

昨日ルリの襲撃にあって取っ散らかっている部屋に掛けてある時計を見ると十九時五十五分を示していた。

今俺の右手には、ルリからもらった赤玉が握られている。

この赤玉はかつて俺が開発したものだ。

それが二〇〇年の時を越えて、こうやって俺と彼らを結んでいると思うと感慨深いものがある。

……こいつにはお世話になったな。

確かヴェルと会った時にも使ったんだっけ。

あの時は中々量産できなくて開発途中だったけど、あいつらが実用段階までもっていったのかもしれない。

それ以外にも俺が残したものが、この世界で運用されていると思うと嬉しく思う。

今の俺にはセンスも魔力も体力も何もないから何にもできないけど。

部屋においてある時計の秒針の音が静かな部屋に虚しく響く。

二十時まではあと数刻といったところか。

部屋においてある家族写真に手を合わせたのち、玄関に向かっていき靴を持つ。

どこに飛ばされるかわかったもんじゃないからな。

そして時計がついに二十時を示した。

約束の時間だ。

俺は右手の赤玉を床にたたきつける。

すると玉が割れたと同時に足元に魔法陣が浮かび上がって、淡い光が俺を包み込む。

あの時と同じ感覚だ。

最初は控えめだった光は、やがて眼を開けるのもつらくなるほどまばゆい光となっていき、思わず目を閉じる。

次に俺の前に現れたのは、どこか見覚えのある、『今』の俺じゃなくて『過去』の俺の記憶に突き刺さる森の中にある小屋だった。

だが周りの景色が全く違う。

昔は小屋の近くを川なんか流れていなかったし、畑なんかもなかった。

同じなのは家の外見ぐらいだ。

下を見てみると、どうやら俺は今石段の上に立っているようで、そこに青色の玉が埋め込まれており、右手には割ったはずの赤色の玉が元に戻っている。

「……二〇〇年ぶりだな、この家を見るのは。ただあの時過ごしていたものとは違うのかな」

ちょっと思うところがあり、俺は先に家の後ろに向かうことにした。

ここがあの家ならきっとまだあるはず。

俺とエルフたちと一緒に過ごした猫《たま》の墓が。

だがそこには俺が思っていたものはなかった。

つまりは二〇〇年前、俺らが過ごしたものとは異なるということだ。

「……無い、か。じゃあやっぱりここは昔の小屋じゃないんだな。これは昔の小屋を模して建てられたものってことか。にしてもそっくりだな」

その後また家の前まで戻ってドアに手をかける。

その時俺はふと思った。

昔の俺はどんな感じで帰っていたっけ。

いや、昔の俺なんてどうでもいいか。

『今』の俺が大事なんだから。

ドアをゆっくりと引く。

鍵はかかっていない。

「お、おじゃましまーす……。誰もいないのか？　ぐえっ!?」

そんな蚊の鳴くような声とともに扉を開けて中に入った俺の視界は、丁度九十度回った。誰かに首元をつかまれそのまま転ばされた感じのようで、目の前には天井が広がっている。

つまりは誰かが最初から外にいて、ずっと背後をつけられていたという事か。

全然気づかなかった。

「だ、誰だこんなこと……、んむ!?」

状況がつかめないまま、とりあえず起き上がろうとした俺の唇に柔らかな何かが触れる。

もう犯人は確定したのだが、そいつはやめるどころか俺の事を強く抱きしめていく。

なんかもう色々と柔らかいところが当たっているが、最早それどころではない。

あ、やばい。そろそろ窒息死する。

「む――――っ、ぶはぁ!? はぁっ、はっ……」

「あっはっは。相変わらずへたくそだな、ご主人」

生命維持ギリギリのところで、ようやく拘束が解かれ自由になる。

が、酸欠ぎりぎりの俺はすぐに立ち上がることができなかった。

俺はそのまま寝転び、頭上に見える人物と目を合わせる。

綺麗な朱色の瞳だ。

「はっ、と、突然こんなことされたら上手いも下手もないだろ、シズク。随分過激なお出迎えじゃないか」

そこには黒髪のエルフが、なんとも楽しそうな顔でこちらをのぞき込んでいた。

たった今俺を転ばせた挙句、唇を奪ったエルフは俺の声を聴くと、嬉しそうに耳を少し動かした後、懐かしくもある砕けた口調で嬉しそうに続けた。

「キスごときで過激か。ご主人も随分とお子ちゃまになったな。まぁ二〇〇年前のご主人もガキだったか」

「気を付けてくれよ。今の俺はピュアッピュアで清廉潔白なんだから」

「童貞をそんな可愛く言うんじゃねぇ。まっ、私が貰ってやってもいいけどな」

「ど、ど、童貞じゃねぇし!?」

分かりやすくつっかえてしまった。

なんか昔もこんな会話した覚えがある。

「その反応、二〇〇年前と同じだぞ。ぜってぇ嘘だろ。いや、わざと同じギャグを使ってんのか？　そうだったらすまねぇな、ネタを潰しちまって」

「う、ううう五月蠅《うるさ》い!!　そうだよ俺は生まれてこのかた、彼女なんかできてないよ！　昨日は結局ルリが家に泊まっていったけど、やましいことは何もしていないし」

「ルリが家に泊まった？　おい、どういうことだよ、それ」

さっきまでの嬉しそうな雰囲気はどこに行ったのか、急にシズクの口調が変わる。

いや、やましいことしてないって言ったじゃん。

てか、気づいたらまた抱き着かれてるし、どんどん力強くなってますよ、シズクさん!?

「どうもこうも家に押し掛けてきたんだよ。おかげで今の家はぐちゃぐちゃさ」

「あいつ……。まぁでも関係ないか。だってこれからは……」

「いつまで玄関で独り占めしているつもりだい、シズク？」

そんなシズクの声を遮って、爽やかな男性の声が前方から聞こえた。

間違いない、この声は……。

「バン！」

「お久しぶりです、主。お元気そうで何よりです」

パッとシズクの拘束が解かれたと同時に、立ち上がってそのまま廊下に立つエルフの元へと走っていき、目の前に立つ。

俺の身長はこの時代で平均よりも少し小さいくらいだが、これでも昔よりかは若干高いはずだ。

だがバンはそんな俺よりも結構高く、少し見上げなければならないくらいだ。

丁度身長差は女性と男性といった感じで変わらない。

「あ……、その……ただいま」

勢いよく飛び出してしまったものの、なぜか緊張してしまい中々言葉が出ない。

取りあえず何かしゃべらなくちゃ、と思うが口はうまく動かない。

「その、バンは変わらないね」

そう言った瞬間、ふわっといい香りが漂い優しく抱きしめられた。

目の前の男性エルフにだ。

だが今まで会ってきたエルフの中でいちばんやさしく、温かかった。

ほかのエルフは本当に容赦がなかったから、そりゃもう毎回死ぬんじゃないかと思うほどだったからな。

「おかえりなさい、主。ずっと、ずっと待ってましたよ」

彼はそう言って優しく俺の頭を撫でる。

まるで宝物を扱うように丁寧に。

あ、やばいこれ。

……これ俺が女だったら、一発で落ちてるわ。

だって今も心臓鳴り響いてるもの。

「おい、いつまで男同士で抱き合ってんだ」

だが抱き合ってから少し経った後、後ろでつまらなそうに見つめるシズクの声で現実世界に戻ってくる。

いかんいかん、危うく違う世界の扉が開くところだった。

「別にいいだろう？　シズクのように強引にしてないだけマシだと思うけどね」

「強引？　別に普通だろ。それにご主人はMだから、あれくらいが丁度良いんだよ」

「ちょっと待て、俺そんなこと言った覚えはないんだが」

いや、いつから俺はM認定されてるんだよ。

確かにヴェルとかには言葉でいじめられていたけどさ。

「あん？　どう見てもMだろうが。じゃなきゃあんなふうに自分を虐《いじ》めねぇよ」

「自分を虐める？　俺そんなことやった覚えないぞ!?　そんな自分を紐で縛ったりだとか……」

「ちげぇよ。自分の肉体も精神もボロボロになるほど鞭打ったってことだ。じゃなきゃあんな馬鹿なことしねぇ」

「それに関しては俺も同意だね。あんなボロボロの主はもう……見たくない」

「うっ……」

少しふざけた話から一転、重い話へと移る。

こんな会話、どこかでもしたな。

そうか、ルリとか。

やっぱりみんなの中で、あの出来事はトラウマになっているみたいだ。

「わかったわかった、大丈夫だよ、この人生は」

少ししんみりとした空気が流れる。

これからはそのことについて触れるのは気を付けよう。

地雷になりかねない。

「いけない、ここで語り合っていてはヴェルが怒ってしまうね。主、案内します。シズクも来なよ」

そんな空気の中、バンが話を切り出す。

そういえば約一名忘れてたな。

「バンは本当に逞《たくま》しくなったな……。俺が女だったら惚れてたわ」

彼女の元へと向かう前に、俺は先ほど思ったことをぽつりとつぶやく。

だが彼はそれを聞くと、いたって真面目な顔で変なことを言い始めてしまった。

「俺も残念です。もし主が女性に転生していたら俺と……とも思っていましたしね。なんなら男同士でも俺としては問題ないですが」

「ぶっ！　えっ!?　ちょちょっ！」

「主、顔が赤くなっていますよ？」

「いや、その俺は、そういうのに理解があるほうだと自負はしてるけれども、俺は……」

「冗談です。男同士ってところからですけどね」

「そういやご主人、自分がMだってこと、否定しないんだな」

「シズクはちょっと黙ってて！」

俺の顔はもう真っ赤だ。

こうしてもう頭がとんでもないくらいこんがらがった状態で、俺は廊下を歩いていった。

◇◆◇◆

「随分と楽しそうでしたね。私だけを置いて」

……部屋に入った俺たちを迎えたのは、感動の再会なんかではなく、絶対零度張りの冷気だった。

いや、実際そんなものは出ていないのだが、空気は本当にそんな感じだ。

昔のリビングと全く同じような構図の部屋に置いてある椅子の一つに座る一人のエルフ。顔はニコニコしているが、彼女のこの顔は不機嫌な時しか表れないことを俺は知っている。

もしかして怒っていらっしゃる？

「なら君も来ればよかったじゃないか。ここでずっと座ってないで」

「あら？『もう二十時なのに来ないな。……多分シズクが何か変なことやってるんだろうから見てくるよ。君はここで待ってて』っていったのはあなたですよ、バン？　ミイラ取りがミイラになる。今のあなたにぴったりの言葉です」

「……ごめん」

いや、犯人バンかよ!?

じゃあ俺、悪くないよな、と思うが、このエルフにそんな言い訳は通用しないことを俺は知っている。

「それにシズクもです。まさかとは思いますが、ご主人様に変なことしていないでしょうね？　例えばキスとか」

「していない」

お前も嘘つくなよ。

顔に出てるんだよ『やりました』って！

お前、元諜報員だろ、嘘下手か!?

と、心の中で訴えるがシズクの顔が変わることはなかった。

「その満足げな顔はしましたね。あなたは本当にご主人様が絡むと馬鹿になる」

「っ！　……それはみんなそうだろ。あぁだから怒ってんのか。悪ぃな先に色々やっちゃって」

「何か？」

「いやなんでも」

「まぁいいでしょう。そして……ご主人様。お久しぶりですね」

「うん、久しぶり。二〇〇年ぶりかな」

やっとここでヴェルと初めて目が合う。

俺が最初にあったエルフ……。

それがヴェルだ。

昔と変わらずきれいな銀色の髪と茶の瞳をしており、二〇〇年前と全く変わっていない。

「どうぞ、座ってください」

「あ、うん。じゃあ……」

俺はヴェルに促されて彼女の目の前の席に座った。

二人も思い思いの席に着く。

なんだか再会というより面接みたいだ。

「その、久しぶり」

「二回目ですねその言葉。緊張してるんですか？」

「緊張というよりは……、君たちは今何をやっているんだ？　アイナから言われたんだ。君達とは普通に暮らしてちゃ会えないって」

俺は机の上に手を置き、ヴェルの目を見ながらそう質問した。

だが彼女は一切顔色を変えずに、至って平坦な口調で言葉を紡いだ。

「別に大したことはしていませんよ。この森の中の家で暮らしているだけです。王都の方には出ないので、会う可能性が低いのは確かです」

「なるほどね」

「アイナから連絡があった後、少しだけご主人様について調べてみました。○×学園三年で、受験生だというのに何も進路が決まっていない。両親はともに他界しており住所は……」

「ちょっと待て!?　おかしいよな、それ、なんで俺の情報筒抜けなんだ!?」

彼女の口から突如あふれる俺の個人情報。

あまりのことに一度スルーしかけたが、明らかにおかしいことはさすがの俺でもわかった。それでも彼女の口調は変わることなく、むしろ何かおかしいことを言いましたかと言わんばかりに首を軽く傾《かし》げた。

「そりゃそうでしょう。だって私たちには、アイナやダニングといった国の中心人物がいるんです。こんなこと容易に調べられます」

「そりゃそうでしょう。じゃないよ!?　え、怖っ！　どうなっちゃってんの俺の個人情報!?」

「落ち着いてください。それにこんな志望校や住所はもう何の意味もないですからね」

「それはどういう……？」

「どうもこうもありません。ご主人様はここで、私たち六人と一緒に暮らすのですから」

「一緒に暮らす……？」

さっきからびっくり発言の連続だが、さらに思いもよらぬ発言が飛び出し思わず聞き返してしまう。三人のエルフを見てみると、特別驚いた様子がないからおそらく前から決まってたのだろう。

知らなかったのは俺だけという事か。

「はい。ご主人様は聞くところによると、昔のように魔法具や魔法薬の開発の能力は一切なく、そのまま商人として一生を終える予定だったとか。ならば私たちはもう一度あなたに仕えようと思いまして」

「……君たちは今、自由で確固たる地位も得ているんだろう？　そんなものを俺なんかの為に消費してほしくない。君たちはもう自由だし、俺に縛られる必要はないんだから。それに……俺は君たちの足枷《あしかせ》になりたくない」

「そうだな、確かにその通りだよ。だからこそこの人生をどう使おうが私たちの勝手だろ？　それに昔みたいにずっとべったりってわけじゃねぇし。ご主人はどうなんだ？　私たちエルフと一緒に暮らしたくないってことか？」

俺の想いに、シズクが真剣な顔で反論してくる。

いや、シズクの言ってることは正しいし、一緒に暮らしたくないってわけじゃないけど。

でも、それでも！

「こんな才能も何も無い俺なんかに構わなくていいんだよ！　昔の俺と今の俺は違うんだよ！　わざわざ俺の目線まで降りてこなくていいんだよ！　君達はずっと高みに居ていいんだ!!」

思わず立ち上がり目の前の机をたたく。

言ってしまった。

ずっと抱えていた不安を。

『俺なんて今の君達にふさわしくない』って。

俺は今、嫉妬しているんだ。過去の俺に。

昔と同じような小屋に来て余計に。

重ねてしまうんだ、昔と今を。

たとえ中身は同じでも、今の俺と昔の俺は違う。

今までも他のエルフに会うたびどんどん不安が募っていた。

今の俺は彼らに必要ないんじゃないかって。

今の俺はかっこ悪いんじゃないかって。

会うたび会うたび後悔が形となっていった。

再会しないほうがよかったんじゃないかって。

かっこいいまま終わったほうがよかったんじゃないかって。

いや、昔がかっこよかったかは知らないけど。

俺の目的はあくまで『変わった世界を見る』だったから。

彼らの邪魔をしてまで手に入れるものでは……ない。

だが、彼女たちはそんな惨《みじ》めな俺を、昔と変わらない目で見つめていた。


「何か勘違いしていませんか？　私たちは確かに過去のあなたに救われましたし、尊敬もしていました。ですがそれはあなたの功績があったからだけではありません。あなたという人柄に惹かれたんです」

「それに主と一緒に住みたいのは、別に主を思ってではなくて、単に俺たちの我儘《わがまま》です。だから主には一緒に住みたいか、俺らと離れて暮らしたいかの二択です」

「そうだ、ただの我儘だ。ご主人はここでみんなを笑顔で迎えてくれるだけでいい。それだけで私たちの生きる糧になる。それにご主人の頼みなら何でも聞くからな」

三人のエルフたちが口々に言う。

だけどどうしてもわからない。

なぜみんな『今』の俺をそこまで慕ってくれているのか。

「確かに昔と姿も声も同じだけど、俺は君たちにもう何も与えることができない！　そんなの、そんなの……」

「私たちがあなたにどれだけのものを与えてもらえたと思っているんですか!!」

初めて聞いたヴェルの怒声。

思わず俺はひるんでしまった。

そして少しの静寂の後、彼女は声と手を震わせながら再び口を開いた。

「まさしく……まさしくそれは、私たちが二〇〇年前あなたに抱いていた感情です。どうしてここまで血の繋がりもない、ましてや人種も違うただの商品だった私たちに与えてくれるのかって。だから……、だからこれは恩返しなんです。冥界の果てまで行った私たちを救ってくれたあなたへの。あなたに頂いた抱えられないほどの幸福を、今度は私たちが返すための」

「…………」

「魔法を使えない？　剣を振るえない？　頭が悪い？　そんなこと関係ありません。あなたはあなたです。私たちを救ってくれたただ一人の英雄です。尊敬する人です。かけがえのない人です！」

「まっさかご主人がここまでネガティブになってるとはな。むしろ『おうおう、お前ら生き返ったぞ！　死ぬまで俺に尽くせ！　がはは』のほうが楽だったかもな、もともと私たちはその気だったし」

「その優しさこそ俺たちが惹かれたところかもしれませんけどね。自分よりも相手の事を考えてしまう心優しいご主人に」

視界がどんどん滲んでいく。

あぁ、これは涙か。

なんでこんなネガティブになっちゃったんだろうな俺は。

もう頭は真っ白だ。

そんな俺の頭にあるのは、このエルフたちともう一度暮らしたい。

ただそれだけだ。

これは俺の我儘なのかな。

「どうです？　私たちに沢山のものを与えてくれたあなたへの恩返し。受け取ってもらえますか？」

「……こんな俺でもいいのなら」

俺は目を伏せ、震えながらそう答えた。

「かしこまりました。二〇〇年も私たちを待たせたんです、覚悟しておいてくださいね」

するとヴェルは立ち上がりまだ泣いている俺の方へ歩いてきて、ゆっくりと俺を抱きしめた。

俺はようやく、かつて再会を誓った六人のエルフたちとの約束を果たしたのだった。

◇◆◇◆

「ところで君たち三人は今何をやっているんだ？」

ちょっとした言い争いが落ち着いたリビングで、俺は三人に尋ねる。

むしろそれを聞きに来たはずだったのだが、気づけば引っ越しが決まってしまった。

「私は特に何もやっていませんね。しいて言うのなら、エルフが平和に暮らせているか見守っているくらいでしょうか」

「俺もですね。特に何も」

「私もだ」

え？　この三人無職なのか？

「あ、無職ではありませんよ。ちゃんと仕事があります」

相変わらず俺の心を読んでくるヴェルがきっぱりと告げる。

どうやら彼女たちも、陰ながら今の王国を支えているみたいだ。

「まぁアイナ達ほど有名にはなってないからな。私たちはここでやれる仕事が多いし」

「俺もそんな感じですね。どっかの部隊に所属とかはしていません」

「なるほどね。あと、この家って昔と同じじゃないよな？」

「ええ、流石に二〇〇年以上も住めませんよ。今は昔とは違う場所に、見た目はほぼ同じ建物を建てて暮らしています」

「六人で？」

「ダニングとアイナは王城近くに家が用意されていますので、こちらにはたまに来るって感じですね。ルリは冒険者なので、住所はここですが、いることは少ないといった感じです」

「なるほど。それで俺はここに引っ越していいと？」

「引っ越していいというか、引っ越してください。学校卒業したらすぐに。あっ、まあ別に卒業しなくてもいいですけどね」

あまりに非情な判断が俺に下される。

本当にこのエルフは俺に容赦がないな。

「いや、卒業はさせてくれ……。あと一週間なんだよ？」

「別にいいじゃないですか。一生金には困りませんし。今私たちの全財産を合わせたら、昔のご主人様の二倍以上はあるんじゃないですか？」

「えっ、ま、まじ？」

「はい、なのでご主人様は本当に何もしなくていいです」

ヴェルがまた嘘を言っているんじゃないかと思い辺りを見回すが、あとの二人のエルフも嘘ではないのだろう。

でもなんだかそれはそれで嫌だな。

こんな俺でも出来ることを探してみるか。

「あと、本当はこのままずっとしゃべっていたいんですが、私たちも今日に限ってやることがあるんです。今日は一度ご帰宅願ってもいいですか？　申し訳ありません、こちらから呼んでおいて」

「いや全然いいよ、君たちと無事会えたことだし。でもどうやって帰ろうか」

「それなら大丈夫です。先ほどルリを呼んでおきましたので」

「お兄ちゃんいる⁉　ルリが来たよ！」

「のわっ⁉」

そして計ったかのようなタイミングでルリが扉からひょこッと顔を出した。

なんか配達屋代わりになってないか、ルリ。

この前もそうだったけど、空飛ぶ配達屋みたいになっているじゃないか。

「ではご主人様をよろしくお願いしますね、ルリ」

「まっかしといて‼」

「ご主人様に手を出したら許しませんからね」

「……はい。よしじゃあ行こっ、お兄ちゃん！」

「わかった。行こうか。……君たちと再会できて本当に良かった。また来るよ」

「ええ、待っています」

こうして思いのほかあっさりと俺は三人の元を後にした。

一緒に住むという約束を残して。

◇◆◇◆

その少しあと、全く違う場所にて。

「ちっ、雨か、めんどくせぇ。おいヴェル、随分とお前つんけんしてたな。知らせを聞いて一番号泣したのはお前だったのにな」

「……そのことは忘れてください。それにあなたのスキンシップが過激すぎなんです」

「ヴェルの接し方も問題ありだと思うけどね。すごい冷たかったじゃないか」

「なぜだか、ご主人様を前にするとああなってしまうんです。直さないといけないとは思っているんですけどね」

「そうだね、直したほうがいい」

私たちはここまで来るために使った赤玉をポケットにしまって、話しながら目の前の建物へと近づいていく。

いつ見てもボロボロだ。

もうあの頃の面影はほとんどない。

私たちはその建物の裏へと回り、そこに置いてある二つの石に花を添えて手を合わせる。

そのあと立ち上がって建物の正面に再び戻って、その大きな家を眺めた。

勿論玄関は厳重に鍵がかかっている。

今日私たちは、この家の結界魔法を更新しに来たのだ。

もう人が住めないほどぼろぼろだし、誰かに侵入されたらたまったものじゃないですし。

なら壊せと思うかもしれないが、そうはいかない。

それは思い出があるから。

だけでなく、

「この家の中を見られたとき、私たちの関係はどうなるのでしょうか」

「主なら……、いや分からないな。その時はその時だ」

「だからバレないようにご主人と一緒に暮らして、行動を制限するって……。お前中々の悪だよな」

「もちろんそれだけではありませんよ？　もう一度心の底からあの人に仕えたいのは本心です。

……それにあの人なら、自力で真実にたどり着くかもしれませんしね」

「お前はご主人に真実を知ってほしいのか？」

「分かりません。知ってほしいですし、知られたくありません」

私はそういって拳を強く握りしめる。

この建物は私たちが歩んできた二〇〇年を詰め込んだもの。

正でもあり、負でもある遺産だ。

直後雷が落ちた音が聞こえる。

ご主人様とルリは大丈夫でしょうか。

まぁ割と時間は経ってますし、変な寄り道していなければ大丈夫でしょう。

「ご主人様は言いましたね、『今の俺と昔の俺は違う』と。……それは私たちもですよ」

雨が降りしきる夜の中、もう一つ雷の音が鳴り、青白い光が私たちを照らした。

◇◆◇◆

それから俺は今まで通りの学校生活に戻った。

といっても残りの授業を消化して卒業式に出るだけだったから、特にこれといったことはなかったけど。

……まぁ、担任の教師に志望校を取り下げるって言った時に「これからはヒモになります」って言ったらめちゃくちゃ怒られて反省文を書かされたのは置いておこう。

なんだよ、周りの士気が下がるって。

じゃあなんて言えば良かったんだ。

だから友達とかに聞かれたときは「俺はどっか遠いところで風来坊になるんだ」って言ってみたけど、それはそれで変人扱いされてしまったな。

彼らと再び会うことはあるんだろうか。

いや、会ってくれるのだろうか。

うん、無理だな、多分。

あと、先日の新聞で『王城の料理長と騎士団長が電撃退職！　結婚説濃厚！』って書かれていたのも記憶に新しい。

いつの時代もヒトは噂が好きなようだ。

少しでも面白いネタがあったらこうだ。

……なんかごめんまじで。

そして高等学校を卒業した今、俺は引っ越しの準備、もとい、家を引き払う準備をしているところだ。そしてなぜかヴェルが手伝ってくれている。

本当になんで？

「本当にご主人様はモノを置かない人ですね。もっと汚いのを想像していたのですが。だって思春期男子高生が一人暮らしですよ？　もう少し汚れているはずです。この先ご主人様をゆする為の黒歴史を探しに来たのですが、何もないようですね」

「発想が鬼畜すぎるよ……。てか、どうやってここが分かったの？」

「ルリに聞きました」

「あいつ……」

俺のプライバシーは一体どこへ。

いや、もう関係ないか。

引っ越すんだし。

「それにしてもやっぱりその袋、便利だね。懐かしいや」

そう言って俺が指さした先にはたくさん収納できる魔法具があり、必要なものは全部それに入れてもらっている。

昔俺も使っていた懐かしの代物だ。

「そうですね、この発明は本当にすごいと思います」

「だって二〇〇年経った今でも通用してるってことだもんね。っとよし、こんなもんか。見よこの新築同然の部屋を！　頑張ったな、俺！」

「はいはい、そうですね。では行きましょうか」

「ちょ、ちょっと待ってよ。なんでそんな俺に冷たいの、なに今、氷魔法でも使った⁉　心の底まで凍り付いたんだけど」

「昔どのくらいで接していたのか忘れてしまったんです。なので今はツン一〇〇％です。ツンツンです」

「いや昔もツン一〇〇％だっただろ！　てか自分で言うなよ、なんだよツンツンて！」

「はて？　昔もこういった感じだったと思いますが」

「昔はもうちょいこう、温かみがあったというか……」

「私だって二〇〇年もあれば変わります。それに……今頑張って抑えてるんですよ、言わせないでください、恥ずかしい」

ほんのりだがヴェルの顔が赤く染まった気がした。

思わず息をのんでその顔を見つめる。

……そうか、君も俺の事を迎えてくれているんだもんな。

「ヴェルは今も俺の事を慕ってくれているのか」

「何度も言っているでしょう。心の底から慕っていますよ。……無駄話はこれくらいにして、早く戻りましょう」

「そうだね。行こうか」

俺も少し照れ臭くなり、視線をずらしてややぶっきらぼうに答えた。

すると彼女は俺の赤い顔を覗き見て、すこし小悪魔っぽく笑った。

「今ご主人様もツンモード入ってますよ」

「う、煩い！　早くいくよ、ほら！」

「さっきからそう言ってるじゃないですか」

こうしてドタバタながらも、俺たちは赤玉であの家へとワープするのであった。

◇◆◇◆

俺は森の中の家についてすぐに昔と同じ場所にある、同じような間取りの部屋に荷物を置いて巣作りを始めた。時刻はもう夕方で、とてもきれいな夕焼けが広がっているのが窓から見える。

今この家に居るのはヴェルとシズクとダニングだけのようで、バン、ルリ、アイナはどこかに行ってしまっているようだ。

ただ、巣作りといっても特にやることはなく、持ってきたベッドとクローゼットを適当に置くだけだからもう終わりは見えている。

というか机までほぼ同じなんだけど。

一周回ってあの人たちが怖いんだが。

ただ使わないのも少しもったいないので、試しに昔のように椅子に座って机に向かうと、自然とあの頃のことがよみがえってきた。

懐かしいな、ここではいろんなことがあった。

完全回復薬の開発から始まって、シズクの呪いの解除だったりいろいろな魔法具の発明。

ほぼ全部この机から生み出されてきたんだ。

「ふっ、懐かしいな……。って違う！　この家でもこの部屋でもないよ！　本当にびっくりするくらい似てるな!?」

思わず自分に突っ込んでしまう。

それほどまでにあの頃にそっくりなのだ。

そしてそんな茶番をやっていると、ヴェルが音もなく俺の部屋に入ってくるのが見えた。

「気に入っていただけましたか？　あの家にそっくりでしょう？」

「もうなんか怖いよ。よくここまで模倣出来たね!?」

「安心してください。あの頃とほぼ同じように温泉も厨房も完備されております」

「……もう驚くのをやめるよ俺は。うん、すごい。君たちはすごい！」

「なんですかその悟りを開いた顔は……。まぁいいでしょう、そろそろ他の三人も帰ってくる頃です。お昼ご飯にしましょう」

俺はこれまでのやり取りで一つ分かったことがある。

この人たちを敵に回したら駄目だ。

彼らは今途方もない権力、財力、そして行動力を持っているようだから。

「たっだいまー！　お兄ちゃん来て来て！」

「ちょうどのようですね。行きましょうか」

勢いよく玄関の扉が開いた音と共に、一階の方からルリの元気な声が二階まで響く。

ドンピシャのタイミングで帰ってきたみたいだ。

「分かった今行く！」

俺とヴェルは声のする方へと向かい部屋を後にした。

◇◆◇◆

「お兄ちゃんこれ見て!!　すっごいでしょ！」

ルリに案内されるままに玄関を出た先にいたのは巨大なトカゲの魔物であった。

他のエルフも何事かと外に出てきたが、いまいち状況がつかめていないようだからいつもの事ではないのだろう。

「いや、ナニコレ……。でかっ」

「今日の依頼のお土産！　いつもならすぐに換金してきちゃうんだけど、せっかくだから見てもらおうと思って！」

そういってルリは地面においてある巨大トカゲをペチペチと叩いた。

かわいらしい仕草だが、叩いているのはグロテスクなトカゲ。

なんだかよくわからない心持ちになる。

「いや俺にどうしろと……。ダニング、あれって食えるの？」

「食えないことはないが、あまりお勧めはしないな。どちらかと言うと食用ではなく、革とか魔法薬の材料にされることが多い。ご主人はあれをただのトカゲだと思ってるかもしれないが、相当高価なものだぞ？」

「解説ありがとう。……で、どうしろと」

「いらないんなら私が貰うぞ？　魔法薬の材料になるし」

俺が顔に手を当てていると、シズクがにゅっと俺の後ろから顔を出した。

シズクには二〇〇年前に俺の知識をできる限り詰め込んだから、恐らくそれくらいはできるんだろう。

あと……ヴェルもそこそこできるか。

ただ、今の俺には一切使えない。

「別に俺はあれをどうにもできないからいいよ」

「そんな！　じゃあお兄ちゃんのために、今度はおいしい魔物討伐してくるね！」

「それはダニングの許可をもらってからにしてくれ」

「そういうことだ。だから前みたいなことはやめてくれよ」

ルリはショックを受けているようだったが仕方がない。

俺にはどうしようもできないから。

そしてダニングが今さらっと言った一言に、彼の苦労が感じられた。

相変わらずダニングはルリに振り回されてばっかりのようだ。

「どうやらアイナとバンも帰ってきたみたいですね」

「えっ？」

そしてヴェルの声で上を見てみると、そこにはドラゴンにまたがる二人の姿が見えた。

……待て、なんか見たことあるのがドラゴンに乗ってるんだけど。

というか目の前に同じ奴がいる。

「フィセル様！　今日はいいものを持ってきました！」

ドサッと地面に見たことのある巨大なトカゲが降ろされる。

本日二体目だ。

なぜこのトカゲで被る!?

「これはですね、ってえぇ!?　ルリまで同じものを……」

数秒前まで自信満々だったエルフも、すぐに隣に置いてあるトカゲを見てぎょっとしたようだ。

後ろにいる双子の兄は少し驚いた表情を見せてから、すぐにくすくすと笑いだした。

その笑い声につられて全員が笑い始める。

「あっはっは！　流石だな、思考回路同じじゃねえか！」

「さ、三人ともありがとう。でもこれ俺じゃどうしようもないから、シズクが欲しい分だけ取ったら売っちゃおうか」

「そうだな、早く家に戻ろう。俺の作った飯が冷める」

「「「「はい（はーい）」」」」

取りあえず魔物はそこに置いておいて、俺たちは家の中へと入っていくことにした。

盗む人なんていないだろう。

そもそも周りに人なんていないし。

「ダニングおじさん、今日はなんなの!?」

「今日はシチューだ。あっ、お前ちゃんと手を洗ってこい！」

「ダニングのシチューは久しぶりだね。俺とアイナは朝から何も食べてないからペコペコだ」

「そうですね、兄さんが寝坊しなければもう少し余裕を持てたのですが」

「っていうか、アイナたちはどこ行ってたんだよ？　私が起きた時はもういなかったし、もう騎士団長は辞めてんだろ？」

「それは、……」

リビングへと向かいながら俺の前でエルフたちがにぎやかに話している。

あぁ、なんて懐かしくて平和なんだろう。

俺が本当に手に入れたかったのは……。

「これからはご主人様も一緒ですよ。ようやく、ようやくです」

ヴェルが俺の横をそう言って過ぎ去って行く。

だが俺はこの時見逃さなかった。

彼女の顔が綻《ほころ》んだことを。

「あっ、ヴェルの笑い顔やっと見られた！」

「気のせいです」

「いや絶対笑ったよ！」

俺はそう叫んでみんなの後を追っていった。

第六章　こうして少年は目を閉じる

「さて、みんなちゃんと料理が行き届いたかな？　じゃあ食べようか、いただきます」

「「「「いただきます」」」」

その声を合図にして、みんな目の前の料理にかぶりつき、俺たちの夕食が始まった。

机の上に広がっているのは、先ほどから部屋を支配していた匂いの出どころであるシチュー、ダニングが生地から作っているであろう焼きたてのパン、俺の前だけにある皿の上に無造作に置かれた干し肉、色鮮やかに盛り付けられた瑞々しいサラダ、そして俺以外のみんなはワイン。

俺は水。

なんだこの落差は。確かに俺だけ未成年だから仕方がないけど……。

いや、よく見たらヴェルも水だな。

というか、ルリが飲んでいて俺が飲めないのは悔しいが仕方がない。

しかもなんでこのレパートリーの中に干し肉も皿に載ってんだよ。

なに？　どんだけこのネタでいじられ続けるの俺？

「ご主人様のために干し肉を取り寄せたのです。味わってお召し上がりください。市場で買った一番安い干し肉です」

「やっぱり君だよなぁヴェル、こういう事をするのは。ていうか相変わらず俺の思考読まれてんのね」

「私は善かれと思ってしたのです。読みやすい思考ですので仕方がありません」

「くっそ……。昔と変わってないってことじゃん」

「私は安心しましたよ。昔のままで」

「そういうヴェルもね」

「ふふっ、そうですね」

昔と何ら変わらないこの会話。

二〇〇年という壁があったはずなのに、この瞬間だけは何も感じない。

そう思えるのにもほかの理由があった。

「というかなんでルリ以外みんな昔の服着てるの？」

「このほうがフィセル様も喜ぶと思いましたので！　あ、もちろん二〇〇年前のものではありませんよ？　昔の服をまねて作ってもらったものなんです。汚くないので安心してください！」

そう言ってアイナが立って見せてくれた。

確かにみんなが今着ている服は、昔俺が買ったものにそっくりだった。

ルリだけは見覚えのない服を着ているようだけど。

……さすがに昔の服を着られるわけがないしな。

「まぁサイズ的には昔のままでも、アイナは成長していないだろうから問題なかっただろうけどな。どこがとは言わんが」

「むきーっ！　そういうシズクさんは変わったんですか!?」

「もちろん成長したぞ。あぁ、そういう目をするなご主人。あとで好きなだけ触らせてやるから、今は我慢してくれ」

「いやそういう目で見てないよ！」

思わずこぶしを握って立ち上がる。

ただ俺の顔は自分でもわかるほど真っ赤だ。

だから今の俺はピュアッピ（以下略）。

「本当か？」

「……本当かといえば少しは嘘になる」

そして本音がこぼれた。

しょうがないだろう、俺だって男なんだから。

「フィセル様!?」

「お兄ちゃん、私も大きくなったんだよ！　好きなだけ触っていいからね！」

「ちょ、ルリ！　食卓で暴れるな！」

騒ぎ始める女性陣。

カオスになる食卓。

ルリが加わったことで、二〇〇年前よりもさらに騒がしくなったな。

ただこのぐちゃぐちゃ感もやっぱりどこか懐かしい。

「ルリ落ち着きなよ。服にシチューがついてしまう」

「ご主人、おかわりほしかったら俺に言ってくれ。温めたやつをよそってやるから」

そして男性陣二人は相変わらず落ち着いている。

本当に頼りになるな、俺は嬉しいよ。

「バン、ダニング……。君たちだけだよ、まともなのは」

「フィセル様!? わ、私もまともなはずなんですけど！」

「アイナがまとも？ おいおい、酔いもたいがいにしとけよ」

「シズクさんの所為ですからね!?」

アイナが大分ショックを受けているが、一旦は置いておこう。

というか、騎士団長にこんな扱いして許される人ってあんまりいないよな……。

いや、元騎士団長か。

そう考えると笑いがこみあげてくるが頑張って抑える。

こうしてごく自然に、俺たちの共同生活は再び始まった。

見比べても違いが分からないほどに、過去の時間がそのまま動き出したかのようだった。

◇◆◇◆

時計を見ると時刻は朝の五時を示している。

昨日は結構どんちゃん騒ぎだったから、今日ちゃんと起きられるか心配だったけど、杞憂に終わったみたいだ。寧ろ万全の目覚めの中、私はいつものように森の中の小屋で起きて王都に行く準備をはじめる。

準備と言っても軽く顔を洗って服を着替えて、ダニングが昨日の夜に作ったサンドイッチを口に押し込むだけ。

いつもと何ら変わらない日常。

だが、今日からはそれに一つだけ新しいルーティーンが加わった。

私は全ての準備が終わった後、二階へと上がりとある部屋に入る。

もちろんご主人の部屋だ。

私が入ったことに気づかずベッドの上で気持ちよさそうにすやすやと眠るご主人。

色々とやましいことをしようかと頭をめぐるが、流石にまだ早いだろうと考えなおし、頬に軽く手を乗せてから部屋を出ようと背を向けた時だった。

「随分早い出勤だね、シズク」

「っ!?」

思わず振り返ると、そこには毛布にくるまったまま顔をこちらに向けているご主人がいた。

「まさかご主人起きてたのか？　狸寝入りとは性格の悪い……」

「なんか寝られなくてね。昨日からずっと起きたままさ」

「お出かけ前に興奮して寝られない子供みたいじゃねえか」

私がそう言うと、ご主人は少し拗《す》ねたような顔をして私のことを見上げた。

「なんてことを言うんだ。大人だって寝られない日くらいあるし、君たちとこうして再び暮らせるようになって興奮しないわけがないだろう」

「私からすればご主人はまだ子供だぞ。というか年齢的にもお酒が飲めないじゃないか」

「ぐうの音も出ないんだけど……。でもまぁ、心は大人ってことで。見かけは子供、頭脳は大人だよ」

「頭脳というか精神じゃねぇか？　今のご主人、頭良くないんだろ？」

「……そういう事にしておこうか。ただ興奮してたのは本当だよ」

「喜んでもらえてんなら何よりだ。私たちだって強制はしたくなかったからな。人間と暮らして、家庭をもって寿命を全うするって言われれば、まだ引き下がるぞ。多少は抵抗するが」

「まだわかんないけど、どうしようか答えが見つかるまでは一緒に暮らそうと思ってるよ。まだわからないことが多いしね」

あぁ、やっぱり変わってないなご主人は。

口ではああいったが、やはり外見が子供になっても中身は変わっていない。

「……シズクは今からどこに行くんだい？」

「仕事だ仕事。朝早いんだ」

「内容までは教えてくれないんだね」

「ま、まぁな」

「『黒い悪魔』」

「っ!?」

　このまま適当に流そうとした私に、思いもよらぬ単語が飛び出し、思わずご主人の方を強く振り返ってしまう。そして、今の反応で勘の良いご主人はある程度察してしまったかもしれないと焦りが少しずつ芽生えていく。

「ダニングに会う直前にこの言葉を聞いたんだ。エルフにちょっかい出したら、この黒い悪魔ってのに襲われるってね。一体それが何者なのか、善人なのか悪人なのか、国家公認なのか非公認なのかは知らないし、君がそうだとも決めつけてるわけじゃない」

「……突然どうした、何が言いたい？」

　内心バクバクだったが、ご主人は私に問い詰めるでもなく、いつものように無駄話をするような口調で続けた。

「君たちが何をするのか、何をしてきたのか、俺が意見する権利もなければする気もないってことだよ。だからシズク、君は今まで通りにやってほしい。俺なんかに影響されちゃだめだ」

「……私はその『黒い悪魔』というわけではないけど、まぁ心にとどめておくわ」

「うん、引き留めてごめんね。いってらっしゃい」

「いってくる」

私は後ろを振り返らずに部屋を出て、そのまま玄関に向かう。

外に出た私はそのまま王都に……というわけではなく、一周回ってとある部屋の窓の前に行った。

そして窓を軽くノックして返事を待つ。

多分もう起きているはずだ。

少し待つと窓の鍵が開き、ヴェルが顔を出した。

私は家の外壁にもたれかかって話し始める。

「どうしたんですか？」

「ご主人に私のやっていることがばれた。一応嘘はついたけど、多分バレてる」

「えっ!?　それはまた随分と早い……」

ヴェルが珍しく声を上げて驚く。

それほどまでに私たちにとってご主人の推察は的を射ていた。

「さらにこんなことも言われたよ。『何をするのか、何をしてきたのか、俺が意見する権利もなければする気もない』って。はっ、やっぱり流石だな」

「全体像は全くつかめていないけど、何かあるのはわかってるって感じですね。それを解明する気があるのかは分かりませんが……、ご主人様の好きなようにさせましょう」

「元からそのつもりだしな。よし、まぁ私も行ってくる。今日も何もないといいな」

「そうですね。では待っています」

「ん。また昼にでも帰ってくる」

私はポケットからたくさんの赤玉がついたバンドを取り出し、そこから一つとって地面に落とした。

こうしてシズク《私》の日常は始まる。

◇◆◇◆

六人のエルフたちとの共同生活が始まって二日が経とうとしている頃、俺はあることに気づいてしまった。

「……まっじで暇なんだけど」

朝適当な時間に起きて、ご飯を食べて、自室に戻り、ベッドに寝転ぶ。

そして少ししたら起き上がって、ぶらぶら散歩して、またベッドにダイブ……。

一体俺は何をやっているんだろう。

他のエルフと言えば、ヴェルがこの家の家事を全部やっており、ダニングが料理を。

アイナは騎士団長を辞めたとは言っても、まだ訓練には顔を出しているらしくて夜にしか帰ってこないし、バンもそれについていくことが多い。

ルリは何でもSランク冒険者を維持するために沢山の依頼を受けなくてはいけないようで、忙《せわ》しなくどこかに出かけており、シズクもなんか仕事があるらしい。

最近日中にしていることと言えば、ヴェルやダニングと他愛もない話で盛り上がるくらいだ。

そんな二人も忙しそうだけど、俺が手伝ったところでむしろ迷惑になるからなにもできない。

「俺は一体何をすればいいんですか!?」

そして俺はこの悩みを、全員がそろっている夕餉《ゆうげ》の食卓で言うことにした。

全員の目が俺の方を向き、何を言おうか考えているように見える。

夜はこうしてみんなと一緒にご飯を食べて話して、楽しく過ごすことができるのだが、日中がまじで暇なのだ。

「た、確かに、一緒に暮らすってことしか考えていませんでしたね……。私は今さっさと引継ぎを終わらせようとしているんですけど、次の世代が中々ひどくて……。兄さんにも手伝って貰っているんですけど」

「そうですね、俺らは今手を引く準備をしているので、もう少し待っていただけたらずっと一緒に過ごせます。それに大分落ち着いてきたので、そろそろ向こうに行く頻度を落としても大丈夫そうです」

最初に話し始めたのは双子のエルフだった。

同じ碧色の目がこちらを向いてほほ笑んでいる。

「ルリもだよ！　もうそろそろ一年間の達成討伐数は超えるから、そしたらずっと一緒!!」

「そうか、みんな頑張ってるんだね。ごめん、みんなの足を引っ張るようなこと言って」

俺が少し下を見た瞬間、机をたたく音がした。

シズクだ。

「んなことあるか！　ご主人が迷惑かけてるわけねえだろ。むしろこっちが何もしてないことに問題がある」

「そうですね、確かに皆さんの引継ぎが終わるまではなかなか時間が作れませんもんね」

「シズク、ヴェル……」

「それなら試しに昔のように魔法薬の調合をやってみたらどうだ？　まだ試したことはないんだろう？」

　そしていままで静かに聴いていたダニングが、俺の方を見て口を開いた。

「いや、でも今の俺は……」

「やってみないと分からんだろう。もし駄目だったら俺が料理を教えてやるから」

「ダニング……」

「確かに、試してみてもいいかもしれませんね。私とシズクでよければお教えいたしますよ。もっともご主人様からいただいたものですけど」

　確かに、俺はセンスがないと言って何も試してこなかった。

　だけど知識はあるんだ。

　もしかしたら何かは出来るかもしれない。

　それに駄目でも、国王お抱えの料理人に料理を教えてもらえるんだ。

　何も不満なことなんてない。

「うん、そうするよ！　さっそく明日からお願いしようかな」

「うっし、じゃあ明日から始めてみるか！　んじゃあ、それの必勝祈願で乾杯だ！」

シズクが酒の入ったグラスを上に掲げる。

「だから俺まだ未成年なんだって!!」

「ここでそんな法律気にしなくてもいいんだよ！」

「ちょっ、シズクさん、お酒こぼれてます！」

「ヴェル、物欲しそうな顔してるけど、君は飲んじゃだめだからね」

「……バンも人のこと言えないと思いますけど」

「君は自分の弱さを自覚してないみたいだね……。そこまでいうのなら勝負するかい？」

「いいでしょう」

「だ、駄目です！　ヴェルさんに飲ませないで、兄さん！」

「ルリも飲もっかなー！」

またこの部屋でドタバタが始まる。

でも今まで生きてきた中で、これほどまで心が溶けるような感覚になるのはこのドタバタしかない。

ただあまりにもドタバタが続き、ダニングと目が合ってお互い大変だなというアイコンタクトを取っていると、それをみんなも察したようで徐々に落ち着いていく。

そのまま他愛もない会話が七人で始まり、そろそろ風呂に入る時間かと思った時、バンが俺に近づいてきてこう言った。

「主、一緒にお風呂入りませんか？　お背中流しますよ」

◇◆◇◆

「はぁ――――っ、生き返るぅ」

「やっぱりこの風呂はいいですね」

俺とバンは無駄に広い風呂でしみじみとつぶやいた。

ダニングも来られればよかったのだが、まだ手が離せないらしくて、今は俺とバンだけだ。

「俺、ここに来る前まではシャワーで終わらせてたから、余計に気持ちよく感じるな。やっぱり湯につかったほうがいいや」

「同感です。俺もたまに家に帰ってこずに、どこかで野宿ということもありましたが、風呂が恋しくなりましたもんね」

俺は横に座るバンをちらっと見た。

シズク同様、バンが一体何をしてきたのか、何をしているのかは知らない。

そして先ほどさらに一つ、疑問が生まれてしまった。

まずは今何をしているのか聞いてみるか。

「今バンは何をやっているの？」

「今ですか？　今はアイナと一緒に騎士団の指導に入ってますね。昔在籍していたこともあるので」

　バンがその長い手を伸ばすと、引き締まった筋肉質な腕にはいくつかの傷が残っているのが見えた。恐らくこれは彼がこの二〇〇年間で築き上げた努力の証拠なのだろう。完全回復薬は全ての傷を癒せるものの、今のバンに残る傷は、俺からしてみれば勲章のように思えた。それは恐らくバンもそうなのだろう。

「そうなんだ」

　俺が彼の腕を見ながら答えると、少し嬉しそうな顔をして彼は再び腕をお湯に沈めた。

「確かに俺はルリやアイナと違って、何か役職を全うしてきたわけじゃないので『お前今何やってるんだ』って思うのは当たり前ですよね」

「いや、まぁ……。うん」

「あとは、そうですね。たまに今の国王の護衛に入ったりします」

「国王の護衛かー。って、うん？　国王の護衛⁉」

「はい。今の国王とは顔なじみなので、偶《たま》に頼まれるんです。アイナが属していた騎士団とは別ですね」

「いや、なんでそんなことに……？」

「ちょっと過去にいろいろあったので」

　その色々が気になるのだが、濁して答えたということは、今答える気がないんだろう。

　冷静に考えて国王の護衛ってやばくないか。

そんな人が今俺の横で風呂に入ってるのか。

……このエルフはここに居ていいのか？

まぁ、そんなことを聞いても、前みたいに色々宥められるだけだから、一旦は置いておくことにしよう。

「そうか……。じゃあもう一つ聞いてもいい？」

「はい、良いですよ」

「バンはこの二〇〇年でその、恋愛系で何かあったでしょ」

そしてこれが先ほど生まれた新たな疑問だ。

「へ？　ど、どうしたんですか急に」

「もともと疑問だったんだよ。この二〇〇年で誰も結婚してないのかなぁって。みんな有名人なんだし、言い寄られたりとかもあるだろう？」

「ま、まぁそうですけど……。なんで俺は断定系なんですか？」

「さっき見えた。バン、服の下に指輪のネックレスつけてるでしょ」

そう。先ほど脱衣所で服を脱いでいると、バンが手早く何かを服の下に入れたのが見えたのだ。

いつもは服の下にしまってあるから気づかなかったモノ。

多分、あれは指輪のネックレスだったはず。

「……」

「俺が君に贈ったものじゃないし、男からもらったかもしれないけど、俺は女性からのプレゼントと見た。それがあの四人の誰かからなのか、別の誰かからなのかは知らないけどね」

「よく見てますね、確かにあれは大事なものです。でも俺は結婚したわけではありませんよ。俺たち六人、誰も結婚していません」

「せっかくだから教えてよ。あの四人のうちの誰か？　それとも違うヒト？」

「……王都で会った女性です。もう終わったものですけどね」

「え、えぇ!?」

自分で聞いておいてびっくりしてしまった。

てっきりアイナからのプレゼントっていうオチだと思っていたから。

「えぇっ、いつ？　どこで会ったの？　どんな人!?　エルフ？　まさかの人間!?」

「こ、これ以上は勘弁してください。そのうち多分話すので」

バンがやっちまったと言わんばかりに後ずさりしていく。

これ以上問い詰めたら嫌われてしまいそうだ。

「わかったよ、じゃあせめていつなのかは教えてほしいな。それが聞けたら今日は満足だから」

「いつ……ですか。そうですね、一〇〇年近く前です」

彼はそれっきり口をお湯に沈めてしまい、言葉を発することはなかった。

◇◆◇◆

「よし、んじゃあまず中級回復薬の調製をゴールにしてやってみるか。作り方とかレシピは覚えてんだろ？」

昨日言った通り、次の日の昼から俺、ヴェル、シズクの三人による魔法薬の調製が始まった。ここにきて昔の俺の部屋が完全再現されたことが活きるとは。

必要な機材とかはばっちりそろっている。

レシピは俺が開発したものよりもいくらか簡単になっており、さらに安価でできるようになったとのことだったが、今回は昔俺が考案したものでやることになった。

といってもあまり違いはないけど。

「材料は今日の朝買ってきたからいいとして、問題は魔力を込めるときだよなぁ」

「そうですね、いくら頭で理解していても、発揮できないと意味がないですからね」

勿論頭では理解しているのだ。

ただ持ち前のセンスの無さと魔力の無さが、びっくりするほど足を引っ張っている。

たとえるなら料理を作る際に、頭ではレシピを完全に理解しているけど、全く料理ができないといった感じだ。

多分フライパンでひっくり返そうとしたときに、そのまま全部こぼしたりしちゃうパターンの料理下手だろう。

そのせいで俺の成績はひどいものだった。

親が生きていたらぶん殴られてたかもな。

もう自分の両親ですら、どんな人だったか忘れつつあるのは少し悲しいけれど。

「まぁ、やってみるだけやってみるか。私たちは見守ってるから」

「わかった。えーっと、確かこれをこうして……」

最初こそ不安だったけど、いざ器具の前に立つと、自分でもびっくりするほど心臓が高鳴って手が自然に動いた。

もう何回も、何百回もやってきた動きだから、二〇〇年経った今でも体が、魂が覚えているのだ。

周りの声が聞こえないほど集中しているのが自分でもわかる。

懐かしい、と、一つ一つの細胞が喜びの声を上げているようだ。

「おぉ、行けるんじゃねえかこれ」

「昔と動きは変わりませんね。あとは最後の魔力を込めるところでしょうか」

いける、今まで逃げていただけなのかもしれない。

今の俺ならきっとー。

「これに魔力を込めればいいんだよな？」

「あぁ、そうだ」

「よしっ、いっけぇえええ!!」

俺は両手に全神経を注いで魔力を放出する。

昔と違って体の芯から根こそぎ魔力が持って行かれるような感覚だが、間違ってはないはずだ。

目の前のフラスコが白く光り、俺の魔力と反応する。

やがて俺は立っていられないほどの魔力枯渇に陥って、そのまま膝から崩れ落ちた。

もう汗はだらだらだ。

だけど今の感覚は確かにいけたはず。

そう思ってゆっくり立ち上がった俺の目に映ったのは……。

『ゴポッゴポポ』

「……なんだこの色。いったい何をどうしたらこうなるんだ？　なんか変な音鳴ってるし、気持ちわりぃ」

「魔法薬というよりも、むしろ毒ですね。ご主人様は何を作ったんですかこれ？」

明らかにおかしい色をした、見るからに毒のように思われる謎の薬であった。


「試しにいろいろ調べてみたけど、毒ではなさそうだな。ただ回復薬でもない何かだ。申請したら特許取れるかもしれねぇぞ」

それから少しした後、白衣を着たシズクが俺の作った謎の物体が入ったフラスコをゆらゆらさせながら部屋に戻ってきた。

まだゴポゴポ言ってんだけど。

匂いも結構するし。

「ご主人様は回復薬を作ったんですよね……？　毒にしか見えないのですが。殺して楽にさせようとかそう言った感じですか？」

「いや違うよ!?　ちゃんとやったって、ちゃんと！　このレシピがおかしいんじゃないの!?」

「これはあなたが書いたものですから、おかしいのはご主人様ということになりますね」

「にしても私もびっくりだ。何だよこの物体……。試しにご主人、飲んでみないか？」

そういってシズクがにじり寄ってくる。

咄嗟に逃げようとしたが、力及ばずヴェルに羽交い締めにされてしまった。

あっ、でも背中にいい感触が……。

それにめちゃめちゃいい匂いがする。

最高の瞬間じゃないか。

目の前に訳の分からない物体、そして後ろで俺を拘束する力がどんどん強くなっているのを除けばだけど。

「ご主人様？　今逃げようとしましたね」

「してないよ！　ってか耳元でささやかないで、離して！　ぬぐぐ、力、つよ!?」

「抵抗してる割に嬉しそうな顔してないか、ご主人？」

「い、いや別に？　背中にいい感触がとか、耳元で囁かれて『あっ、いいこれ』とかは思ってないよ？」

「下心駄々洩れじゃねえか」

「これはお仕置きですね。ご主人様、ほらあーん」

「いやだよ！　もう捨てちまえそんなの！　はなせー！」

俺が必死に足をバタバタしていると、急に拘束が弱くなって解放される。

そろそろ茶番はいいかと思ったんだろう。

俺はもう少し拘束されていてもよかったけど。

「茶番はここまでにして、どうしてでしょうね」

「レシピも製法も間違ってないのに、どこで狂ったんだろうな。まぁ原因は明らかか」

「「魔力を込めるとき」」

「だよなぁ」

三人の声が重なる。

満場一致の大本命だ。

「ただ、このまま何かわからず捨てるっていうのもなんか悔しいんだよな。調べてみたら何かしらの効果はあるっぽいし。何かは知らねぇけど」

「試しに誰かに飲ませてみます？　ルリなら体強そうですし、行けるんじゃないですか？」

確かにあのルリなら、こんな薬位飲んでもケロッとしてそうだ。

でもそこまで危険を冒して挑戦することではない気がする。

「いや、もしルリが暴れたら誰も手が付けられなくなるからやめておこう。同じ理由でアイナとバンもだな」

「ってことは、消去法でやっぱりご主人になるんだが。一番貧弱かつ誰でも簡単に止められそうなのはご主人だしな」

再び二人の視線が俺に向く。

「いやだよ!? こんなの飲んだら一発で冥土行き確定じゃないか」

「生産者責任法という言葉をご存じですか？」

「これにその法律は関係ないだろう!?」

「まぁ、多分ここで簡易的に調べるよりも、王都に持って行って調べるのが確実だろうな。試しに持って行ってみるか？」

「そのほうがいいでしょう。何かあった時に大変ですし」

「そうだな、じゃあ今日はここまでにするか。私は今からこれを……」

「待って、俺も行きたい!!」

王都に行くというシズクの提案に、思いのほか大きな声が出てしまう。

だが行きたかったのは本当だ。

このままずっとここに居たらダメ人間になってしまう。

それだけじゃなく、生まれ変わった俺はそこまで王都に出向いたことがないから、今の王都がどんな感じなのかよくわかっていないのだ。

この時代に生まれて王都に行ったことなんか数えるほどしかないから。

「私はいいぞ。ヴェルはどうする？」

「私はここで待っています。お気をつけて」

「わかった。んじゃご主人とのデート楽しんでくるわ」

「……変な事したら許しませんよ」

「変な事？　さぁてどうだろうね。よしご主人、行くか!!」

シズクはそういってポケットから赤玉がたくさんついたバンドのようなものを取り出して、そこから一つ外してしまった。

「赤玉ってことは行き先が決まってるの？」

「まぁな。あー、ダニングには夜までに帰るって言っておいてくれ」

「わかりました。行ってらっしゃいませ」

「え？　ちょ、そんなすぐに行くの!?　準備とか……」

俺の言葉を無視して、シズクは掌の赤玉を床に落とす。

直後、俺たちは先ほどまでとは全く違う部屋の中にいた。


シズクの拠点と説明を受けた部屋から外に出ると、そこは王城の城下町が広がっていた。今まで俺が住んでいたのは王都から少し離れたやや田舎の町だったから、その賑わいが妙に珍しく思える。

外に出るなり多くの人が街を行き交い、喧騒が場を支配しており、中にはエルフも見受けられ自然とテンションが上がる。

ってことはこの家、相当高いんじゃないか？

王都の一等地だろここ。

「すごいな、王都までドアtoドアじゃないか」

「この転移玉も、元はご主人が開発したもんだけどな。いよっし、さっそく向かうとするか」

シズクが嬉しそうに赤玉を掌で転がし、まだ昇りきったばかりの太陽に透かす。

俺の転移玉がこうして活かされていると思うだけで俺も嬉しくなってくる。

そしてシズクが歩き始めたのを確認して、俺も後ろをついていく。

「どこに行くつもりなの？」

「ここをまっすぐ行くと、私の行きつけの薬草屋があるんだ。そいつに聞いてみる」

「了解。じゃあ行こうか」

「ああ」

こうして俺とシズクの王都散策が始まった。

◇◆◇◆

「おやおやシズク嬢。今日の朝ぶりじゃないか」

外装が結構ヤバ目の古い建物の中を入ったその先には、初老の人間の男性がおり、壁一面に引き出しがついていた。匂いが結構きつく、ここが薬草屋だというのは明らかだ。

俺はこんな店知らないから、老舗の店ということではないのだろう。

それでも一〇〇年くらい続いていれば老舗と言えるか。

「今日買った薬草で試しに中級回復薬を作っていたら、よくわからないものが出来上がったんだ。

これについて調べてほしい」

「中級回復薬？　なんでまたあんたがそんなものを」

「作ったのは私じゃなくてこの少年だ。レシピ通り作ったんだが……これを見てくれ」

そういってシズクが懐から先ほど作った薬が入っているフラスコを取り出した。

まだまだ元気いっぱいに泡を立てている。

「……なんじゃこれは。気色の悪い」

「だろ？　だから調べてほしい」

シズクが謎の物体の入ったフラスコを手渡すと、その老人は興味深そうにゆらゆらさせる。

そして匂いを嗅いだ瞬間咳き込み、入れ歯を拭き飛ばしてしまった。

「ぶえっほい！！」

俺は突然の出来事だったにもかかわらず頑張って耐えた。

拳を力の限り握り、舌を嚙んで踏ん張った。

「ぶっほぁ！　いーひっひひっひひ！」

だがシズクは我慢できなかったようだ。

もうお腹を抱えて笑ってしまっている。

完全に涙目じゃないか。

「シ、シズク……ぷふっ、わ、笑っちゃ……」

「いーひっひひひっひ、い、入れ歯がポーンって……。そんな風に嗅ぐから、ぷくく」

「はんはおふひ！　はひをははひふふほはは!!」

「あっはっはは!!　おいジジイ、もう何言ってるのか何もわかんねえよ。早く入れ歯洗って付け直してこい」

すごすごと入れ歯を拾い、奥の方へ行ってしまった老人の背中を、俺とシズクは大声で笑いながら見届け、そんな彼が戻ってきたのは十分程度が経過したのちだった。

「ふぅむ……、まぁ問題なさそうじゃの。あいわかった。他ならぬシズク嬢の頼みだ、応えて見せよう」

先ほどまでの件はまるでなかったかのように老人は話し始めた。

俺らもそろそろ耐性がついてきたからちょうどいい。

「サンキュー。どれくらいでできる？」

「今は何時かね？」

「昼の一時くらいだ」

「ならば夕方にはわかるだろうよ。それまではどこかで時間でも潰していてくれ」

「分かった。じゃあまたそれくらいになったら来るわ」

「承知した」

「よし、行こう」

そう言ってシズクはやや早足で背を向けた。

薬を受けった爺さんはずっと俺のことを不思議そうに眺めていたが、俺はその視線を振り切ってシズクの後を追いかける。

てっきりまた思い出し笑いでもしたのかと思い急いで追うと、シズクが店の外壁に寄りかかって何か考え事をしているのが見えた。

「シズクどうしたの、真剣な顔して」

「いや、私たちとご主人の関係は外でどう表せばいいのかと思ってな。なんて呼ぼうか迷った」

「確かにね。明らかに俺は子供だし、今の時代でエルフがご主人って呼ぶのも少しおかしな話だ」

「あぁ。どうして欲しい？　私は別にいいんだが、ご主人が若干面倒事に巻き込まれるかもしれねぇな」

確かに考えていなかった。

今の彼女たちは王都で有名だし、俺は子供だ。

周りからすれば一体どういう関係なのかわからないだろうし、シズクたちが俺をご主人って呼んだり様を付けて呼ぶのは不自然すぎる。

転生魔法なんて架空の魔法だとされているみたいだし。

「そうだね……。じゃあ外ではシズクの弟子ってことでいいや。そのほうが色々やりやすいし」

「いいのかそれで？　私はご主人の妻ってことにしてくれてもいいんだぞ。何なら愛人でも。いや、そのほうがいいかもしれねえぞ！」

徐々に語尾を強めていったが、どれも却下だ。

「いや、流石に色々とやばいでしょ……。年の差もだし、急にシズクが結婚するっていうのも変な話じゃないか」

「いいだろ別に。いやちょっと待て。ご主人が私の弟子設定だったら、私の事を師匠って呼ぶんだよな？」

「そうじゃない？　後は先生とか？」

「よし、それでいこう。王都に居るときは私の事をシズク師匠と呼んでくれ」

シズクは嬉しそうに自分に親指で指をさした。

よっぽどしっくり来たのであろう。

シズク師匠か……。

なんか変な感じがするけどシズクが嬉しそうだからいいか。

「わかったよ。じゃあそれで。……これから夕方までどうします？　シズク師匠」

「うむ、私は別に何でもいいぞ。どこか行きたいところはあるか、フィセル？」

シズクに初めて名前で、しかも呼び捨てで呼ばれた。

だけど全然嫌な気分にはならず、むしろ嬉しく思えた。

やっと奴隷と雇い主の壁を壊せたような気がする。

「呼び方ひとつで色々変わるモノなんだね。あっ、ですね」

「別に敬語はいいけどな。で？　この後はどうする？」

「実はちょっと行きたいところがあったんだ。ここから少し離れたところだから馬車かなんか使わないとだけど、別にいい？」

「構わねぇぞ。どこに行きたいんだ？」

「ちょっと王都から離れたとある街に行きたいんだ。二〇〇年前の記憶を頼りに行くことになるから少し不安だけどね」

◇◆◇◆

馬車に揺られること三十分ほどかけて、俺とシズクは王都から少し離れたとある街に来ていた。

ここは俺が二〇〇年前一番好きだった街……だと思われるところ。

そこまで栄えているわけではなかったが、エルフも一人の個人として扱ってくれる雰囲気が漂っていた温かい街だ。

正直行き方なんてあまり覚えてはいなかったが、王都からの方角と所要時間が同じところに街があったから多分ここだろう。

昔の名前を言っても、そんな街存在しないって言われてしまったから少し不安だけど。

ただここは昔のあの街と同じように店が広がっており、いろんな人の声が飛び交っている。城下町ほど栄えているわけではないが、それでも一つの街として成立しているだけあって、そこそこ栄えていると言えよう。

雰囲気や建物の質とかも二〇〇年前とあまり変わっていないような気がする。

そして当たり前だがエルフも多くいる。

これこそ俺が思い描いた未来の街なのだ。

「ここがご主人の来たかった街なのか？」

横にいるエルフが興味ありげに尋ねてきたところに、俺は元気よく返事をした。

「うん、昔この街が好きだったんだ。ここかどうかの確信はないけど、多分合ってると思う」

「ふぅん。まっ、好きなだけ回ればいいさ。まだ日暮れまでは時間があるからな」

その後二人で特に行く当てもなくブラブラしたが、特にこれといった収穫はなく、時間も時間ということでまた馬車に乗り込んで王都へ向かうことにした。

転移玉で帰ればすぐなのだが、俺は何となく馬車で帰りたかったので、我儘を言ってこうしてまた三十分ほど揺られている。

「……ご主人、さっきからどうしたんだ、考え込んで」

「いや、気にしないで。……すみません！」

俺はシズクにやや適当な相槌を打ち、御者《ぎょしゃ》のおじさんに声をかける。

おじさんは少しびっくりしたような顔を見せたが、すぐにニカッと笑って見せてくれた。

「おう、どうした坊主？」

「さっき俺たちが乗った街の名前って、なんていうんですか？」

「あそこか？　あそこは『グレイス街』って言うところさ。良くも悪くも普通の街だわな」

「そ、その街の前の名前とか知ってます？」

「前？　昔からグレイス街じゃねえか、何言ってんだ、おめぇ」

「そ、そうですよね、ごめんなさい」

「ご主人、ご主人と人間は生きている時間軸が違いすぎるんだ。二〇〇年もあれば変わるさ。あんまり変なことを言わないほうがいい」

「ひゃっ!?」

シズクが俺の耳元に口を近づけてそうささやく。

急に近づいてくるもんだから、俺はびっくりして変な声を出してしまった。

「それに気になるんなら、俺みてぇなジジイなんかよりも、王都の図書館にでも行って調べればいいじゃねえか」

「た、確かにそうですね。シズク、王都の図書館の場所、分かる？」

「わかるが、今日は時間的に無理だね。行くなら明日じゃないか？」

「そうだね。明日にしようか。アドバイスくれてありがとうございます」

「いや、いいさ。何しろこんな別嬪《べっぴん》さんを乗せてもらえてんだ、俺のほうが感謝だわな、がははは」

「だってシズク。よかったじゃないか」

「私はてめぇのような、フガフガッ!?」

そして彼女が変なことを言う前に彼女の口を手でふさぐ。

自分でも割と反応が早かったと思う。

というか、なんていうのか今のは予想ができた。

「なんだ坊主。嬢ちゃんの口をふさいで」

「いえ、気にしないでください!!　このまま王都まで……」

「でも図書館に行っても無駄だと思うけどな。なんせ五十年より前の事はぜーんぶねぇことになってるから。この国は五十年前に建国された。その事実しかねえだろうよ」

「……へ？」

記憶を取り戻すまでは特に何も不思議に思わなかった事実。

今まで深く考えなかった多くの現実。

だけど改めて聞くと多くの不可解なことが少しずつ結びついていく気がする。

それは知らなくてよかったところまで引きずり出されるようだった。

「………」

そして黙り込む俺の横のエルフ。

彼女の姿勢がすべてを物語っていた。

俺は彼女たちと再会してからも敢えてこの二〇〇年何があったか聞いてこなかったが、少しずつ俺の中でパズルのピースがカチリ、カチリとはまっていく気がする。

やめろ、はまるな。頼む止まってくれ。

「……ご主人は私に言ったたな。『君たちが何をするのか、何をしてきたのか俺が意見する権利もない』って。それは私たちも同じだ。ご主人が真相を探ることを邪魔する気もなければ意見する気もない。ただ、ご主人が何もしないのなら私たちも何も言わない。それがどういう事か、ご主人はもう気付いてんだろ？」

シズクの声が横から聞こえたが、俺は彼女の方を向くことができなかった。

もう頭はぐちゃぐちゃだ。

「いよっし、もうすぐ着くな！　代金弾んでくれよ、あんたたち金持ってそうだし！」

おじさんの空気を読まない掛け声とともに、俺らは夕焼け色に染まる王都に少しずつ近づいていく。

真相を求めなければ、俺は彼らと昔のように接して楽しく人生を謳歌できる。

ただ、空白の二〇〇年は闇の中だ。

そして真相を求めてしまえば、今の俺らの関係は崩れ去るかもしれない。

『知らぬが仏』。どこかで聞いたこの言葉が脳裏によぎる。

今が楽しければ過去なんてどうでもいいのではないだろうか。

俺はゆっくりと隣に座るエルフの顔を覗いてみる。

そこには俺の瞳を強固な覚悟で貫くような、それでいてどこか悲しげで儚げな視線のシズクが俺を見ていた。

俺は一体どうすればいいんだろうか。

移り行く外の風景を眺めながら俺は小さく息を吐いた。

◇◆◇◆

「シズク嬢、こいつは相当ヤベェ薬だったぞ」

薬草屋について早々、店の当主が食いつき気味に俺らを迎えいれてくれた。

あの馬車での会話以降少しピリついた空気が俺とシズクの間に流れていたから、この爺さんのテンションは正直助かる。

そして彼は興奮気味に手に持っている袋をぶんぶん振っていた。

あれ、フラスコどこ行った？

「な、なんだよ、ジジイ。ガキみたいに目をキラキラさせやがって」

「これを作ったのはどこのどいつじゃ!?」

「さっき言っただろ。ここにいる私の弟子だ」

弟子……。

そう呼ばれてなんだか恥ずかしくて少し染まった頰を掻く。

「お前さんか、これを作ったのは!?　何を使ってどうやった!?」

「落ち着けジジイ！　これは何の薬なんだ」

恥ずかしがっていたら、爺さんが俺の両肩をつかんで前後に揺さぶり始めてしまった。

ちょっ、脳が揺れる!!

「これは若返りの薬じゃ!!」

そう嬉しそうに叫ぶ爺さんを見て、俺とシズクは目を合わせて「あぁ、この爺さんついにボケてしまったのか」と目で会話をしたのであった。

◇◆◇◆

「あぁ。私たちがぶらぶらしてるときに、ジジイが薬を錠剤タイプにしてくれてな。それがこれだ、ほれ！」

いつもの通り全員がそろった夕食を食べ終え、談笑タイムの中でシズクがやや乱暴に袋を机に投げた。他のエルフたちも興味深そうにその袋をのぞき込む。

「ご主人は一回生まれ変わってるだろ？　多分それで魔力に変なものが混ざったんだと思う。時間操作関係の何かが」

「なるほど、興味深いですね。ご主人様が他の魔法をうまく使えないのもそれに原因があるのかもしれませんね」

「ほかにもいろいろ試してみるか。なんか面白いもんが他に作れるかもしれねぇし」

「いいと思いますよ」

「私もいいと思います！」

アイナが元気にそう答える。

膝の上に乗る俺の頭をなでながら。

「それでご主人様はそれを飲んで、こんな姿になっていると」

「飲んだんじゃない、飲まされたんだぞ、この悪女に!!」

そう喚《わめ》く俺の姿は六歳児くらいになってしまっていた。

丁度二〇〇年前のルリくらいか。

もちろん自分で作った薬のせいで。

小さくなってしまった手をぶんぶんと振って抗議するが、和やかなムードになるだけだった。

「ちっちゃいお兄ちゃん、可愛い！　私にも撫でさせて！」

「ちょ、ルリ優しく頼むぞ!?　怖いんだけどねぇ!?　ボキッて折れそうなんだけど！」

そのままアイナからはがされてルリの胸元に着地する。

あっ、でもいいかもこれ……。

さっきとは違う感覚が俺を支配し、そのまま眠りの世界にいざなわれていく。

「……なんかさっきよりもうれしそうな顔してないですか、主」

「確かにな。ルリのほうが柔らかいのかもしれん」

「兄さん、ダニング。何か言いましたか？」

「いや、何にも」

「って、いかんいかん！　俺は十八の大人なんだって！」

アイナが出した負のオーラのおかげで目が覚める。

危うく本当の六歳児になるところだった。

というか、アイナが満面の笑みで剣に手をかけてるんだけど、何があったんだ？

「でも記憶はそのままみたいですね。それでシズク、なんでこんなことに？」

「いや、簡単な話だぞ。家に帰ってくる前に、試しにどっちかが飲もうってなってじゃんけんしたらこうなっただけだ。私に負けたご主人が悪い」

「それでしたら全部この子が悪いですね。効果はどれくらいなんですか？」

「一錠で半日だとよ」

「じゃあこのまま放置でよさそうですね」

「あぁ」

「ちょっと待ってくれよ、なんだこの展開!?　普通こういうのはもっと後だろ!?　なんでスローライフが始まって三日目にしてこんなことになってんだ！」

ルリとアイナに揉みくちゃにされながら俺は叫ぶが、みんなほのぼのした感じで俺の事を見ている。だが俺はすべてが恐怖に支配されていた。

おいぃぃぃ！　このままいったらどっちかに潰されちゃうって！

俺の頭なんか彼女たちにしてみればトマトを潰すようなもんなんだから！

「お兄ちゃんは私がお風呂に入れてあげるね!!」

「じゃあ私は夜一緒に寝ます」

「あっ、アイナ、お前ズリィぞ！　私がご主人を小さくできたんだから、私が寝る！」

今度はシズクも加わってさらにヒートアップしていく。

何だよこの展開、早く元に戻ってくれ俺の体……。

「いててて っ! バン、ダニング!! 頼む、俺を助けてくれ、君達しかいないんだ!」

「面倒事はごめんだ」

「俺もこうなってしまってはどうしようもありません。頑張ってください」

「ぬがぁああ! 薄情者めぇ!」

俺は男性陣に必死にそう叫んだが、彼らが振り向くことはなかった。

そしてこの日、俺は二度と若返りの薬を作らないと決めた。

今後の俺はどうしようとか以前に、今日俺は生き残れるのかどうかを考える羽目になったのだから。

◇◆◇◆

そして次の日、俺は再び王都に出向いていた。

昨日と違うところは隣を歩くエルフがシズクではないことか。

なんでも彼女は今日は別にやることがあるらしいので、こうして別のエルフに付き添いをお願いすることにしたのだ。

「それでご主人はどうするんだ? 俺の買い出しについてくるのか?」

「ダニングさえ良ければついていきたいな」

「本音は俺に王都図書館までついていってほしいんだろ？　一人で歩くのは怖いから」

「な、なんのことかなぁ。よくわからないや」

ビクッと電流が走ったような感覚が全身に伝わるが、なんとか表情だけは平静を装う。

だが、そんな誤魔化しは彼に通用しなかったみたいだ。

「嘘が下手過ぎないか？　大方俺と出会った時に会った警護隊が若干トラウマになったんだろ。図書館は王城の近くだ、一人じゃ怖いんだろう？」

「そこまでわかってるのなら俺を泳がせないでよ!?　何も言わずについてきてよ、恥ずかしいじゃん！」

「いや、最初はそうしようと思ったけど、気分が変わった」

「……君も意地悪になったね。シズクの影響かな」

「悪かったって。ついてってやるから先に俺の買い物を済ましてしまおう。まずは野菜からだな」

「そうだね」

こうして俺とダニングは、俺らが二〇〇年ぶりの再会を果たした店も含めた多くの店を回って、食料品の買い出しを終えた。

買い出しと言っても、買ったものは全て収納袋に入れるだけだから全く荷物にならなかったから、このまま図書館に向かえるというわけだ。

なんとも便利な魔法具である。

「本当にそれ便利だよね。でも万引きとかそう言った問題にはならないのかな？」

収納袋に感心を覚えていたところで、横を歩くダニングが先ほど買った魚を収納袋にちょうど入れていたので、俺はその袋を指さして聞いてみることにした。

本当にただの疑問だ。今の治安がどんな感じなのかもよくわかっていないし。

「万引き……か。そもそもこの袋を持っているのは金持ちしかいないから、万引きなんかする必要ないんじゃないか？　一応店内で袋を開くのはマナー違反となっているしな。それに高級品には店員に解除してもらわないとセンサーが鳴る結界が張られていることが多い」

「なるほどねぇ。あの六人でこの袋を持ってるのは誰がいるの？」

「全員持っている」

「あ、うん。言い終わった後にそんな気がしたよ。みんなお金持ちなんだもんね」

「今では昔の俺くらいなら容易く買えるさ。いくらだったか、俺の価値は」

「……」

蘇るあの奴隷市場での競売。

あの熱気も、喧騒も、エルフたちの覚えた表情も、まだ脳裏に残っている。

生まれ変わった俺は経験していないはずなのに。

俺は一生忘れることができないんだろうな。

「……命はお金で買うものではないよ」

「そうだな。それに金があっても手に入れられないものなんて沢山あるさ。ほら、そろそろ図書館につくぞ。王国民ならだれでも入れるから好きに回るといい。俺も少し本を見て……」

ダニングが前の巨大な建物を指さし、下を向いていた俺もそっちを見た瞬間に、小さな何かがこちらへ向かってくるのが見えた。

そしてダニングの動きも止まっている。

「ねぇダニング、何かこっちに向かってきてない？」

「ちっ、ご主人逃げるぞ！」

「え？　ちょ、まっ!?」

忌々しく舌打ちをしたダニングが突然俺の右手を強くつかみ、その突進してくる何かに背を向けて走り出そうとしたがもう遅かった。

その小さな突進物は突如発光して速度をグンと上げ、俺らに遠慮なく衝突してきたのだ。

『俺ら』というか、ダニングに衝突した衝撃波で俺が吹き飛んだというだけだけど。

というか、当のダニングはしっかりと受け止めているし、なんで近くにいた俺が吹き飛ばされてんだ。おい、やめろダニング。そんな憐れみを込めた目で俺を見ないでくれ。

「ご、ご主人、大丈夫か？」

ダニングはその小さな何かを胸で押さえつけたまま俺に話しかけてくる。

よく見ると、押さえつけている何かの足がバタバタしているから、突進してきたのは人間なんだろう。

なんだかルリを彷彿させるな、このハチャメチャ具合。

「う、うん大丈夫。ところでそれは……？」

「これか？　これは」

「おいダニング!!　いつまで妾《わらわ》を押さえつけているのだ、無礼ではないか！　ま、まぁ悪くはないが……」

「急に突進してくるお前が悪いだろ。びっくりしたじゃないか」

ダニングが抱えている人間に声を上げると、その拘束から解かれて一人の少女が顔を出した。

「びっくりしたのはこっちじゃ！　なぜ急に妾達を置いて出ていった!?　妾達とは遊びだったのか!?」

「遊び？　ダニング、もしかして君……」

だが俺は目の前の事実に思わず顔が引きつってしまい、ダニングから距離を取る。

やはり二〇〇年という時の流れは残酷だったのかもしれない。

「いや違う、断じて違うぞ。俺にこんなガキを相手にする趣味は無い。おい、やめろその目。犯罪者を見る目で俺を見るな」

「犯罪!?　お、おぬしもしかして罪を犯して王城から追放されたのか!?　なんてことだ、ダニングが犯罪者に……。だが安心しろ、妾はそんなおぬしでも見限ったりはしないし……」

「お前は黙ってろ、話がややこしくなる」

「王城……？　ね、ねぇダニング。もしかしてその子って……」

「あぁ、今の国王の孫にあたるパトラ王女だ」

「む。何者じゃ、おぬし？　妾とダニングの感動の再会を邪魔しよって」

ダニングに抱きかかえられている赤髪の少女は、俺を見下ろす形でそう尋ねた。

◇◆◇◆

何だこの状況は。

今、俺とダニングはそこまで広くはないが、目に映るものすべてが高級感あふれる贅沢な部屋でお茶をふるまわれていた。横にいるダニングはというと、まるであの森の中で過ごすようにごく自然体で紅茶をすすっている。

明らかにキョドっているのは俺だけだ。

だってここは王城内の一室なのだから。

そして背後には騎士の人が二人と執事の人がビシッと立っており、目の前には王女様がいる。小さな小さな王女様だ。

「おいダニング、今これどういう状況だ!?」

「パトラからお茶に誘われただけだろ。ズズッ、うん旨い」

「いや俺の立場は!?　ココハドコワタシハダレ状態なんだけど!?」

「ここは王城、そしてあんたは俺の主人じゃないか」

「いや、そうじゃなくて！」

「おい、そこのお前、さっきから何をこそこそ話しておる」

俺とダニングが小声で言いあっていると、どうにもそれが癇に障ったようで若干イラついた様子の彼女は俺に視線を向けた。どうもこうも、あなたが俺まで巻き込んだんでしょうが。という言葉を何とか呑み込み前を見据えた。

「い、いいえお気になさらず。というかこの場に俺はいらないですよね。久しぶりの再会みたいですし。お邪魔虫はこれで退散しまーす」

ここは逃げるが勝ちだと判断した俺はそういって立ち上がろうとした瞬間、体が硬直してしまった。金縛りにあったような感覚で本当に動けない。

これは……魔法か。

でもこんな魔法知らないぞ、俺!?

「待て。おぬしにも聞きたいことがある」

「あ、あの体が動かないんですけど。何ですかこれ」

「パトラの魔法だ。見つめたものの動きを止められるらしい」

「ダニング！　そこは妾がかっこよく説明する場面であろうが！」

「もうこの場面は見飽きた」

「なにおう!?　い、いやでもそれだけ妾の事を見てくれていたということになるのか……！」

「いや、そういうわけじゃない。お前はいろいろ危なっかしいから見守ってただけだ」

「妾が危なっかしいだと？　誰にものを言っておるのだ!?」

「生意気なガキ」

「お、おぬし、言うようになったではないか」

「前からだろ」

「あ、あの二人だけで会話してないで、これ解いてもらえませんかね」

二人の世界に行ってしまっているパトラ王女になんとかそう告げる。

完全に忘れ去られている気がしたからだ。

というかダニングとパトラ王女、随分と親しそうだな。

流石元王城の料理人と言ったところか。

そのやり取りはまるで俺とヴェルを見ているかのようだった。

「そういえば忘れていたな。もう逃げないのなら解いてやろう。ほれ」

そして案の定忘れられていた。

彼女が手を握ると同時に体に自由が戻り、そのままボスンとソファに着地する。

俺はもう逃げる気力を失ってしまい、そのまま全体重をソファに任せることにした。

「そうそう、おぬしには聞きたいことがあったのだ。単刀直入に言うがダニングのいう『俺にはただ一人、心に決めた主君がいる』とはおぬしの事か？」

だがその言葉を聞いて俺は思わず起き上がり、隣に座るエルフの顔を見る。

彼は俺の目をむき、ゆっくりとうなずく。

「そうですね。ダニングとはそういう関係です」

「おぬしは見るからに人間であるし、年もそれほど取っていないようにも見えるが？」

「すこし特殊な事情がありまして」

「事情？　なんじゃ申してみよ」

「それは……」

「失礼します！」

俺がパトラ王女に上手い事説明しようとした直後、背後のドアが元気よく開く。

そこには俺より少し年上だと思われる、パトラ王女と全く同じ髪色の女性が凛として立っていた。

驚いて後ろを見ると、先ほどまで直立していた騎士の人は右手を掲げて敬礼をし、執事の人は深々と頭を下げていた。嫌な仮説が俺の頭によぎるがおそらく当たっている。

だって、明らかに纏っている服や雰囲気が平民のそれとは違うから。

「久しぶりですねダニング。一体全体どこに行っていたのですか？」

「久しぶりだなクレア王女。相変わらず元気がいいな」

もう俺帰ってもいいですか？

「私もこのティータイムに失礼させていただきますね。興味深いことが聞けそうなので」

そう言ってパトラ王女の横に座り、用意された紅茶に口を付けた目の前の女性。

流石に俺も一国民なんだから国王の孫の名前くらいは知っている。

クレア王女とパトラ王女。

目の前にいるこの二人の人間こそ、この国のトップの子孫だ。

「姉上！　今は妾が楽しくおしゃべりしてたのだが」

「いいじゃないですか、私も話したいんですよ。久しぶりのダニングと……、何やらおもしろそうなこの方と」

多分俺の予想が正しければ、パトラ王女は魔法が得意なんだろう。話しぶりや実際に彼女の魔法を受けてみて何となくそう思う。

そして今目が合ったクレア王女の纏う雰囲気。

俺はこの独特な雰囲気をいつも間近で感じているからよくわかる。

この人は、……アイナやバンと似ている。

「申し遅れましたね。私はクレア・ククルカンと申します。横のこの子はパトラ・ククルカンと言って私の妹です。一応私たちのお爺様は国王という立場ですが、私の事は気安くクレアと呼んでください。私はこう見えても騎士団に所属していますので、そちらの方が慣れているんです」

彼女はそう言いながら口に運んでいたティーカップを机の上に置き、右手を差し出してくる。俺は反射的に立ち上がり、その手を両手でつかんで頭をさげた。

……硬い。

女性特有の柔らかさが俺の手に伝わってくるが、それと同時に掌のマメの硬さも身に染みる。俺のふにゃふにゃな手とは大違いだ。

そしてこれこそ彼女の為人《ひととなり》を体現している。

「妾のことはパトラ様と呼ぶがよい！！！　無論妾は騎士団に入っていない！」

「当たり前だろ。お前なんかが騎士団に入ってたら今頃死んでるだろうよ」

「ダニング！　なんてことを言うのだ、このか弱い女子《おなご》に!!」

「よ、よろしくお願いします。フィセルという者です」

「はい。よろしくお願いします、フィセルさん。ところで本題なのですが、あなたは一体何者なんですか？」

握手を終えた後、俺はゆっくりとまたソファに腰かけ今度は自分の両手を結んだ。

彼女の手を触った後だからか、余計に柔らかく思える。ふにゃふにゃだ。

それよりも今、彼女たちにどこまで言うのが正解なのだろうか。

「何者……ですか？」

「先ほどパトラも聞いていたでしょう？　『俺にはただ一人、心に決めた主君がいる』。この言葉はダニングやあの人がよく言っていた言葉です。それがあなたなのですか？」

「あぁ、そうだ。この人は俺の大事な人だ」

ダニングはソファにふてぶてしく寄りかかりながら、ややぶっきらぼうにそう答えたが、俺はこの仕草が恥ずかしさを紛らわすためにやっていることは分かった。

だが彼女はダニングの応答を聞いたのち、俺のことを一瞥してからキッパリと言ってのけた。

「ダニングがそう言うのなら間違いありませんね。……ですがわからないのです。あなたからは強者の雰囲気は一切感じませんし、魔力も全く感じられない。それに先ほど手を触ってみましたが、今まで特に何もしてこなかった凡人の手です。あなたは人間でしょうし、まだ子供ですよね？　魔法も剣技も秀でているわけではないのに、彼らと肩を並べられる理由は何なのですか？」

グサッ。

と俺の胸に言葉のナイフが突き刺さる。

めちゃめちゃに俺の事を言うじゃないかこの人。

もう俺のガラスのメンタルは傷だらけだし、おそらく悪気がなく言っているんだろうから余計に辛い。

いや、悪気がないというより……怒っているようだ。

そうか。俺の前に座る二人の王女は俺に怒っているんだ。

彼女が言った『彼ら』、『肩を並べる』。

恐らくそこに込められた意味がある。

「おいクレア、言いすぎだ。これでもこの人は、俺の……」

「いやいいよダニング、全部事実だ。俺は今何の技術も才能もセンスも金もない、ただの一平民だ。それなのに急に俺なんかに取られたら腹立たしいですもんね。特にパトラ様はダニングが、そしてクレア様はアイナとバンですよね？」

バンとアイナ。

今ここに居ない二人の名前を出すと、やはりというべきかクレア王女の顔つきが変わった。そして言うかどうか悩むそぶりを見せた後、一息ついてから先ほどまでとは打って変わって感情をむき出しにして俺のことを睨みつけた。

「はい、その通りです。アイナさんとバンさんは昔から事あるごとに待ち人、すなわちあなたの事を話していました。『俺たちにはもう一度人生を共にしたいお方がいる』と。分かっています、この怒りがあなたに本来向けられるべきではないことくらい。でも、でも……バンさんやアイナさんは私にとって憧れだったんです。あの人たちの背中を追いかけて、王女という身分でありながら騎士団に入ったんです！　なのに、なのに私じゃなくあなたが選ばれたのが悔しかったんです！　今でさえあの人たちを呼び捨てしていることに腹が立っています！」

「そうじゃな、妾もダニングを取られたのは悔しい。それにずっと疑問に思っておったのだ。『もう一度人生を共にしたい』というフレーズに。妾はてっきり相手がエルフとばかり思っていたが……、おぬし、さては転生者なのか？」

どうやら最早隠す気もないらしく、徐々に抑えていた部分がこぼれだすクレア王女と、思いのほか冷静なパトラ王女。

外見は似ているのに中身は真逆だ。

そして第一印象とも真逆の結果だな。

「転生者……？　確かにバンさんはよくそう言っていましたけど、この国に転生魔法なんて存在しません。だからこそ疑問なんです。あなたはエルフと人間の……」

「姉上、そちらの方が非現実的ではないか？　もしかしたら何百万分の一くらいではあるかもしれないが」

目の前で姉妹が俺の正体について議論しているところで、ふーっと息を吐く。

そうか、彼らはここまでこの国の中心になっていたのか。

王女様たちからもここまで慕われるほどに。

ならば俺が伝えるのはただ一つ。

「クレア様とパトラ様はこの国の五十年前より以前の事はお知りですか？」

「……いえ、この国では五十年より前の事は緘口令《かんこうれい》が敷かれておりますので、一切知りません。年配の執事に尋ねてみても『話せません。それに私たちの中でもないことになっていますから』としか言われませんから」

「……緘口令って何、ダニング？」

「要はそのことについて話してはいけないっていう法律が敷かれてるってことだ。学校の授業辺りで習わなかったのか？」

「全く記憶にないや」

「そうか」

あ。ダニング、今諦めた顔をしたな。

この野郎、無知を馬鹿にしやがって。

いや、無知は《罪》か。

「そ、それがどうしたというのですか!?　まさか……!?」

ダニングに単語の意味を聞いていると、クレア王女が何かを悟ったかのように大声を上げる。だが、全く信じられないという面持ちだ。

「あぁ、ごめんなさいクレア様。パトラ様の言う通り、俺は転生者です、二〇〇年前からの。そしてバンやアイナ、そしてダニングは二〇〇年前の俺の……」

「俺の？」

クレア様が俺の目をじっと見つめる。

怒り、疑い、軽蔑など選り取り見取り、全てがこもった眼だ。

どうする。何て言う？

彼らは俺の、俺の……。

「……二〇〇年前の仲間なんです。結構俺らのチームは有名だったんですよ、昔は。なのに俺だけ人間だったから先に死んじゃって、だから今こうして再会を果たして一緒に暮らしているんです」

俺は迷った挙句、嘘をついた。

奴隷という言葉を今ここで出したくなかった。

「おぬしが本当に転生者だとはな。冗談半分のつもりだったのじゃが」

「じょ、冗談ですよね？　だってこの国に転生魔法なんて……」

「なかった。確かにそうですよ、存在しませんでした。だから作りました、自分で。俺しか知らない俺だけの魔法で生き返ったんです。その代償で魔力もセンスも技術も全部失いましたが」

「自分で作ったじゃと!?」

「……これは本当なのですか、ダニング？」

　クレア王女がダニングに尋ねると、彼は嬉しそうに鼻を鳴らした。

「あぁ、その通りだ。俺とこの人は二〇〇年前から繋がっているかけがえのない大切な仲間だ。……裏切るような形になったのは申し訳ないが、俺はこの人に仕えると決めている以上曲げたくはないし、何度も言ってきたはずだ。それは恐らくバンも、アイナも同じだろうよ」

「アイナさんとバンさんも……？」

「なにか証拠はないのか!?　おぬしが二〇〇年前から転生してきたということを証明してみせよ！」

「そ、そうです、何か証拠がなければ……」

　証拠。

　そんなものはない、だって緘口令とやらが敷かれている以上、昔の事を言っても通じないし、何か物があるわけでもない。俺がこの世界に残したものは様々な回復薬や魔法具くらいだが、それが俺の作ったものだという証明は出来ない。

　それでも何かないかと思わずポケットに手を突っ込み考えたところ、俺の手に当たる何かがあった。これは確か今日の朝ここに来る前に、あの家に置いとくのは危ないと判断した俺がポケットに突っ込んだモノ。

「これを」

「……なんじゃそれは。ただの袋ではないか」

「お二方は『若返り』ができる魔法を知っていますか？」

「若返りですか？　そんな時を操る魔法なんてこの世に存在しませんし、すでに証明もされています」

「そうじゃ！　なんせ天才である妾ですら全く歯が立たないのだからな！」

「じゃあ今、俺がここで若返りに成功したら信じてもらえますか？　俺がそんな誰も知らない魔法や魔法薬を使うことができて、二〇〇年の時を経て復活したということを」

目の前の王女二人が目を合わせる。

だがやがてそんなこと無理だろうと言わんばかりに顔をゆがめ、俺のほうに向きなおった。

「そんなことおぬしにできるわけがなかろう！」

「いいでしょう、やってみてください。ですができなかったらどうするおつもりですか？　私たちに嘘をついたことに……」

「ダニング、家までのエスコートは君に頼んだよ」

「わかった。ただ家に着いた後の事は責任をとらないぞ」

「昨日の悪夢がよみがえるね。死なないように頑張るよ」

そう言って俺は袋から錠剤を一つつまんで、机の上に置いてあった紅茶で流し込んだ。

「なっ!?　これは真《まこと》か!?　妾よりも小さくなりよった！」

「こんなことがあってもよろしいのでしょうか……。完全にこの国の魔法を否定しているではありませんか」

「信じてもらえましたか？　俺が普通の人とは違うということが」

俺はソファにちんまりと座って、彼女たちに話しかけた。

小さい服なんて持ち合わせているわけもないから、だぼだぼの服に包まれているけど、多分大事なところは隠せているはずだ。

それに大事なあれは今、子供サイ……いや、考えるのはやめておこう。

「こ、これは若返りの薬なのか!?」

「そもそも今現在では変化魔法も確立されていませんし、本当に若返っている……？」

「若返りとは少し違うみたいです。胡散臭い薬草屋のおじいさんが言っていたので本当かウソかわからないですけど、これを飲んだ人はしばらく六歳児ほどの大きさになってしまうらしいんです。なんで六歳なのか、これから先年齢を変更できるように改良できるかは不明ですけど」

「それはどうやったら元に戻れるのですか？」

「半日後に勝手に戻ります。なのでその時に子供の服を着ているとはじけ飛びます」

「随分と経験したように語りますね」

「ええ、今日やりました」

思い出す今日の朝。

アイナに抱きかかえられて眠っていた俺が体が少しむずむずして目を開けた瞬間、体が元に戻り服がはじけたのだ。

その時のアイナの悲鳴と言ったらもうすごいのなんの。

そして俺の顎にアイナの拳がクリーンヒットして俺は再び意識を失った。

その後悲鳴を聞き付けたみんなが部屋に入ってきたらしいけど、部屋の中には全裸で伸びている俺と顔を真っ赤にしてうずくまるアイナの姿があったらしい。

想像するだけで黒歴史だ。どうせ全裸で白目でも剝いてたんだろ。

もう許してください本当に。これ以上黒歴史のアルバムに変なものを増やさないでください。

結局あの後アイナとは仲直り？　出来たけど気まずいもんは気まずい……。いや違う、今はこの話はどうでもいいな。

「いえ、そんなことよりも信じてもらえましたか？」

俺は小さくなってしまった腕を頑張って振って、存在をアピールする。

小さな腕は完全に袖に隠れてしまっており、なんだか幽霊みたいだ。

「そうですね、私が言ったことですし、約束通り信じましょう」

「妾も信じよう！　それで？　転生魔法とはどのようなものなのだ!?」

どうやら俺の事を信じてもらえたみたいだ。体を張った甲斐がある。

ただちょっと恥ずかしいのは……。

「あ、あの子供用の服ってありませんか？　ちょっとこれは恥ずかしいというか……」

「ならば妾の服を貸してやろう！　スミス、この者に服を与えてやってくれ!!」

「かしこまりました。こちらへどうぞフィセル様」

「ありがとうございます……、ってええ!?　大丈夫ですか、腰とか！」

「問題ありません。ではいきましょうか」

俺は後ろから手を差し出してくれたスミスと呼ばれた執事の人に抱きかかえられる形で部屋を出ることになった。だがこの人の安定感と言ったら半端なく、結構年は言っているはずなのに一体どこにそんな筋力があるのか不思議に思えるほどだった。

いや、俺が今軽いだけか。

「ダニングはここに残れ。丁度良い、おぬしだけに少し話したいことがある」

「わかった。じゃあご主人終わったらまた来てくれ」

「わかった」

こうして俺とダニングは一時離れ離れになり、俺はスミスさんに抱きかかえられたままとある部屋に案内され、そこで服を用意して貰うこととなった。


「ありがとうございます。ぴったりです」

「そうですか、それは良かったです」

実際彼に貸してもらった服は外見こそシンプルだが、布地の高級さから相当高額であることが予想できる。これは引き裂かないように注意しなくてはならない。

「それじゃあダニングのところに……」

「いえ、ここでほんの少しだけ私と話しませんか？」

「え？」

だが服を着てすぐに部屋を出ようと扉へ向かった俺を、突然スミスさんが呼び止めた。

俺としても別に今すぐ戻りたいわけではないし、なにやら王女二人とダニングも積もる話があるみたいだから、俺はここに残っていた方が都合がいいのかもしれないな。

それに俺はこの人の外見を見て思ったことが一つあった。

この人は絶対五十歳を超えている。

「少しあなた様とお話がしたいのです」

「……俺もあなたと少し話したいことがあります」

「ではフィセル様からどうぞ。そちらに椅子がありますので、腰を下ろしてお話しください。急に目線が変わるのは良いものではないでしょう?」

スミスさんはそう言って近くにあった椅子を俺の前まで持ってきてくれた。

こういう細かい気づかいができるのはすごいし有難い。

……そういえばヴェルもこういった気遣いはよくしてくれるな。

あのエルフもやっぱり相当優秀なのであろう。

「じゃあまずは俺から。スミスさんは今おいくつですか?」

「やはりその話ですよね。答えましょう、今は六十一です」

六十一……。

俺の想像よりも高齢だ。

いくら六歳とは言えそこそこ重い俺を軽々抱っこできる六十一歳ってすごいな。

「そしてあなた様がお聞きしたいのは五十年前の話ですよね？」

「はい。言えませんか？」

「言えません」

「法律で禁止されているから？」

「それも勿論ありますが、それだけではありません。というか五十年より前の事は今、この世を生きるには不必要です。そして後世に残すべきでもありません。もし法律がなかったとしても私はしゃべらないでしょう」

スミスさんは淡々と話をつづけた。

本当に過去の情報は不必要だといわんばかりに。

「そんなにひどいものだったのですか？」

「ひどい……、とは少し違いますかね。ただ今のこの世には不必要だというだけです。この国が今後栄えていくには必要ないということですし、経験した者の多くはそれを自覚しています。そしてそれはエルフの方々も同様です」

「じゃあ俺も二〇〇年前の事を易々《やすやす》と話さないほうがいいのでしょうか？」

「その通りです。絶対に言わないほうがいい。エルフの方でさえ、五十年よりも前を話すことは禁止されていますし、破ったら厳しい罰則がございます。エルフは厳しいらしいですからね。なんでもあの黒い……いえ、関係ないですね申し訳ありません。フィセル様のお話はこれでよろしいですか？」

「はい、すこし気にはなりますが、一旦はやめておきます。それでスミスさんの話とは？」

「ちょうど今頃クレア様たちとダニング様が話していることについてです。おそらくあの二人はあなたに聞いて欲しくはないのでしょうが、私がここで話させてもらいます。なので戻っても何も知らない体でお願いしますね」

「え、ええ分かりました。どうぞ話してください」

俺は少し姿勢を正す。

一瞬にしてスミスさんの雰囲気が変わったからだ。

それは守るものがある者が纏う独特の雰囲気、騎士にも負けず劣らずの威圧感だった。

「この国はあと数年後に国王が変わります。それはご存じですか」

「いえ、全く知りません」

「そうですか。まぁそれはいいとして、次の国王にはクレア様達のお父様がつくことは確定しております。ですが……」

「その次が問題なんですか？　二人とも女性だから」

「はい。この国は別に女性がついてはいけないという決まりはありませんが、何となく男性がつくものという風潮が流れております」

「この国は建国されてまだ五十年なのにですか？」

「はい。恐らくですが、海をまたいだ他の国を見渡してみても女性君主は中々見ないからかと。それ以外にも色んな要因はあると思うのですが、一先ず置いておきましょう。そしてクレア様方のお父様、言わば次期国王には弟君がおりまして、その方にはグエン様というお子様がおります。クレア様と同じ年の青年です」

「じゃあもしかしたらその人が国王になるかもしれないという事ですか？　というか二人はそこまで国王に執着があるとは思えないのですが」

「ええその通りです。お二方ともそこまで執着があるわけではありません」

「なら……」

「ですが今話したクレア様方の従弟に当たるグエン王子は、王国からエルフを淘汰しようとしている、いわば反エルフ思想なのです」

「反エルフ思想!?　なんでそんな!?」

「詳しい理由はわかりません。ですがこの話は王国でも割と知られている話でありますし、中にはエルフを快く思っていない人がいるのは確かです。本当にごく少数ですけどね」

「なんでだよ！　少し寿命や姿が違うだけで、ほかはほとんど同じじゃないか！」

　俺は思わず椅子の上に立ち上がってスミスさんを睨みつけてしまった。

　この人は何も悪くないのに。

　頭に血が上りすぎている影響か、自分でも少し瞳がうるんでいるのが分かる。

　それでも怒りの感情の方が上だ。

　許せない、かつて俺のしたことが全否定されているようで。

「落ち着いてください。その反応は二〇〇年前に何かあったのですか？」

「……言えません」

「彼らの言い分としては、寿命が違いすぎるから分かり合えないことが多い、自分たちの王国にそういった方が混ざっているのを快く思わない、エルフから嫌なことをされた過去がある。といったところですかね。あくまで私の想像ですし、エルフがそのように思われているという話は聞いたことがありませんけれどね」

エルフに嫌な事?

ふざけんな、元は人間が悪いんだろ。

二〇〇年前にひどい扱いをされたエルフたちはまだ生きているし彼らがどんな想いをしてきたか知らないんだろ。

……それか俺の知らない二〇〇年間に何かがあったか。

「そして恐らくですが、グエン様は過去に何があったのか多少知っているようです」

「な!? クレア様やパトラ様でも知らなかったのに?」

「はい。彼に伝えた愚か者がいるか、彼が自力でたどり着いたかは不明ですけどね」

「……いくつか質問です」

「どうぞ」

俺はゆっくりと椅子に座りなおして目線だけスミスさんに向ける。

態度を悪くしたのは俺なのに、彼は優しく促してくれた。

「もし、そのグエン様が過去を知って今のようになってしまった、と言われたら過去を知るあなたは納得しますか？」

「……それはノーコメントでお願いします」

「では次に、今生きている五十歳を超えた人間の方たちは、どこまでの過去を知っていますか？」

「どこまでですか？　そうですね、私が過去に学校で習ったのは今から一〇〇年前くらいまでです。そしてその頃も、さらに過去についての情報は一切ありませんでした。……なにかお気づきになられたのですか？」

「ノーコメントでお願いします」

俺はスミスさんの目を見てそう告げた。

「そうですか。質問はこれで終わりですか？」

「最後にもう一つだけ、そのグエン王子という人が反エルフだということはどこまで知られているのですか？」

「そうですね……、今のところはそこまで過激ではないのであまり知られていませんね。ですが……」

「ですが？」

「今回の件で王城からアイナさん、ダニングさんが抜けて、話を聞く限りだと何人かのエルフがあなたのもとに集まるのですよね？　それもおそらくこの国の中心人物である者たちが。それによってパワーバランスが崩れるのも確かです。今のところ大きい動きは全く見せていないので何とも言えませんし、まだ王城には多くのエルフの方に仕えていただけていますからね」

「だから彼女たちは、アイナやダニングが王城に残っていて欲しかったんですね」

「ええ。そして彼は近く動き始めると思います。彼が持つ情報を片手に反エルフを唱えて」

様々な要因が絡み合い今の状況になっているのは確かだが、恐らくエルフたちが再会してしまったことで何らかの動きが始まったのも確かだ。

俺は何も知らなかった自分自身に少し腹が立ち、小さく舌を鳴らした。

「質問に答えてくれてありがとうございます。……というかここまで俺に話してよかったんですか？」

「ええ。あなたがすべてのキーパーソンだと思いましたので。あなたの選択ですべてが変わる、そんな気がします。何となくですけれどね」

「……スミスさんは親エルフなのですね」

「もちろんです。それはクレア様もパトラ様も、その他の多くの者もです。人間とエルフは共存できる。少なくとも私はそう思っています」

「質問に答えていただいてありがとうございました。もう聞きたいことはないです」

「かしこまりました。おっと、ついつい話し過ぎてしまいましたね。はやく戻りましょうか」

「分かりました。って、え？　また担がれるんですか？」

俺は別にもういいと言ったのだが、聞く耳を持たないスミスさんに抱きかかえられて、先ほどの部屋に向かう。彼の腕の中で俺は先ほど得た情報をもとに、昨日はまりかけたパズルのピース再びはめることにした。

真実から目を背けようとは思ったが、こうなっては話が別だ。

この時代において、過去の俺と全くの逆の事をしようとしている奴がいる。

そいつはそいつなりの想いをもって。

ならば俺はこの命を懸けて阻止して見せる。

今の俺に何ができるかはわからないけれど。

それにまだ俺はこの二〇〇年間で何があったかについて、仮説はある。

俺からすれば正直信じたくないが、今のところ一つしか道は見つかっていない。

もしその仮説を認めなければいけないような場面、事実を受け止める場面があったとき、俺は彼らを許すことができるのだろうか。

全てを知った時、俺は彼らとまた一緒に暮らすことは出来るのだろうか。

彼らはすべてを知ってしまった俺と暮らしたいと思ってくれるのだろうか。

わからない。

もしかしたら許せないかもしれない。

ただ、今の俺は少なくとも許せると思う。

恐らく俺こそがすべての元凶だから。

そしておそらくグエンという大バカ者は、俺の知らない二〇〇年しか知らない。

逆に俺は彼の知らない過去を知っているし、今生きているエルフは恐らくどちらの過去も隠したいんだろう。エルフにとって二〇〇年前の事は、今すぐにでも忘れたいことだろうから。

それかエルフには何かしらの発言の規制があるのか。

エルフ……、規制……。

昔首輪に埋め込まれていた、エルフが発動者の命令に逆らえない魔法……？

あまり思考がまとまっていないが、結論から言うと、恐らく俺が死んだあとエルフと人間の関係が変わった。人間がエルフを嫌う理由としたらそんなところであろう。

そしてこの事実こそ彼が国王になるために切るカードに違いない。

グエン王子。

まだ顔も見たことないし声も聞いたことはないけど、いつかは正面衝突することになるだろう相手。俺はあんたにだけは負けるわけにいかない。

◇◆◇◆

「遅れました。フィセル様に服を差し上げてただいま戻りました」

「うむ、遅かったではないか!!　……なんだワンピースを選んだのか。しかもなんとも質素な。妾もそんな服を持っていたのじゃな」

「他にも用意して差し上げたのですが、断られてしまいまして。私としても残念です」

俺が今着せられているのは、胸のあたりに一つ小さなリボンが付いた真っ白なワンピースであった。できればシャツにズボンがあれば最高だったのだが、パトラ王女の私物ということで悲しくも女物の服しかなかった上に、彼女はスカートを好むようで、もはや俺に選択肢なんてものは存在しなかった。

「当たり前ですよね!?　本当にお願いですからこれ以上俺の黒歴史を増やさないでください……。ワンピースでさえ結構恥ずかしいんですよ……」

「一着だけフリフリの物を着てもらいましたけど、似合っていましたよ」

「スミスさん！」

「それに下着は……」

「スミスさん!?」

「なるほど、それならヴェルたちに伝えておかねばな」

「ダニングまで……。頼むからやめてね」

「それで、そちらのお話は終わったのですか？」

真面目な顔でボケるダニング。

何事もなかったかのように話を進めるスミスさん。

くそぉ。みんなして俺を虐めやがって。

「終わりましたよ、スミス」

「かしこまりました。それではフィセル様、こちらに」

スミスさんはそう言って俺を先ほどまで座っていたソファに座らせてくれた。

横に座っているダニングの顔を見ても特に変化がないように思えるから、とびぬけて大変な話ではなかったんだろうな。

「何話していたの、ダニング？」

「別に……。あんたが本当に転生者だってことを説明してただけだ」

嘘だな。

ダニングは嘘をつくとき左上を見る癖があることを知っている。

そして今、彼の目線は左上だ。

「本当に大したことは話していませんよ。たまには王城に顔を出してほしいと伝えただけです」

「そうじゃ！　おぬしだけが独り占めするでない！」

「まぁ、クレアは俺じゃなくてバンに会いたいんだろうけどな」

「なっ、ちょっ、ダニング！」

「なるほど、申し訳ありません、クレア様。バンには顔を出すように言っておきますので」

「くっ……。そ、それならアイナさんにも伝えてください。あと様は要りません」

「了解です、クレア。よしどうする、ダニング？　そろそろお暇しようか」

「そうだな。帰って食事の準備もしなければならないし、今日は帰らせてもらうがいいか？」

「はい。新たな発見がいろいろあったので、今日はこれで大丈夫です。またお話を聞く機会は設けてもらいたいものですが」

「妾にももっといろいろな話をするがよい！　おぬしは……フィセルじゃったな、覚えたぞ！」

「はい、いつでも呼んでいただければお相手いたします。今はこんな小さい姿で申し訳ありませんが、今度またちゃんと話し合いましょう」

「よし、いくかご主人。じゃあ俺たちはこれで失礼する」

ダニングはやや乱暴に立ち上がり、横に座る俺を軽々と持ち上げると後ろのドアへと向かった。

俺的には帰った後のほうが地獄なんだよな……。

あれ？　というか、この後特に話さずに転移玉で帰るんなら、わざわざ服用意してもらった必要なかったんじゃないか？

……まぁ濃い話を聞けたからよしとするか。

「あっ、フィセルさん!!　一つだけ聞いてもよろしいですか!?」

だが帰り支度を終えた俺たちの後ろ姿に向かって、クレアが思い出したかのように大声を上げた。

ダニングもすぐ反応して彼女たちのほうを向く。

「どうしたんですか？」

「二〇〇年前の国は、人間のあなたから見てどんな感じだったかだけ教えてくれませんか？　歴史とかではなくて、雰囲気だけでざっくりでいいので！」


二〇〇年前。

俺がかつて生まれ育った国にはエルフの奴隷制度が存在していた。

それはそれはひどい扱いであった。

だから俺はそんな常識を変えたくて……、こうして転生するまでに至る。

だけど、今ここで言うべきは。

「とても素晴らしい国でしたよ」

◇◆◇◆

「おかえりなさいませ。ってまた小さくなっているじゃないですか、しかも女性用の服なんか着て」

王都から転移玉で森の中の家に戻ってきた俺とダニングをまず出迎えたのはヴェルだった。今はみんなの洗濯物を各々のタンスに運んでいる最中のようで、両手に洗濯籠を持っている。

そして俺は今ダニングの肩の上に乗っている状態である。

どんな持ち方だよこれ。

いや、なんかすっごい安定してるからいいんだけどさ。

「ちょっと王都で色々あってね。また半日は……」

「あっ、そうですかそうですか。納得しました」

俺の言葉をさえぎってヴェルが納得した様子でポンと手を打つ。

なんか表現が古臭くないか?

「まだ話の途中なんだけど。というか一体何を納得したんだい？」

「昨日小さくなったにもかかわらず、私とイチャイチャできなかったから根に持っていたのでしょう？　だからそんな理由をつけてまで私と……。申し訳ありません、ご主人様の従者にもかかわらず、そんな簡単なことを見落としてしまっているとは」

「ちょっと待ってくれ。一つもあってないんだけど」

「はて？　どこが違うのですか？」

「もう全部だよ！　イチャイチャしたいわけでもないし、不可抗力でこうなっただけ！」

ダニングの肩の上で、俺はヴェルに向かって叫んだ。

のだが、相当うるさかったらしく、彼の耳がすごいヒクヒク動いている。

「なるほど、私なんかとはイチャイチャしたくないと……。昨日アイナとは全裸でお楽しみになっていたのに。私たちが駆け付けた時には白目まで……」

「その話はやめてくれ！　ちょ、まじで、黒歴史なんだから！　あと別にイチャイチャしたくないわけでは……」

「おい、いつまで玄関で話しているんだ。そろそろ俺は厨房に戻りたいんだが」

いつもの調子でボケとツッコミを俺とヴェルがしていると、しびれを切らしたダニングが会話をさえぎって肩から俺を下ろす。下ろすといっても、まだダニングに持ち上げられているから宙に浮いているけど。

だから何なんだよ、この扱いは。

「そうですね、冗談はこの辺にしておきましょうか。では私がこの子を引き取りましょう」

だが俺の足は床につくことなく、そのまま次のエルフに受け渡された。

「そうだな、頼む。じゃあ俺はこれで」

「ふふ、任せてください。今はルリもアイナもいませんからね」

そしてダニングは俺をヴェルに軽々引き渡すと、何事もなかったように厨房へ向かい始めてしまった。恐る恐る顔を上げてみると、そこには何とも意地悪そうなヴェルの顔が見える。

「おいダニング!! 見捨てないでくれよぉ!!」
「帰った後の事は責任とらないと言ったぞ。せいぜい頑張れ」
「ほう? 私では不満と?」

俺の腹部をつかむヴェルの手の力が若干強くなる。必死に足をバタバタさせるが、俺は完全に宙に浮いてしまっているためなんの効果も見いだせなかった。

てか本当にこの家の女性陣は力が強いな!?

違う、俺が弱すぎるのか。

「いや、これはその言葉の綾というか……」
「そういうのが本当に嫌なのですか?」
「その……優しく扱ってくれるならむしろ……」
「では想像通りの事をして差し上げましょう」
「えっ、ぶ!?」

そしてヴェルはそのまま俺の顔を胸に押し付けてくる。

必死にもがくが、最早何の意味もない。

「@＊k￥$#&!?」

「まぁ外見は子供でも、中身はオトナなんですもんね？　ね、ご主人様？」

「むぅ――――――!?」

「お前何やってんだ、こんな玄関で」

だがここで、リビングのドアから思わぬ助け舟が来た。

この声はシズクだ。

「いえ、またご主人様が小さくなっていましたので、私が甘やかしてあげていただけです」

「また!?　……ご主人、あんな痴態を演じてもまだ小さくなるのか。まぁこっちも可愛いから私は全然ありだけどな。なんつーか母性本能？　がビンビンに刺激されるっつーか」

「ぶはっ！　シ、シズク、助けてくれ……」

なんとか顔を双丘から浮上させシズクに助けを求めるが、彼女は少し考えた後、ヴェルが床に置いた籠を拾い上げ俺に目線を向けた。

「悪ぃな、昨日ヴェル以外がその姿のご主人とイチャイチャしてたこと、まだヴェルは根に持ってんだわ。ヴェルの気が済むまで付き合ってやってくれ。ったくヴェルはどんだけ不器用なんだか」

「そんな……、ぶっ!?」

「シズク、余計なことは言わなくていいです」

「悪かったって。んじゃあ代わりにこの洗濯物私が収納してきてやるから楽しんでな」

「ありがとうございます。では私たちは外にでも行きましょうか」

「え!? ちょっま……」

「飯までには帰って来いよ」

「わかってます」

こうして俺は誘拐されるかのごとくヴェルによって外に連れ出され、夕焼けが森を赤く染める中、川の近くにそびえ立つ一本の大きな木の根元に腰かけた。

木に寄りかかるヴェルの上に俺がのっかっている構図だ。

「ふふふ、本当にかわいいですね」

「……昨日は小さくなった俺に無関心って感じだったよね?」

「あれはアイナとルリとシズクが取り乱していましたからね。あそこで私も行っていたら、おそらくご主人様はお亡くなりになっていましたよ」

ニコリ、とヴェルが俺に微笑んだ。

いや怖いよ。

そして俺がお亡くなりになるビジョンが自分でも見えてしまったのも怖い。

「だから今ぐらいは、私にも愛でるチャンスがあってもいいと思うのです」

「……じゃあ俺も今くらいは甘えようかな」

「どうぞ」

彼女はそう言って俺の頭を優しくなでた。

まるで宝物を丁寧に扱うように優しく、温かく。

「……気持ちいいな」

「そうですか。ならもうすこしやって差し上げます」

あぁ、なんて平穏なんだろう。

二〇〇年前は親父に早く先立たれ、魔法薬の研究に命を削っている最中母親を失った。

そして転生した今も両親は俺を置いて亡くなってしまったから、愛情というのをあまり受けた記憶がない。

「～♪♪～♪」

彼女は俺の頭をなでながら歌を口ずさみ始めた。

耳を傾けてみても俺の知る言語ではないから、恐らくエルフ独自の言葉なのだろう。

「ヴェル、その歌はなんの歌なの？」

「これはエルフの子守歌ですね。よく昔ルリにも歌ってあげたものです。不愉快でしたか？」

「いや全く。むしろもっと歌ってほしいな。俺はどの人生でもあまり……、親に甘えた記憶がないから」

「そうですか。ならば甘えたくなったときはいつでもあの薬を飲んで私たちに言ってください。有り余るほどの愛情をあなた様に注いであげます。ご主人様は二〇〇年前に『自分』を捨てて世界を変えてくれました。だからこの人生はどこまでも平穏で、自己中心的でいいのですよ」

彼女は俺に柔らかな微笑みを見せた後、目を閉じて再び俺の頭をなでながら口ずさみ始めた。

俺もその歌に耳を傾けながら目を閉じる。

「ご主人様、こうして目をつむると、世界に私とご主人様だけみたいですね」

真っ暗になった俺の世界にヴェルの歌と声だけが響く。先ほどまで近くを流れる川のせせらぎが聞こえていたが、もう俺の世界からは排除されてしまった。

「そうだね。いつまでもこんな平穏が続くことを願うのは……傲慢なのかな」

「この先がどうなるのかは私も分かりません。ですが少なくとも今というこのひと時は、あの頃では考えられないほど安らかで、平穏で、そして幸せです」

恐らくヴェルも何となく察している。

俺がすべてを知った後もこのままずっと一緒に居られるとは限らないということを。

そんなことはないと信じたい。でも未来は誰にもわからない。

だから、今はこの幸せをかみしめることにしよう。

何かがあったとしても、この幸せを忘れることの無いように。

エピローグ

二人の王女と出会った日の夜、少年は他のエルフたちの魔の手を振り払って一人でベッドに潜ることができた。今頃リビングでは、今日王城でダニングが二人の王女に言われたことについて六人のエルフだけで何やら話し合いをしているに違いない。

そのため少年はもうみんなにおやすみなさいを言い、こうして一人で部屋にいる。

彼も一人になる時間が欲しかったのだ。

今後、彼はどうするのかについて。

恐らく次の国王の任命までは何も起こらないはず。

何かあるとしたらおそらくその次の任命辺り。

多分そこで彼の敵が大きく動き始めるはず。

反エルフを掲げて何かしでかすかもしれない。

……そんなこと許してたまるものか。

彼は唇をかみしめた。

だけど今のままでは彼自身がエルフたちの足枷になりかねない。

もしかしたら捕縛されて人質にされてしまうかもしれない。

そしてそうなったらエルフたちの機能が停止するのは目に見えている。

今一つ屋根の下にいる六人のエルフ。

この国の中心的歯車となっている英雄たち。

「もしエルフと人間がぶつかることになってしまったら……、その時こそ俺とあいつらが別れるときなのかもしれないな」

少年は顔の上に腕を覆いかぶせてそう呟いた。

だけどそれまでは、彼らとこの一つ屋根の下一緒に過ごそう。

そして自分だけでも生きていけるように何か身につけよう。

過去を探るのはもうやめだ。

彼は自分自身にそう言い聞かせた。

エルフの首輪、二〇〇年前からあまり変わらない街並み、ほとんど発展していない魔法・魔法具、無いことになっている空白の期間。

彼は脳内で完成したパズルに蓋をして目を閉じた。

エルフと幸せで最高なスローライフを送るために。

幸せで最高なスローライフを送るために。

幸せで最高なスローライフを送るために？

……まさかこれで幕引きとでも？

エルフと人間が仲良くお手手繋いで良い子ぶっているこの世界をお前は仮にも平和と呼ぶのか、
愚かな転生者よ。

いいや、それは違う。

お前は何も知らない。

奴らの手が血にまみれていることを。

お前は何も知らない。

今お前が踏みしめている大地は幾千もの屍《しかばね》の上に成り立っていることを。

お前は何も知らない。

お前が愛した街も、かつて通った学び舎も故郷も全て塵となったことを。

お前は何も知らない。

先ほど目の前で笑ったエルフたちがかつて絶望の象徴であったことを。

お前は何も知らない。

奴らが抱える過去を、闇を、想いを、決意を、軌跡を、後悔を。

そして俺は知っている。
お前が知らない歴史を。
お前が目を背けた歴史を。

だから俺はお前に『知』を授けよう。
全ては最高のスローライフのために、だろう？
もうその時は目前まで迫っている。

二回目の人生、せいぜい味わうがいい。
お前と会える時を楽しみにしている。

書き下ろし　兄妹喧嘩

これはルリが俺らの家に来てから一年が経とうとしていたとある日の話である。

「ねえ、単純な疑問なんだけど、バンとアイナってどっちが強いの？」

いつもの日課である運動場での剣の素振り（子供用）を終え、朝からいい汗を流した俺は、一緒に剣を振っていた双子のエルフにふとした疑問を聞いてみた。

というのも俺が今まで見てきた彼らの剣の打ち合いは本気でやっていそうには見えなかったし、二人がケンカしたところとかは見たことがなかったので気になったのだ。

アイナが一方的にぷりぷり怒っていることはよくあるが、まぁそれはノーカンだろう。

すると俺の疑問を受けた二人は顔を見合わせた後、お互いの顔色を見ながらといった様子で俺の方を再度振り返った。

「どうでしょうね……。兄さんはどう思いますか？　兄弟喧嘩を幼いころにやったきりですし」

「わからないな、最後に本気でやりあったのはいつだっけ。本気で共闘したことはあったけど、本気で戦ったことはあまりないかもしれないね。アイナには負けないだろうけど」

「ほほう？　今言いましたね兄さん。もうこうなっては引き下がれませんよ？」

「引き下がるもなにも、俺が勝つから大丈夫だよ」

「言っておきますけど、兄さんの太刀筋は私が一番知っていますからね？」

「それはこっちも同じことだよ。全く、どうして自分の事しか考えられないのか」

「なんですって!?　私は……」

しかし特に意味のなかったはずの質問がどんどんヒートアップしてきてしまう。

そのやりとりから、この負けず嫌いなところはなんだかんだ言ってやはり似ているとも思うが、これ以上は怖いから止めることにしようと腰を上げる。

実は先ほどからこの二人、魔力を垂れ流しまくっており、二人は気づいていないだろうけれど、蚊帳の外の俺は足がガクガクになっている。それどころかさっき飲んだ水がそのまま下から出そうだ。

「ふ、二人とも……」

「それならばお二人で今から試合をすればいいでしょう。私が審判をやりますので」

しかしそんな状態の俺の発言は、いともたやすく第三者によってかき消されてしまった。

この声は目の前の兄妹ではなく、いつも俺の背後に気配を消して忍び寄る自称有能従者のヴェルだ。その声に驚いて危うく下から（以下略）。

「ヴェル、いつの間に俺の背後に……」

俺がゆっくり振り返ると彼女は「ふふん」と少し生意気な笑顔を垣間見せた後、一呼吸おいていつもの表情を見せた。

「あれだけ魔力が放出されていれば何かあったのか、流石に見に来ますよ。それでアイナ、どうでしょう?」

「試合ですか。いいですね、やりましょう」

「いいだろう、その勝負、受けて立つ」

「では準備がありますので、今日の正午ぴったりから始めることにしましょう」

「わかりました」

「わかった」

「いいですね、ご主人様?」

「え?　あぁ、まぁ怪我しないようにね」

話の進みの速さに思わず了解してしまう。

ものの数秒で目の前の争いが鎮火してしまった。

鎮火というよりは、更に燃料を投下した風にも見えるが。

その後兄妹は俺の元を離れ思い思いに運動場で体を動かし始め、結構遠くにいるはずの俺の元まで素振りによる風が届いてきた気がした。

「ではご主人様、私たちも準備をしに行きましょうか」

そしてその様子を見届けたヴェルは家の方へと踵《きびす》を返し歩み始めた。

俺も後を追い彼女の横につく。

「そういえばさっきそう言っていたね。何の準備するつもりなの？」

「決まっているでしょう、ダニングのところへ行くのですよ」

「へ？」

彼女が言ったことをあまり理解できなかった俺は、首をかしげながら彼女の後を追った。

◇◆◇◆

そして時は正午になり、運動場の中央には二人のエルフがにらみ合っていた。

一方の俺らはというと、どこから引っ張り出してきたのかテントのような機材を広場の端においてビニールシートの上に座っている。

完全に高等学校の時の運動会だなこれ。

そして手元にはダニングが作ったサンドイッチ。

どうやら準備とはこのことだったらしい。楽しみすぎでしょ。

「なんか楽しそうなことやってんじゃねえか。私たちも交ぜろよ」

「アイナおねーちゃんもバンおにーちゃんも頑張れーー！」

「おかわりはたくさんあるぞ」

いや、オールスターズじゃないか。

全員勢ぞろいで何やってんだ俺たちは。

そう思いながらダニング特製のサンドイッチをかじる。

普通にうまい。

「では正午になったので始めますね。勝負はこの木刀でおこないます。どちらかに一本入ったらそれまでで」

「わかった」

「大丈夫です！」

「では、はじめ」

ヴェルのその声を合図にして二人が同時に大地を蹴る。

その瞬間、俺の視界から二人の姿が消えた。

もう音しか聞こえない。

「ふぅん。今からバンとアイナが真剣勝負するのか。よし、私はバンに今日の晩飯をベットだ」

「そうか、なら俺はアイナに賭けるとしよう。今押してるようだしな」

そしてなんか隣では勝手に賭けが始まっている。

というか見えていないの、俺だけ？

「どっちも頑張れー！」

「え、ルリも見えてるの？」

「うん！　え、もしかしてお兄ちゃん見えてないの」

「ぐっ」

どうやら子供のルリでも見えているようだ。

さっきから破裂音しか聞こえなくて怖いんだが。

「ご主人はどっちにするんだ？　早く決めてくれよ」

「いや、だから俺は全く見えないんだよ、二人の動きが。決めようがないんだけど」

「じゃあもうどっちでもいいじゃねえか。よいしょっと」

「っておわ！　ちょっ、シズク！」

「早くしてくれよ。じゃねえとこのまま押し倒すぞ」

困惑しながらも座って最高のサンドイッチを食べていた俺の後ろから、シズクが躊躇なく抱き着いてきた。豊満な何かが頭に乗ってその存在感をありありと主張しており、重力がその質量の凄さを痛感させてくる。

その瞬間、今までとは何か違う音がした気がした。

今まで規則的に流れていた音が半音ずれたような、そんな感覚だ。

そして次に感じたのは、シズクが俺にこういうちょっかいをかけたときに感じる謎の威圧感――。

そこからの俺の頭の回転と口の動きはすごかったと思う。

「バンにベットする！」


スパン！

「いったぁ！」

俺の声と同時にさっきとはまた違う音が聞こえ、二人の姿がようやく見えるようになる。

そこにいたのは頭を抱えるアイナと、木刀を肩に担いであきれ顔をしているバンであった。そして一呼吸置いた後、ヴェルがバンの方を手で示した。

「勝負あり！」

ヴェルの凛とした声と共に、第一回兄妹喧嘩の軍配はバンに上がったのであった。

◇◆◇◆

「うう、まだ痛いです……。兄さんも当たる瞬間ぐらいは弱めてくださいよ！」

「十分弱めた方だよ。集中してなかったアイナが悪いんじゃないかい？」

「みんな、今日の飯はうまいか？　そうか、それならよかった……」

「ダニングおじちゃんは食べないのー？」

「あっはっは！　自分で作ったのに食べられないのはおもしれえな。他人の不幸をおかずにする飯もうまいもんだ。うん、旨い！」

「大丈夫ですよ、いつも通りおいしいです」

「そうか、よかった」

「ダニング……」

いつものようにみんなで集まっての騒がしい夕飯だというのに、一人だけ机の上の皿が空になっているうちの料理人。

絶対空の皿を置いたのシズクだろ、かわいそうに。

みんなが食べている様子を嬉しそうに、でもどこか悲しそうに見届ける大柄のエルフ。

心なしかいつもより小さく見える。

シズクはその姿を最高のおかずと称したが、俺は胸が痛くなるだけだった。

「ダニング、君もご飯を食べてくれ。悪ふざけはここまでにしよう」

「いや、だが」

「命令だ、早くよそって食べよう」

ダニングにそういって首を指でトントンする。

「……そういえばあったな、そんな死に設定」

「死に設定言うな！　はやく食べなさい！」

「……了解だ」

ダニングはそう言うと目の前の空の皿をもって厨房へと歩いていった。

「私はダニングのあの顔を見られただけで十分だね。いやーそれにしても今日は傑作だったな。アイナのデコにぽーんって」

「あれはシズクさんが悪いんですからね！　シズクさんが私の集中を欠くようなことをするから！」

「ってことは試合に集中してなかったってことじゃねえか。お前が悪いだろ」

「ぐっ……わ、私は常にフィセル様第一なんです！」

「でも集中しねぇとご主人守れねぇだろ」

「ぐうの音も出ません……」

「おにーちゃん、ルリもね、いつかあんなふうになるんだ」

さっきまでもぐもぐと自分の食事に集中していたルリが、かわいらしい笑顔でこちらに微笑みかけてくる。

本当に天使のようだ。

「そうか、なれるといいね」

「ルリ！　そうですね、私と一緒に頑張りましょう！」

アイナがそう力強く言うと、ルリはアイナのことを指さして嬉しそうに笑った。

「私もいつかアイナお姉ちゃんのおでこにポーン！　ってやるの！」

「えっ、そ、そっちですか!?　私を叩きたいのですか!?」

笑いに包まれる食卓。

いつかどのエルフもこうして人間と笑いあえたらなぁと思いながら、俺はまた料理を口に含むのであった。

あとがき

初めまして、破綻郎《はたんろう》と申します。まずはこのあとがきという場を借りて、私の考えたキャラを絵にしてくださった植田亮《うえだりょう》先生、稚拙な私をサポートしてくださった編集の古里《ふるさと》様、私の小説に佳作という素晴らしい賞を与えてくださったアース・スターノベル様、ｗｅｂ版から応援してくださった皆様、そしてこの本を手に取って頂いた皆様に心より感謝の言葉を申し上げます。本当にありがとうございます。

また、せっかくこの場を頂いたので、もう少し小説の内容に踏み込んだ話をしていけたらなと思います。若干のネタバレを含みますので、物語を未だお読みでない方はご注意下さい。

私がこの小説を書こうと思ったきっかけは、地元の本屋に置いてあったｗｅｂ小説発の漫画の試し読みでした。というのも、私自身がｗｅｂ小説に触れる機会がほとんど無かったため、それが初めての「なろう」との出会いでした。

その漫画は所謂《いわゆる》異世界転生モノで、「平凡な俺が転生したら最強で、その力で奴隷や困っている人を助けてハーレム」みたいな感じでした。私はこれを見て、面白いなと思ったのと同時に、等身大で努力家で真面目で、ちょっと駄目な主人公が居てもいいのではないかなと感じました。結果として想像以上のポンコツが生まれましたが、思い描いた姿は書けたかなと思っています。

少し話は逸れますが、この書籍はアース・スターノベル大賞で佳作を取った小説を改訂したものになっています。主な変更点としては二〇〇年後のエルフたちの立場が少し変わっていたり、間にスローライフ的な話が入っていたりしています。もし、この小説を手に取ってくださった方でそちらを読んだことがないという方がいらっしゃいましたら、「小説家になろう」のｗｅｂサイトを訪れていただければ読むことが出来ますので、気が向いたときにでも訪れていただけたらと思います。

少し不穏な空気で終わったこの小説ですが、続きを見る機会がありましたらその時はよろしくお願い致します。

ここまでお付き合いいただき本当にありがとうございました。

破綻郎

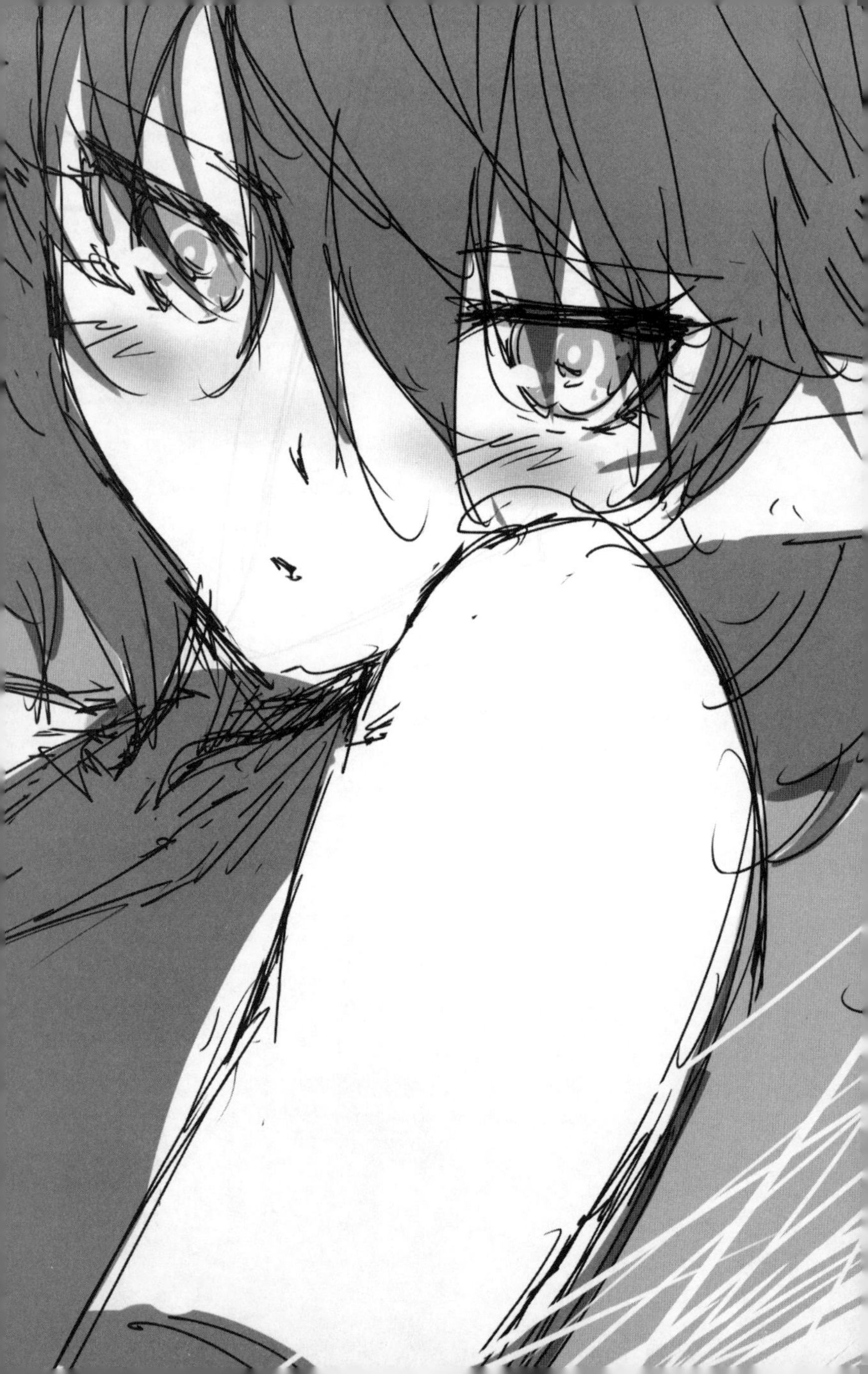

ありがとう
ございます!
Ryo Ueda
2021.4

世界へ!
ヘルモード
～やり込み好きのゲーマーは廃設定の異世界で無双する～
二度転生した少年はSランク冒険者として平穏に過ごす
～前世が賢者で英雄だったボクは来世では地味に生きる～
贅沢三昧したいのです!
転生したのに貧乏なんて許せないので、魔法で領地改革
領民0人スタートの辺境領主様
戦国小町苦労譚
毎月15日刊行!!
https://www.es-novel.jp/

【原作】鍋敷・カワグチ
【漫画】KRSG
Presented by NABESHIKI / KAWAGUCHI
Comic by KRSG
俺《おれ》は全《すべ》てを【パリイ】する
~逆勘違いの世界最強は冒険者の夢をみる~
『小説家になろう』
年間総合1位獲得作!!
(2020年3月10日時点)
待望のコミカライズ!!
第1巻好評発売中!
磨き抜いた最低スキルで、
目指せ憧れの冒険者!
※「小説家になろう」は株式会社ヒナプロジェクトの登録商標です。

最強エルフたちと送る最高のスローライフ
～転生した200年後の世界の中心にいたのは、
かつて俺に仕えていた6人のエルフでした～　1

発行 ――――――――――― 2021年5月15日　初版第1刷発行

著者 ――――――――――― 破綻郎

イラストレーター ―――― 植田亮

装丁デザイン ――――――― 舘山一大

発行者 ―――――――――― 幕内和博

編集 ――――――――――― 古里 学

発行所 ―――――――――― 株式会社 アース・スター エンターテイメント
〒141-0021　東京都品川区上大崎3-1-1
目黒セントラルスクエア　7F
TEL：03-5561-7630
FAX：03-5561-7632
https://www.es-novel.jp/

印刷・製本 ――――――――― 図書印刷株式会社

ISBN 978-4-8030-1514-0